Erste Auflage 2025

KATAPULT-Verlag Greifswald
© Katapult-Verlag GmbH 2025

Wilhelm-Holtz-Straße 9
17489 Greifswald

www.katapult-verlag.de
verlag@katapult-verlag.de

An diesem Buch haben mitgewirkt:
Kristin Gora, Felix Lange, Sebastian Wolter

Coverillustration: Malik Heilmann

Gesetzt aus: Minion Pro und Gotham
Druck und Bindung: Print Best, Estland
Papier: Lessebo Balder Recyclingpapier

ISBN 978-3-68972-002-5

ClimateCalc™
Der CO2-Ausstoß dieses Druckproduktes wurde mit ClimateCalc berechnet und kompensiert:
South Pole

www.climatecalc.eu   CC-000113/EE

ANDREJ MURAŠOV

DER HIMMEL IST SO LAUT

ROMAN

♦ KATAPULT

Für Baran
In Gedenken an Anna, Majda, Nedžad und Shubuu

Meine Sonne, schau mich an,
Meine offene Hand ballt sich zur Faust
Kino – Kukuschka

Du Mensch, der du in der beängstigenden Finsternis singst, ich höre dich
Meša Selimović – Der Derwisch und der Tod

Life is a test, many quest the Universe
And through my research I felt the joy and the hurt
The first shall be last and the last shall be first
The Basic Instructions Before Leaving Earth
Killah Priest – B.I.B.L.E.

TEIL 1

Igman Sunset

Leise surrend glitten die Glastüren auseinander und entließen Artur aus der künstlichen Frische des Supermarktes. Draußen hatte die Hitze endlich nachgelassen, doch die Luft blieb stickig und der Asphalt aufgeheizt. Das abendliche Zirpen der Grillen wurde verschluckt vom tosenden Verkehrslärm der Džemala Bijediča, die von Ilidža (später als Bulevar Meše Selimoviča) pfeilgerade ins Zentrum von Sarajevo führte. In der Ferne ertönte gedämpftes Bellen.

Noch nie hatte Artur so viele Straßenhunde gesehen wie hier. Wenn sie nachts in Rudeln hinter den Autos herjagten und mit ihren Zähnen fletschten, hatte er das Gefühl, jemand hätte das Tor zur Unterwelt geöffnet.

Artur setzte die Einkaufstüten ab, riss das Zellophan von der neuen Zigarettenschachtel und zündete sich eine an.

Eigentlich musst du Marlboro rauchen, hatte Nejla gesagt. Seiner Freundin zufolge schmeckte die Tabakmischung aus lokaler Herstellung so außergewöhnlich, dass ein berühmter bosnischer Schriftsteller sogar einen Erzählband nach ihr benannt hatte: *Sarajevo Marlboro*.

Aber Artur fand sie zu stark. Außerdem war er ein echtes Reklameopfer und wählte in der Regel nach dem Verpackungsdesign aus.

Derzeit rauchte er ausschließlich Ronhill Lights, Summer Edition. Die weiße Schachtel zierte ein silberumrandetes Bullauge mit Blick auf eine endlose Weite aus Himmel und Meer. Irgendwie passte das. Denn jetzt, da ihr Balkanroadtrip langsam zu Ende ging, spürte er genau so eine alles umfassende Ruhe in sich. Keine Ahnung, ob er jemals zuvor so entspannt gewesen war. All der Stress, die Gedanken und Sorgen, die ihn zuvor geplagt hatten, waren verschwunden. Als hätte er sein verkopftes und alles infrage stellendes Ich unterwegs einfach abgestreift. So wie die Schalentiere ihre Panzer, die sie an der kroatischen Küste zwischen den zerklüfteten

Felsen gefunden hatten. Die Felsen hatten wie die Oberfläche eines fremden Planeten ausgesehen. Ja, ein Teil von ihm war auf jenem fremden Planeten zurückgeblieben.

Artur seufzte. Der Rauch seiner Kippe vermischte sich mit den Abgasen des abendlichen Verkehrs. Mit klappernden Türen donnerte eine Straßenbahn vorüber. Als der Lärm verklungen war, bemerkte Artur die Rufe zum Abendgebet. Der Kanon dieser geisterhaften Stimmen, die von nirgendwo und zugleich von überallher zu kommen schienen, berührte Artur jedes Mal tief. Hinter dem Bergrücken des Igman versank langsam die Sonne. Fasziniert betrachtete Artur den flimmernden Glutball. So etwas hatte er noch nie gesehen.

Sieht aus wie in so 'ner Wüstendoku, wunderte er sich. Warum ist die Sonne auf einmal so riesig? Als wäre der Himmel plötzlich herangezoomt worden. Oder befanden sich Sonne und Erde auf Kollisionskurs? Sarajevo weckte offenbar eine gewisse Endzeitstimmung in ihm.

Der Krieg war seit zehn Jahren vorbei, aber immer noch allgegenwärtig: in den skelettartigen Vorstadtruinen, den von Einschusslöchern gesprenkelten Fassaden der Wohnblöcke und in den Herzen der Menschen, die darin wohnten.

Artur drückte auf den Knopf der Fußgängerampel. Das Haus von Nejlas Mutter befand sich nur wenige hundert Meter entfernt in der Neubausiedlung auf der anderen Straßenseite. Während er den vorbeirasenden Autos hinterher sah, kamen ihm die Worte von Nejlas Onkel in den Sinn:

»Krieg ist wie mit Explosion von Sternen«, hatte er versucht, Artur die gegenwärtige Situation zu erklären. »Auch wenn ist diese Explosion schon lange vorbei, Teile fliegen schnell und chaotisch durcheinander. Und kann auch später immer noch passieren, dass sie machen Kollision mit anderem.«

Kein Wunder, dass die hier so verrückt durch die Gegend fahren, dachte Artur. Diese Stadt hat echt eine krasse Energie.

Die Mischung aus unbändigem Lebenshunger, Hoffnung, Selbstzerstörungswut und Schmerz zog ihn in den Bann und machte ihm Angst. Alles schien fremd und zugleich so vertraut. Zum ersten Mal fühlte er ganz deutlich, dass eine Stadt so etwas wie eine Seele besaß. Eine Seele, die zunehmend von seiner eigenen Besitz ergriff.

Beim letzten Zug von der Kippe war Artur ein bisschen schwindelig geworden. Er lehnte sich an den Ampelpfosten und massierte seine Schläfe.

Die Sonne war mittlerweile fast verschwunden. Im violetten Dämmerlicht des Supermarktparkplatzes standen ein paar Jungs in gefälschter Designermode und Trainingsanzügen um einen dunkelblauen BMW herum und unterhielten sich. Als er hinübersah, sagte einer von ihnen etwas und die anderen blickten lachend in seine Richtung.

Was haben diese Wichser für ein Problem?, fragte er sich und kniff misstrauisch die Augen zusammen.

Bisher waren die meisten Menschen hier echt freundlich zu ihm gewesen, ganz egal ob es sich um Fremde oder Verwandte von Nejla handelte. Wenn er mit ihren Cousins in der Kafana ihres Onkels saß, fühlte er sich manchmal wie ein Einheimischer. Doch abgesehen davon hatte es nach dem Krieg die verschiedensten Menschen nach Ilidža verschlagen, darunter auch ziemlich zwielichtige Gestalten und Junkies. War er, so wie jetzt, allein unterwegs, stand er immer irgendwie unter Spannung und behielt seine Umgebung genau im Auge. Außerdem vermied er es, sich als Fremder zu outen.

Da seine Eltern zuhause früher Russisch gesprochen hatten, verstand er zwar meist ungefähr, worum es ging, doch die paar Brocken Bosnisch, die Nejla und seine Mutter ihm beigebracht hatten, reichten nur für einfachste Gespräche, wenn überhaupt. Mit Russisch versuchte er es jedoch lieber nicht, da Russen für ihre Nähe zu den Serben bekannt waren und man auf Letztere hier nicht gut zu sprechen war. Da ging er lieber als Švabo durch. Ohnehin sprachen viele Bosnier beinahe fließend Deutsch, weil sie als Kriegsflüchtlinge in Deutschland gelebt hatten.

Das Signal der Ampelschaltung riss ihn aus seinen Gedanken. Endlich war der tosende Abendverkehr für einen Moment zum Stillstand gekommen. Artur schnippte seine Zigarette weg, hob die Einkaufstüten auf und überquerte die Straße. Beim Gehen bemerkte er, dass sein Handy vibrierte. Auf dem Mittelstreifen blieb er stehen, setzte die Tüten ab und holte das Gerät aus der Hosentasche.

»Hey, okano moje«, meldete sich Nejla am anderen Ende der Leitung. »Bist du noch im Supermarkt?«

»Nee«, antwortete Artur. »Schon auf dem Rückweg. Warum?«

»Ach Shit«, sagte Nejla. »Wir haben keinen Kaffee mehr. Kannst du noch mal zurück?«

»Wenn es unbedingt sein muss«, antwortete Artur leicht genervt. Noch mal in den Supermarkt bedeutete, noch mal an diesen Pennern vorbei. Und dann musste er der Alten an der Kasse auch noch irgendwie klarmachen, dass sie auf seine Tüten aufpasste.

»Minas kafa. So 'ne rote Packung. Gemahlen«, erklärte Nejla.

»Okay.«

»Danke. Hast du an meine Zigaretten gedacht?«

»Ja.«

»An das Paprikagewürz?«

»Ja.«

»Auch an die Milch? Die mit der süßen Kuh drauf?«

»Ja, klar«, seufzte Artur. »Alles am Start ...«

Die Fußgängerampel schaltete auf Rot.

Ohne sich von Nejla zu verabschieden, legte er auf. Bei dem Scheißding dauerte es immer eine halbe Ewigkeit, bis es wieder Grün wurde. Noch blieben ihm ein paar Sekunden, bis die wartenden Autos sich wieder in Bewegung setzten.

Hastig rannte er los.

Die Straße war in beide Richtungen dreispurig und daher ziemlich breit. Während des Laufens musste er sich eingestehen, dass er die Entfernung unterschätzt hatte. Wild schlingerten die vollen Einkaufstüten gegen seine Beine. Die Autos bekamen jeden Moment Grün. In der ersten Reihe spielten die Fahrer bereits mit dem Gaspedal und es wurde gehupt.

Bljad, das wird echt knapp, dachte er sich. Aber die werden mich schon nicht überfahren.

Verwundert schauten die Typen neben dem BMW ihm entgegen. Einer von ihnen hob den Arm und gestikulierte wild in seine Richtung.

Was will der?, wunderte sich Artur.

Plötzlich tauchten wie aus dem Nichts zwei gleißend helle Lichter auf. Mit einer unglaublichen Geschwindigkeit rasten sie über die dritte Spur direkt auf ihn zu.

Fassungslos starrte er in das Licht.

Nein, das ist kein UFO, dachte er und wusste im selben Moment, dass es zu spät war.

Als Kind hatte er einmal versucht, von einer Mauer auf die nächste zu springen und schon während des Fluges gespürt, dass er das Ziel nicht erreichen würde. Später hatte er sich beim Skateboardfahren während eines Sturzes immer schon innerlich auf den unausweichlichen Schmerz vorbereitet und seinen Körper instinktiv geschützt. Aber diesmal war es anders. Er hatte komplett verschissen.

Hätte man ihn bis hier gefragt, ob er an Gott glaube, hätte er mit den Schultern gezuckt und »keine Ahnung« gesagt. Doch die Kraft, die ihn in diesem Augenblick erfasste, war derart gewaltig, dass ihm nur ein einziger Gedanke in den Kopf schoss: Gottes Hand.

Für diese Hand war er nicht mehr als ein winziges Insekt. Wie die Fliegen, die sein Deduschka früher an heißen Sommertagen auf seinem Balkon erschlagen hatte und die wie in Zeitlupe noch ein letztes Mal ihre zerknickten Gliedmaßen regten, bevor sie mit einem Stofftaschentuch weggewischt wurden.

Die Milchpackung mit der Kuh, Nejla, das Bullauge mit dem Meerblick und die riesige glutrote Sonne huschten durch sein Bewusstsein.

Schade, dachte er noch.

Lächelnde Kuh

Nejla hatte den Abwasch gemacht und räumte das saubere Geschirr in die Küchenschränke. Im Radio lief *s tvojih usana*, ein alter Hit von Crvena Jabuka. In der Wohnung war es bereits dunkler als draußen, doch sie verzichtete darauf, das Licht anzuschalten.

»Warum war er denn so genervt?«, murmelte sie.

Während der letzten Wochen hatten sie sich eigentlich immer super verstanden. Außerdem hatte sie Artur nur selten so entspannt erlebt wie auf ihrem gemeinsamen Roadtrip. Doch seitdem sie in Sarajevo waren, hatte sich etwas verändert. Artur wirkte manchmal grundlos eingeschnappt und war meist wortkarg. Einmal hatte sie ihn darauf angesprochen, doch er war nicht so richtig mit der Sprache herausgerückt und hatte bloß erwidert, dass sie es sei, die sich anders verhalten würde. Vielleicht war da was dran. Vielleicht lag es auch an ihr. Aber warum sich jetzt über solche Dinge den Kopf zerbrechen? Sie sah ihre Mutter, Onkel, Tanten, Cousins und Cousinen aus Sarajevo meist nur einmal im Jahr. Obwohl sie alle schrecklich vermisste, rief sie sie aus Deutschland oft gar nicht erst an, denn ihr Heimweh wurde nur schlimmer, wenn sie ihre Stimmen hörte. Arturs Familie hingegen war – auch wenn er derzeit keinen Kontakt zu seinem Vater hatte – wenigstens komplett in Deutschland. Da musste er doch Verständnis für sie haben. Oder war er etwa eifersüchtig auf ihre Familie?

Sie sah aus dem Fenster. Gegenüber in Onkel Adnans leerem Wohnzimmer flimmerte der Fernseher. Das Ding lief Tag und Nacht. Nejla konnte sich nicht daran erinnern, dass er jemals aus gewesen wäre. Onkel Adnan, oder Mrki, wie er von ihnen genannt wurde, war bestimmt noch in seiner Kafana und Tante Mersija saß mit irgendeiner Nachbarin draußen im Garten.

Nejla öffnete den Kühlschrank, inspizierte unschlüssig seinen Inhalt und machte ihn wieder zu. Ziellos streunte sie durch die Wohnung. Schließlich band sie sich das lange schwarze Haar zusammen, schlüpfte in ihre Adiletten und verließ das Haus. Irgendwo bellte ein Straßenhund. Džino, der riesige bärenhaft aussehende Nachbarshund, bellte zurück. Als sie vor den Zaun trat, lief er ihr freudig entgegen. Doch als er nur noch einen Meter von ihr entfernt war, spannte seine Kette und riss ihn zurück.

Oh, du Armer, dachte sie, während sie zusah, wie er an der gespannten Kette verzweifelt hin und her trabte. Was sind das bloß für Tierquäler!

Die Nachbarn hielten sich Džino hauptsächlich zur Abschreckung von Junkies und Einbrechern und schenkten ihm kaum Aufmerksamkeit. Er lag immer an der Kette, hatte viel zu wenig Auslauf und wurde nie gestreichelt.

Von der Hauptstraße tönten Sirenen herüber. Polizei, Krankenwagen – es hörte sich nach einem größeren Einsatz an. Dem anhaltenden Lautstärkepegel nach zu urteilen, war in der Nähe etwas passiert.

Da hat's wohl wieder mal gekracht, dachte sie. Die fahren hier echt wie die Verrückten. Kein Wunder, dass die *Crna Hronika* ständig voller Meldungen über Unfalltote ist ...

Sie überlegte kurz, zu Tante Mersija rüberzugehen, doch dann entschied sie sich dagegen, setzte sich auf die Stufen vor ihrem Haus und wartete auf Artur. Im schummrigen Licht der Türbeleuchtung schwirrten die ersten Nachtfalter. Der raue Stein der unfertigen Treppe drückte sich durch den dünnen Stoff ihrer Shorts. Bald schmerzte ihr Hintern.

Der lässt sich ja echt Zeit, dachte sie. Macht er das extra? Und einfach aufgelegt hat er auch. Wie frech.

Plötzlich horchte sie auf. Zwischen den Häusern erklangen Schritte. Erwartungsvoll sprang sie auf.

Als die Person näherkam, erkannte sie, dass es nicht Artur, sondern Denis war, ihr heroinsüchtiger Cousin. Obwohl er immer noch in der unteren Wohnung im Haus ihrer Tante wohnte, hatte sie ihn seit ihrer Ankunft noch nicht zu Gesicht bekommen. Wenn überhaupt, kam er angeblich nur noch zum Schlafen nach Hause oder um irgendetwas zu klauen, was er zu Geld machen konnte. Da er bereits die gesamte Verwandtschaft bestohlen hatte, war kaum jemand von ihnen mehr gut auf ihn zu sprechen. Nejla tat er leid. Denis war immer ihr Lieblingscousin gewesen und sie wusste, dass er ein guter Mensch war, der niemandem etwas Böses wollte. Schuld war das Heroin. Diese Droge war einfach teuflisch und machte einen zu 'nem verdammten Zombie.

»Hej, srce slatko. Kako si mi?«, begrüßte ihn Nejla.

»Oh, vidi je! Nek' si došla«, murmelte Denis mit einem beschämten Lächeln.

Sein Haar war verfilzt, das eingefallene Gesicht schmutzig und seine Unterlippe zitterte leicht. Das Weiß seiner schönen dunklen Augen hatte einen gelben Glanz und war von roten Äderchen durchzogen. Das letzte Mal, als sie ihn gesehen hatte, war er ein ganz anderer Mensch gewesen. Denis schien ihre Gedanken zu erraten, denn er wich ihrem Blick aus.

»Jel' znaš šta je bilo?«, fragte Nejla und erkundigte sich, um das Thema zu wechseln, nach dem Unfall. »Zvuči kao da se dogodila nesreća!«

»Da«, bestätigte Denis. »Tu na stanici. Udarilo auto nekog dječaka. Izgleda pravo loše. Tamo je velika gužva i bruka policije.«

Aha, dachte Nejla. Vielleicht ist Artur dort stehen geblieben und schaut sich das an.

Sie wollte sich schon erkundigen, ob er Artur dort begegnet war, als ihr bewusst wurde, dass die beiden sich noch nicht kennengelernt hatten.

Stirnrunzelnd sah sie die Straße hinunter. Nach wie vor kein Artur. Allmählich hatte sie ein schlechtes Gefühl.

»Zaista mi je neprijatno, ali imaš li cenera ili cvaju?«, begann ihr Cousin sie mit flehender Stimme anzubetteln.

Doch Nejla hörte ihm nicht länger zu. Ohne ein weiteres Wort lief sie los.

Ne sekiraj se! Ihm wird schon nichts passiert sein, sagte sie sich, während das Klappern ihrer Plastikschlappen auf dem Asphalt immer lauter und sie immer schneller wurde.

Bis zur Haltestelle waren es kaum mehr als zweihundert Meter. Nejla ließ die Einfahrt zu ihrer Siedlung hinter sich, bog um die Ecke und schon befand sie sich auf der Hauptstraße.

Wie erstarrt blieb sie stehen. Bei dem Anblick der Unfallstelle crashten ihre Vergangenheit und Gegenwart jäh ineinander. Obwohl ihr Verstand etwas anderes sagte, schien es ihr, als wäre der Krieg wieder ausgebrochen. Das Schlimmste daran war die Reaktion der Leute. Der Anwohner, ihrer Nachbarn. Was zum Teufel trieben die da? Alle waren sie aus ihren Häusern gekommen und gafften. Wie beim Comeback eines Stars! In stillem Einvernehmen hatten sie einen Kreis um die Unfallstelle gebildet. Als wollten sie einen Kolo tanzen. Die Münder offen und die Augen erfüllt von einem ekstatischen Glanz hatten alle, wirklich alle, ihre Handys gezückt, um ihre eigene Exklusivversion der Tragödie zu erbeuten, die mit Sicherheit am nächsten Morgen in allen Zeitungen stehen würde. Zusammen mit Gewaltdelikten, Mord und Totschlag.

Nervös schweifte ihr Blick durch die Menge. Artur war nirgends zu sehen. Wie in Trance drängte sie sich zwischen den Schaulustigen hindurch, bis sie eine bessere Sicht auf das Geschehen hatte.

Zwischen der Haltestelle und dem Supermarktparkplatz entdeckte sie einen schwarzen Audi A3 auf der Fahrbahn. Das Glas der Windschutzscheibe war zersplittert und blutverschmiert. Kühlergrill und Motorhaube waren eingebeult und die Seitentüren weit geöffnet. Schlaff wie geplatzte Kaugummiblasen hingen die Airbags aus dem Armaturenbrett. Um das Auto herum lagen verschiedene Lebensmittel auf der Fahrbahn.

Das sind Einkäufe aus dem Supermarkt!, durchfuhr es sie.

Die Polizeiabsperrung ignorierend, lief sie auf die Straße.

Nein, dachte sie sich. Das kann nicht sein!

Als sie die weiße Pfütze erreicht hatte, fiel sie auf die Knie. Milch. Im Licht der Polizeischeinwerfer leuchtete sie bläulich. Das plattgefahrene Tetra Pak lag daneben. Moja Kravica. Die Kuh auf der Verpackung hatte eine rote Blume im Mund. Ihr freundliches Lächeln war vom Reifenprofil des Audis entstellt.

Nejla hob die Packung auf und sah sich um. Überall Polizeiautos, aber kein Krankenwagen. Wo zur Hölle war Artur?

Einer der Polizisten hatte sie entdeckt und lief auf sie zu. Unerschrocken trat sie ihm entgegen.

»Šta ćeš tu?!«, rief er barsch. »Nisu tvoja posla!«

»Gdje je on?! Gdje je Artur?«, schrie Nejla zurück und packte ihn am Ärmel seiner Uniform. »Šta si mu uradio? Gdje ste ga odveli?!«

»Znaš li dječaka iz Njemačke?«, horchte er bei der Erwähnung von Arturs Namen überrascht auf. »Onog kog su pregazili?«

»Da, da«, bestätigte Nejla. »Artur, Artur Vogel. To je moj dečko!«

Der Polizist bedeutete Nejla, ihm zu folgen. In einem Streifenwagen nahm ein anderer Beamter ihre Personalien und Adresse auf.

»Kako je? Jel' živ?«, erkundigte sich Nejla nach Arturs Zustand.

»Teško je povrijeđen«, antwortete der Beamte. »Odvezli su ga u Urgentni centar na Koševu.«

Er lebt noch, hvala bogu!, er lebt, dachte Nejla, ohne wirklich Erleichterung zu verspüren. Ihre Gedanken überschlugen sich.

Schwer verletzt konnte alles bedeuten. Wie schwer war es? Bestand Lebensgefahr? Koševo? Das war die Klinik, in der ihre Mutter arbeitete! Das konnte von Vorteil sein. Jetzt bloß keine Zeit verlieren. Sie musste unbedingt dorthin!

»Polako, smiri se«, sagte der Polizist, als hätte er erraten, was gerade in ihr vorging. »Ionako ga sada ne možeš vidjet'. Odmah je odveden u OR.«

»Pomozi nam da skupimo njegove stvari«, unterbrach sie der Polizist, dessen Bekanntschaft Nejla zuerst gemacht hatte.

Die Einkäufe wegräumen?, wunderte sie sich. Wie kommt er darauf? Das ist doch total absurd!

Doch gerade erschien ihr die ganze Welt so unwirklich und verrückt, dass sie sich auch auf ein Bein gestellt und gesungen hätte, wenn es jemand verlangt hätte.

Wie ferngesteuert trat sie auf die Fahrbahn. Ihre Beine fühlten sich plötzlich so leicht an, als stünden sie nicht länger unter dem Einfluss der Schwerkraft.

Alle Handys waren plötzlich auf sie gerichtet. Um sie herum blitzten Lichter auf.

Ohne eine Miene zu verziehen, sammelte Nejla ihre Einkäufe ein. Eine zerrissene Tüte mit dem grüngelben Supermarktlogo, darin eine zerbeulte Konserve mit Bohnen. Etwas weiter weg lag noch eine. Ein Päckchen mit Paprikagewürz war aufgeplatzt und färbte die Straße rot wie Böllerreste nach Silvester. Drei Joghurtbecher, alle kaputt. Plazma-Kekse, teilweise zerbröselt. Noch eine Tüte, darin eine große PET-Flasche, zwei Liter Nikšičko Pivo.

Das hat gar nicht auf der Liste gestanden, wunderte sie sich. Wieso hat er nicht Sarajevsko gekauft?

Nektarinen zermatscht. Grüne Paprika, Zwiebeln – die gingen noch. Eine besonders große war zehn Meter weit weggerollt.

Und dann, als sie die Zwiebel holen ging, sah sie den Typen am Straßenrand: Sein Handy in der einen, eine Ronhill-Lights-Schachtel in der anderen, zog er genüsslich an seiner Zigarette.

Nein, versuchte sie sich selbst zu überzeugen, das ist Zufall. Der raucht eben auch Ronhill Lights.

Doch die Art, wie er sie ansah und sich dann zu seinem Kumpel umdrehte, sagte etwas anderes.

Das sind Arturs Kippen, sagte eine Stimme in ihr. Der Bastard raucht seine scheiß Kippen!

»Prokleto kopile! Jebat' ću ti majkicu!«, schrie sie außer sich und ging auf ihn los.

Skippy – Renault Kangoo

Der Flieger tauchte in die Wolkendecke, unter der Berlin verborgen lag. Dilek spürte ein schmerzhaftes Stechen in den Ohren. Die Geräusche um sie herum wurden dumpf, als hätte ihr jemand kleine Stückchen der grauen Wolkenfetzen in die Gehörgänge gestopft.

Bobby hatte ihre Hand genommen und sah aus dem winzigen Fenster hinaus in das diffuse Grau. Seine Handfläche war feucht und sein Griff wurde fester.

Wenn der Flieger abstürzt, überlegte Dilek, und wir hätten nur noch eine Minute, was würde ich Bobby sagen? Würde ich etwas bereuen?

Sie lehnte sich zu Bobby hinüber und gab ihm einen Kuss auf die Wange. Bobby lächelte.

Meine arme Nejla, sagte sie sich. Der schreckliche Gedanke, den Bobby und sie nicht auszusprechen wagten, kam ihr wieder in den Sinn: Was wenn Artur nicht durchkommt? Wie schrecklich muss es sein, wenn die letzten Worte mit deinem Geliebten irgendein banaler Scheiß waren und du keinerlei Gelegenheit mehr bekommst, ihm irgendwas anderes zu sagen? Nicht einmal, dass du ihn liebst? Nein, nein. Denk nicht an sowas. Artur schafft das!

Wie so oft im Leben geschah einfach alles auf einmal. Seit ihrem Urlaub in Barcelona fühlte sie sich endlich im Reinen mit sich selbst. Bobby schien es ebenso zu gehen. Endlich hatten sie aufgehört, einander etwas vorzumachen, und sich gegenseitig ihre wahren Gefühle eingestanden. Bobby liebt mich und ich liebe Bobby. Zum ersten Mal im Leben konnte sie so etwas auch aussprechen. Und dann war diese verdammte Nachricht gekommen: Autounfall. Artur lag in Sarajevo auf der Intensivstation.

Endlich passiert was Gutes und dann kommt direkt etwas Schlechtes hinterher, dachte sie. Warum können wir nicht einfach mal ein bisschen Glück haben? Als ob es eine verfickte Steuer darauf gäbe, die immer gleich abgezogen wird.

Dilek folgte Bobbys Blick durchs Fenster. Das Flugzeug hatte die Wolken verlassen und befand sich im Landeanflug auf Tegel. Auf der trüben Plexiglasscheibe liefen einzelne Wassertropfen um die Wette. Alles an Berlin wirkte trist und grau. Als hätte jemand an einem Schalter gedreht und den Sommer einfach weggewischt, wie bei diesen Zaubertafeln aus der Kindheit.

Der Flieger setzte mit einem Ruck auf der nassen Landebahn auf und bremste hart ab. Erleichtert ließ Bobby ihre Hand los und schaltete sein Handy ein.

»Ich checke mal, ob Kazim oder Nejla geschrieben haben.«

Dilek nickte und holte ebenfalls ihr Nokia hervor. Vor ihrem Abflug heute Morgen hatte sie dreimal erfolglos versucht, Nejla zu erreichen. Schließlich hatte sie ihrer Freundin eine lange SMS geschickt und gehofft, dass sie nicht in den elektromagnetischen Tiefen des Roaming-Ozeans verloren ging. Kazim, der Kumpel, mit dem Artur Musik machte, hatte bisher als Einziger direkt mit Nejla gesprochen. Er war es auch gewesen, der Bobby in Barcelona angerufen hatte. Kurz darauf hatten sie beschlossen, ihren Urlaub abzubrechen und nach Sarajevo zu fahren.

Dilek schaltete ihr Handy ein. Mit leichter Verzögerung fügte es sich in den Kanon der Signaltöne, der das gesamte Flugzeuginnere erfüllte. Gespannt starrte Dilek aufs Display.

Während über ihr die Gepäckfächer aufgerissen wurden, überflog Dilek ihre Nachrichten. Keine SMS von Nejla.

Enttäuscht schüttelte sie den Kopf.

»Keine Nachricht heißt zumindest auch: keine schlechte Nachricht«, versuchte Bobby sie zu trösten.

Der Bordmonitor zeigte 22 °C Außentemperatur, nicht gerade warm für Mitte August. Mit einem sonnigen Lächeln entließ die Stewardess sie ins verregnete Berlin.

Während Dilek zwischen den ganzen Touris und Heimkehrern an der Gepäckausgabe wartete, rief Bobby bei Kazim an.

»Kazim ist ready«, meinte er, nachdem er wieder aufgelegt hatte. »Wir sollen uns einfach melden, wenn wir wissen, wann wir ungefähr in Bielefeld sind. Er hat genug Cash für Sprit am Start.«

»Na dann«, sagte Dilek mit einem schiefen Lächeln. »Jetzt brauchen wir nur noch ein Auto!«

»Ach, das wird schon klargehen«, versicherte ihr Bobby.

»Tamam. Wenn du das sagst.«

Die Sache war nämlich die: Fast das ganze Urlaubsgeld war für die neuen Rückflugtickets draufgegangen, die sie Last Minute am Flughafen gekauft hatten. Ein Weiterflug nach Sarajevo kam daher nicht infrage. Die Reisebusse waren ebenfalls zu teuer und außerdem brauchten sie fürchterlich lang. Mit dem Auto runterzufahren und vorher Kazim in Bielefeld einzusammeln, war die beste Option. Allerdings besaß keiner ihrer Berliner Freunde ein Auto. Schließlich war Bobby auf den Gedanken gekommen, heimlich das Auto des Tierschutzvereins zu nehmen, in dem er sich engagierte. Bobby zufolge stand der kleine Lieferwagen normalerweise auf dem Parkplatz der Kleingartenanlage am Südkreuz, wo die Eichhörnchenhilfe Berlin ein Grundstück gepachtet hatte. Dilek kannte das Gelände noch von einer nächtlichen Eichhörnchenrettungsaktion, bei der sie Bobby spontan begleitet hatte. Allerdings war sie damals ziemlich bekifft gewesen. Nur die stechend schwarzen Knopfaugen des Eichhörnchens hatten sich ihr eingeprägt. Die hatten etwas Dämonisches an sich gehabt. Seitdem hatte sie immer ein bisschen Schiss vor diesen Tierchen.

Nach einem kurzen Abstecher zu Bobbys WG, wo sie ihre Sachen umpackten, fuhren sie direkt weiter Richtung Südkreuz.

Dilek hatte ihre sonnengebräunten Beine widerwillig in eine lange Jeans gezwängt, die Flipflops gegen Reebok-Sneaker eingetauscht und sich ihre

Adidas-Regenjacke übergeworfen. Beim Blick aus dem S-Bahnfenster auf das schmutzige Grau Berlins bekam sie direkt Sehnsucht nach Barcelona. Wie wohl Sarajevo ist?, fragte sie sich.

Bobby betrachtete schweigend die Graffitis entlang der Bahnlinie.

»Macht's dir denn gar nichts aus, dem Eichhörnchenclub sein Auto zu klauen?«, fragte sie ihn.

»Nöö«, sagte Bobby und schüttelte den Kopf. »Ist ja nur geliehen. Außerdem behandeln die mich in letzter Zeit wie einen Laufburschen. Ständig tue ich den Pennern irgendwelche Gefallen, ohne auch nur einmal ein Dankeschön zu hören. Ich habe quasi ein Anrecht auf die Karre.«

»Schwöre«, sagte Dilek lachend und gab ihm einen Kuss. »Bobby lässt sich von niemandem verarschen.«

»So schaut's aus«, pflichtete Bobby grinsend bei.

Dilek strich liebevoll durch sein zerzaustes dunkelbraunes Haar. Das Funkeln in seinen bernsteinfarbenen Augen, diese wilde Entschlossenheit, war echt sexy.

Bobby hat keine Angst, er zieht einfach sein Ding durch, dachte sie. Mit ihm kann ich echt alles machen. Wir zwei gegen die Welt, wie Bonnie und Clyde.

Wegen seiner leicht hervortretenden Augen und der markanten, etwas schiefen Nase wirkte Bobby auf den ersten Blick ein wenig grobschlächtig, doch der sinnliche Schwung seines Mundes und die vollen, weichen Lippen verrieten seinen sensiblen Charakter. Tatsächlich war er so gutmütig, dass er es mit seiner Hilfsbereitschaft manchmal übertrieb. Aber wenn er sich ausgenutzt fühlte, konnte es passieren, dass er austickte und auf nichts einen Fick gab.

Und genau das passierte jetzt mit diesen Eichhörnchenrettern. Dileks Mitleid hielt sich jedoch in Grenzen. Denn ihrer Einschätzung nach bestand der Club sonst hauptsächlich aus Frührentnern und Langzeitarbeitslosen mit irgendwelchen chronischen Beschwerden und Psychomacken.

Als sie am Südkreuz ausstiegen und zur Kleingartenanlage hinüberliefen, fing es an zu regnen. Die Schrebergärten jenseits des nassen Kieswegs wirkten verlassen. Außer dem Geräusch des Regens war es angenehm still. Am Tor des Geländes, das die Eichhörnchenhilfe gepachtet hatte, blieb Bobby stehen und zögerte.

»Scheiße«, murmelte er. »Ich glaube da ist irgendwer. Wahrscheinlich Werner.«

»Und was machen wir jetzt?«, fragte Dilek. »Sollen wir warten?«

»Hmm, nee«, entgegnete Bobby. »Das könnte ja Stunden dauern. Pass auf. Der Schlüssel von der Karre liegt normalerweise drinnen im Gartenhäuschen. Ich sage, dass du dich für die Eichhörnchenhilfe interessierst. Du lenkst Werner ab und lässt dich ein bisschen von ihm zutexten. Und ich hole in der Zwischenzeit heimlich den Schlüssel!«

»Okay«, stimmte Dilek zu. »Versuchen wir's!«

Bobby gab ihr einen Kuss und öffnete das Tor. Beiderseits des Wegs, der auf das kleine Gartenhaus zulief, befanden sich große Freigehege sowie einige heruntergestutzte Obstbäume. Unter dem Vordach des Häuschens standen eine Reihe kleinerer Käfigboxen zur Pflege verletzter Tiere und Eichhörnchenbabys. Daneben standen ein Tisch und eine Bank, auf der ein etwa fünfzigjähriger Mann saß.

Der Mann rauchte einen billigen Filterzigarillo und war vertieft in die Lektüre der *B.Z.*, die er auf dem Tisch vor sich ausgebreitet hatte. Seinen Kopf bedeckte eine beige Fischermütze, auf der Nase trug er eine schmale Lesebrille. Sein brauner Vollbart war zum Teil ergraut und unter seinem T-Shirt schaute ein beachtlicher Bauch hervor.

Als Bobby und Dilek sich ihm näherten, sah er überrascht auf.

»Hey Werner!«, rief Bobby und hob grüßend die Hand.

»Bobby?!«, wunderte sich Werner. »Wat machst du denn hier? Ick dachte, du bist in Urlaub. Hast mich wohl vermisst, wa?«

»Yo«, entgegnete Bobby. »Hab jede Nacht von dir geträumt.«

»Hehehe«, lachte Werner. »Dit glob ick dir nich, wenn ick dit schöne Fräulein neben dir seh!«

»Das ist Tina«, log Bobby. »Sie interessiert sich für unseren Verein. Hab ihr schon länger 'ne Führung versprochen. Jetzt hat's endlich mal geklappt.«

»Na, hallo«, begrüßte sie Werner. »Da habta euch ja 'nen wunderbaren Tach ausjesucht.«

»Hallo«, sagte Dilek und schenkte Werner ein besonders breites Lächeln. »Das Wetter ist mir egal, wenn's um Eichhörnchen geht.«

»Soso«, sagte Werner und musterte Dilek neugierig. »Dit lob ick mir!«

Jetzt, da Dilek näher an den Tisch herangetreten war, konnte sie sehen, was auf Werners T-Shirt stand: *Squirrel Whisperer*.

»Werner ist Eichhörnchenhelfer der ersten Stunde, ein echter Veteran«, erklärte Bobby und wandte sich dann an Werner. »Würdest du Tina ein bisschen was erzählen und sie rumführen?«

»Ja, bitte!«, sagte Dilek mit gespielter Begeisterung. »Das wäre klasse!«

Der Squirrel Whisperer nickte würdevoll, faltete seine Zeitung zusammen und bot Dilek einen Platz an.

»Seit wann gibt es euch eigentlich?«, erkundigte sich Dilek und setzte sich zu ihm.

Werner war sofort in seinem Element. Während Dilek scheinbar verzückt seinem Monolog lauschte, verschwand Bobby unauffällig im Gartenhäuschen.

»Jetzt hab ick so viel jeredet …«, unterbrach sich Werner, ganz außer Atem. »Du willst bestimmt die kleenen Racker sehn, wa?«

»Du kannst echt Gedanken lesen, Werner«, log Dilek.

»Na denne. Komm ma mit«, verkündete Werner stolz. »Ick hab 'ne Überraschung.«

Bobby, amına koyim, dachte Dilek, während sie Werner zu einem der Freigehege folgte. Was treibst du die ganze Zeit?!

»Dit is Skippy«, sagte Werner und deutete auf ein zierliches Eichhörnchen, das im Käfig auf einem Ast saß. »Skippy is total zahm. Ick hab den Kleenen offjezogn. Bin quasi ihm seine Mama.«

Werner holte ein paar Sonnenblumenkerne aus seiner Tasche und gab sie ihr in die Hand. Dilek beschlich eine böse Vorahnung. Tatsächlich zückte Werner einen Schlüsselbund und öffnete das Schloss an der Gehegetür.

»Äh, ist das wirklich okay?«, fragte Dilek, als Werner ihr bedeutete, hineinzuschlüpfen. Skeptisch musterte sie Skippy, der ihr mit seinen dämonischen schwarzen Knopfaugen zublinzelte und dann jäh zum nächsten Ast sprang.

»Na sichi, imma rin in die jute Stube«, beteuerte Werner.

Verzweifelt sah sie zum Gartenhäuschen hinüber. Immer noch kein Bobby. Ihr blieb keine Wahl.

»Hey Skippy«, murmelte sie und betrat zögerlich den Käfig. Kaum war sie drinnen, machte Werner auch schon die Tür zu.

Fuck, fluchte Dilek innerlich. Ich sitze in der Falle.

»Streck einfach die Hand aus«, hörte sie Werner hinter sich. »Skippy holt sich sein Fresschen schon!«

Ehe sie sich's versah, hatte das Eichhörnchen sich in ihre Jeans gekrallt und kletterte ihr Bein hinauf.

Skippy, du kleiner Bastard, komm nicht auf dumme Gedanken!, dachte Dilek und schielte ängstlich zu dem Eichhörnchen hinunter, dass auf ihrer ausgestreckten Hand saß und seelenruhig an einem Sonnenblumenkern knabberte.

Grinsend trat Bobby aus dem Gartenhäuschen.

»Alles okay, Tina?!«, rief er verwundert, als er näherkam. »Du siehst ein bisschen blass aus.«

»Allet jut«, rief Werner fröhlich. »Die macht jerade Bekannschaft mit Skippy!«

Dilek nickte mit einem eisigen Lächeln.

»Tut mir leid, Tina«, sagte Bobby. »Du musst dich leider von ihm trennen. Hab gerade 'nen Anruf bekommen! Ist was Dringendes dazwischengekommen. Wir müssen los!«

»Echt?«, sagte Werner. »Dit is aber schade.«

Dilek schüttelte Skippy ab und sprang aus dem Käfig.

»Übrijens, jetze, wo de wieder hier bist, kannste die Woche die Boxen reparieren?«, erkundigte sich Werner.

»Sorry, Werner«, rief Bobby ihm über die Schulter zu, während er Dileks Hand ergriff und sie mit sich zog. »Keine Zeit.«

Krachend fiel hinter ihnen die Metalltür ins Schloss. Unter ihren Schuhen knirschten die nassen Kiesel.

Bobby ließ triumphierend den Autoschlüssel um seinen Zeigefinger rotieren.

»Du Arsch, Alter«, rief Dilek außer Atem und knuffte Bobby in die Seite. »Werner hätte mich beinahe an Skippy verfüttert!«

Laut Bobby parkte das Auto der Eichhörnchenhilfe normalerweise auf dem Voralberger Damm entlang der Gartenanlage. Tatsächlich mussten sie nicht lange suchen.

»Da is er«, rief Bobby und zeigte auf einen blauen Renault Kangoo.

Skeptisch begutachtete Dilek den Minitransporter.

Am rechten Kotflügel und in der Beifahrertür befanden sich einige rostige Dellen. Die Vogelscheiße auf der Motorhaube war so festgetrocknet, dass auch der Regen sie nicht abwaschen konnte.

Bobby schloss den Laderaum auf und warf seinen Rucksack hinein. Dort lagen schon Futtersäcke, eine Schaufel, Besen und anderer Kram.

»Alter, ist das ein Zweisitzer?!«, entfuhr es Dilek. »Und was ist mit Kazim?«
»Der muss sich hinten reinsetzen«, meinte Bobby und zuckte mit den Schultern.
»Manyak, dir ist schon klar, dass wir über ein paar Grenzen müssen, oder?!«
»Ja, schon«, entgegnete Bobby etwas kleinlaut. »Aber was sollen wir sonst machen? Nach Bosnien kontrollieren die bestimmt eh nicht so streng. Kazim muss sich hinten eben kleinmachen. Dann können die ihn gar nicht sehen. Wir halten denen einfach unsere deutschen Pässe hin und die winken uns durch.«
»Okay«, meinte Dilek und zuckte mit den Schultern. »Wir haben ja keine Wahl.«
Zumindest bei so etwas zahlte sich der deutsche Pass aus. Als sie damals von zuhause abgehauen war, hatte man ihr geraten, die türkische Staatsbürgerschaft abzugeben, damit ihre Familie nicht über das Konsulat an ihre Adresse herankäme. Dilek war nicht unbedingt stolz auf ihre Herkunft, aber es hatte sie damals doch geschmerzt, nach ihrer Familie auch noch diesen Teil ihrer Identität zu verlieren. Klar, es handelte sich nur um ein Stück Papier, aber trotzdem ...
Als Bobby den Schlüssel in die Zündung steckte, erwartete sie die nächste böse Überraschung. Die Tankanzeige leuchtete bereits rot.
»Kazim hat Kohle«, sagte Bobby. »Hauptsache wir kommen bis nach Bielefeld.«
Um Gewicht zu sparen, luden sie die Futtersäcke und alles, was sie nicht unbedingt brauchten, aus. Dann tankten sie für 31,40 Euro, ihre letzten Ersparnisse.
»Das haut schon hin«, meinte Bobby zuversichtlich.
Als sie endlich auf die Autobahn abbogen, fing Dilek langsam an, Bobbys Optimismus zu teilen.

»Unglaublich«, sagte sie grinsend. »Wir sind zusammen unterwegs in 'nem geklauten Auto. Ist das nicht romantisch?«

»Voll«, pflichtete Bobby bei und nahm ihre Hand. »Ich wünschte bloß, der Anlass wäre nicht so beschissen.«

Dilek nickte stumm.

Die Fahrt an sich verlief problemlos, doch je näher sie ihrem Ziel kamen, desto knapper wurde das Benzin. Besorgt verglich Dilek auf ihrem Handy die Kilometer der verbleibenden Strecke mit dem Stand der stetig sinkenden Tanknadel. Obwohl Bobby schließlich nur noch mit knapp hundert Kilometern pro Stunde im Windschatten der LKW fuhr, leuchtete kurz hinter Hannover das Warnlämpchen der Reserve auf.

Bobby presste die Lippen zusammen und schüttelte den Kopf.

»Es reicht nicht«, murmelte er und zeigte auf die Anzeigetafel einer Tankstelle. »Wir müssen hier raus.«

Fragend sah Dilek ihn an.

»Und dann?«

»Was soll ich schon machen?«, antwortete Bobby. »Ich tanke.«

»Ohne Cash?«

»Wir müssen.«

Dilek überlegte eine Weile.

»Tamam«, sagte sie. »Ich geh rein und überlege mir was.«

»Bonny und Clyde, Alter!«, rief Bobby und gab ihr einen Kuss.

Der Autohof befand sich direkt bei Porta Westfalica, während Bobby zur Zapfsäule ging und tankte, machte Dilek ein paar Schritte, schüttelte ihre Beine aus und versuchte sich innerlich auf die Diskussion mit dem Tankwart vorzubereiten.

Der Himmel hatte sich inzwischen aufgeklärt, doch die Sonne war schon fast untergegangen und der Horizont leuchtete pastellrosa. Auf der

Bergkuppe jenseits der Weser thronte das von Schweinwerfern hell angestrahlte Kaiser-Wilhelm-Denkmal. Der gigantische Kuppelbau mit Kriegerstatue wirkte wie aus *Herr der Ringe*. Bei dem altvertrauten Anblick wurde ihr schlagartig bewusst, was sie wegen der ganzen Action und der Sorge um Artur und Nejla bisher komplett ausgeblendet hatte: Sie fuhr zum ersten Mal seit ihrer Flucht von zuhause wieder nach Bielefeld.

Für einen Moment kam Panik in ihr auf.

Sieben Jahre, dachte sie. Sieben verfickte Jahre! Und trotzdem fühlt es sich plötzlich so an, als ob es erst gestern gewesen wäre. Der verdammte Sommernachmittag, als Fatih, dieser scheiß Verräter, sie im Badezimmer eingesperrt und Baba erzählt hatte, dass sie heimlich im Schwimmbad gewesen war. Am Ende konnte sie sogar froh darüber sein, dass sie wegen der Prügel im Krankenhaus gelandet war. Denn so hatte es endlich jemand mitbekommen.

Was wenn wir einen von meinen Verwandten treffen? Was wenn plötzlich einer meiner Onkel hier neben mir an der Kasse steht?! Alles ist möglich. Bobby ist mir auch in einer Millionenstadt wie Berlin zufällig über den Weg gelaufen!

Dilek atmete tief durch.

Nein, ermahnte sie sich. Das wird nicht passieren. Wenn wir in Bielefeld sind, ist es bereits Nacht. Niemand wird uns bemerken. Wir laden Kazim ein, fahren weiter und alles wird gut!

Sie sah sich nach Bobby um. Er steckte gerade den Zapfhahn zurück in die Halterung und deutete mit dem Kopf Richtung Tankstelleneingang.

Sie nickte und setzte sich mit weichen Knien in Bewegung.

Der Tankwart sah ihr erwartungsvoll entgegen. Damit ihre Lüge glaubhafter erschien, nahm sie noch eine Packung Airwaves Cool Cassis von der Auslage und legte sie auf den Tresen.

»Einmal die Kaugummis und die Fünf bitte«, sagte sie und holte betont lässig ihre Karte hervor.

Wortlos schob ihr der Tankwart das Lesegerät hin.

»Oh, äh, funktioniert irgendwie nicht«, sagte Dilek mit gespielter Überraschung, nachdem die Karte, wie erwartet, abgelehnt worden war.

»Probier's noch mal«, sagte der Tankwart und gab erneut das Gerät frei.

Natürlich blieben die weiteren Versuche ebenfalls erfolglos. Zwei weitere Kunden hatten sich hinter Dilek eingereiht und warfen ihr ungeduldige Blicke zu.

»Das kann doch nicht sein«, entfuhr es Dilek, wobei das Unbehagen und ihre Verzweiflung mittlerweile nicht einmal mehr gespielt waren. »Heute Morgen ging sie noch!«

Der Tankwart sah durch das Schalterfenster hinüber zur Zapfsäule, an der sie geparkt hatten.

»Da draußen ist doch dein Freund, oder?!«, sagte er genervt. »Dann soll er halt reinkommen und zahlen!«

»Der hat kein Portemonnaie dabei!«

»Das kann doch nicht euer Ernst sein!«, rief der Tankwart. »Wer ist denn bitte schön komplett ohne Geld unterwegs?!«

»Meine Karte ging heut noch!«, beteuerte Dilek. »Außerdem ist es ein Notfall. Wir müssen unbedingt nach Bielefeld! Ein Freund hatte einen Unfall!«

»Deine Story ist mir egal«, sagte der Tankwart. »Verarschen könnt ihr wen anders. Hast du deinen Ausweis dabei?!«

Dilek nickte.

Der Tankwart rief eine Kollegin herbei, um die anderen Kunden abzufertigen, und lotste Dilek den Flur entlang in ein Büro. Der Tankwart musste etwa Anfang dreißig sein. Unter seiner Aral-Tankstellenweste trug er ein T-Shirt mit einem Alienkopf. Seine Jeans hing runter, sodass seine Boxershorts zum Vorschein kamen. Er hatte fettiges braunes Haar, war blass und sah ziemlich übernächtigt aus.

Entweder ein Gamer oder er hat sich die ganze Nacht vor dem Rechner einen runtergeholt, vermutete Dilek.

Der Typ setzte sich, ohne ihr einen Stuhl anzubieten, an seinen Schreibtisch und holte einen Ordner hervor.

»Siehst du den ganzen Kram da?!«, sagte er und deutete hinter sich.

Auf dem Fenstersims lagen verschiedene Handys, Armbanduhren, iPods und Ähnliches.

»Das ist alles Pfand von irgendwelchen Leuten, die ihre Tankfüllung nicht bezahlt haben! Denkst du, die haben wir jemals wiedergesehen?! Eigentlich müsste ich die Polizei rufen ...«

Der Tankwart schnaubte verächtlich und legte ein Formular auf den Tisch.

»Ausweis?«

Dilek gab ihm ihren Personalausweis.

»Ich schwöre«, flehte sie ihn an. »Ich überweise das Geld, sobald ich zuhause bin.«

»Çiçek«, las der Tankwart, während er ihre Daten eintrug. »Ich war mit 'nem Fatih Çiçek zusammen auf der Berufsschule in Bielefeld. Ist der mit dir verwandt?!«

Bei der Erwähnung ihres ältesten Bruders blieb Dilek fast das Herz stehen. Für einen Moment hatte sie das absurde Gefühl einer ausgeklügelten Verschwörung zum Opfer gefallen und verraten worden zu sein. Sie schloss für einen Moment die Augen und bemühte sich ruhig zu bleiben. Zum Glück war die Aufmerksamkeit ihres Gegenübers auf das Formular gerichtet, sodass er ihre Reaktion nicht bemerkte.

»Nee«, sagte sie so beherrscht wie möglich. »Kenn' ich nicht.«

»Hätte ja sein können«, murmelte der Tankwart und machte eine Kopie von dem Formular.

Offenbar war das Thema damit für ihn abgeschlossen.

»Also gut«, meinte er schließlich und händigte ihr die Kopie aus. »Wenn du innerhalb von 'ner Woche nicht zahlst, wird's teuer!«

»Okay«, sagte sie erleichtert. Wie in Trance ging sie durch den Flur zurück in den Servicebereich.

Vay, wie kann das sein?!, dachte sie. Dabei bin ich noch nicht mal in Bielefeld.

Als sie durch die elektrische Schiebetür nach draußen trat und die nach Benzin riechende Abendluft einatmete, wurde ihr langsam wieder leichter ums Herz.

Bobby sah ihr mit fragendem Blick entgegen.

»Wie ist es gelaufen?!«, rief er aufgeregt, als sie die Tür öffnete und sich auf den Beifahrersitz fallen ließ.

»Alles gut«, sagte sie und zog die Kaugummis aus der Tasche. Die absurde Verbindung zwischen dem Tankwart und ihrem Arschloch-Bruder erwähnte sie nicht. »Willste 'nen Airwaves?«

»Boah, wie Gangster ist das denn!«, rief Bobby lachend und drückte aufs Gas. »Hat sie sogar noch Kaugummis abgezogen!«

Stadt ohne Farbe

Die Sonne stand hoch über den riesigen grauen Wohnblöcken von Alipašino Polje. Nejla fuhr mit ihrem Onkel in dessen rotem Golf II den Meša-Selimović-Boulevard entlang.

Joj bože, nemoj …, dachte sie. Wie konnte das passieren?! Verfickte Sniper-Allee. Als ob diese scheiß Straße alles und jeden verschlingt, der mir lieb ist! Nicht genug, dass Tata auf dir erschossen wurde, jetzt willst du auch noch Artur umbringen? Wie kannst du mir das antun!? Endlich bring ich jemanden mit, der mir wirklich etwas bedeutet, jemanden, den ich liebe! Und dann willst du ihn mir wegnehmen?! Ich flehe dich an! Bitte lass ihn mir. Lass ihn nicht sterben!

»'oćeš?«, murmelte ihr Onkel und reichte ihr seine Zigarettenschachtel.

Mit zitternden Fingern steckte sie sich eine zwischen die Lippen. Mrki rauchte Drina. Eigentlich waren die ihr zu stark, aber jebi ga. Nejla nahm einen tiefen Zug und blies den Rauch in den Fahrtwind, der durch das heruntergelassene Seitenfenster hereindrang. Wut, Schmerz und Verzweiflung schossen wie eine Stichflamme in ihr hoch. Für einen Augenblick befürchtete sie, dass das alles mehr war, als sie ertragen konnte, dass sie zerbrechen und ihren Verstand verlieren würde. Ihre Hand suchte in der Hosentasche nach den Beruhigungstabletten. Sie schloss die Augen und versuchte, langsam zu atmen.

Artur lag in der Uniklinik Koševo, in der ihre Mutter als Pflegerin arbeitete. Vor einer halben Stunde hatte sie angerufen und gemeldet, dass Artur auf die Intensivstation verlegt worden war und Nejla endlich zum ihm durfte.

Sein Zustand war sehr kritisch. Bisher war er nicht wieder zu Bewusstsein gekommen. Fast die ganze Nacht hatten sie ihn operiert. Über sieben Stunden. Die Liste seiner Verletzungen war so verdammt lang. Als ihre Mama sie ihr vorgelesen hatte, hatte sie nicht einmal bis zum Ende zuhören können und war weinend zusammengebrochen.

Was hat der Arzt noch mal gesagt, als ich dort war?, überlegte sie, sieben Blutkonserven ...?

»Šta ti je, majmune jedan...«, fluchte Mrki und gestikulierte in Richtung eines silbernen Toyotas, der die Spur gewechselt und ihn dabei geschnitten hatte.

Die Ampel vor ihnen wechselte auf Rot. Flink huschten einige zehn- bis zwölfjährige Roma mit Scheibenputzzeug von Auto zu Auto, um etwas Kleingeld zu verdienen. Kaum wurde es Grün, waren sie auch schon wieder verschwunden. Die Jungs wuchsen mit dieser Straße auf und kannten sie genau. Ihren Puls, den Rhythmus des Verkehrs, die Gefahren.

Anders als Artur.

Warum musste ich ihn auch allein zum Einkaufen schicken?, fragte sie sich. Warum habe ich den beschissenen Kaffee vergessen?! Er war doch schon auf dem Heimweg! Hätte ich ihn nicht angerufen, wäre er nicht zurückgegangen. Dann wäre nichts passiert! Alles wäre wie immer. Fuck, das ist alles meine Schuld!

Die Szenen aus der letzten Nacht erschienen ihr immer noch wie ein schlechter Traum. Als sie heute Morgen aufgewacht war, hatte sich für einen Bruchteil eines Augenblicks alles normal angefühlt. Doch dann hatte sie sich umgedreht und bemerkt, dass Artur nicht da war. Stattdessen lag auf dem Nachtisch die Lexilium-Packung, drei Milligramm Bromazepan. Mama hatte sie ihr in die Hand gedrückt, bevor sie sie auf dem Parkplatz vor der Klinik ins Taxi gesetzt hatte. Damit sie zuhause wenigstens ein bisschen Schlaf bekäme.

»Moraš se odmoriti! Molim te, draga moja«, hatte Mama sie beschworen. »Sad ne možeš ništa. Nazvat' ću te čim stigne na intezivnu njegu.«

Mama hatte recht gehabt. Wäre es nach ihr, Nejla, gegangen, würde sie immer noch draußen vor der Klinik warten. Auch wenn sie ihn gar nicht besuchen durfte. Vielleicht hätte seine Seele gespürt, dass sie da war.

Und für ihn betete. Obwohl sie eigentlich gar nicht religiös war, flehte sie Gott an. Gott und Sarajevo. Denn diese Stadt hatte eine Seele und einen Willen, dessen war sie sich sicher. Sarajevo wollte ihr Artur wegnehmen. Ein einziges Mal hatte sie nicht aufgepasst und schon hatte Sarajevo ihn verschluckt.

Als sie die Ali-Paša-Moschee erreicht hatten, wechselte ihr Onkel die Spur und bog ab Richtung Ciglane und Koševo. Rechts Parkanlagen, links Beton. Die stufenartig übereinander gebaute Apartmentsiedlung von Ciglane erinnerte an eine Mischung aus mexikanischer Tempelanlage und düsterer Science-Fiction-Kulisse á la Blade Runner. Kurz darauf waren sie auf der Querstraße, die direkt zum Klinikkomplex hinaufführte.

»Čekam te ovdje«, meinte Mrki, als Nejla aus dem Auto stieg.

»Važi«, stimmte Nejla zu und ging allein zum Haupteingang.

Das Licht der Sonne war so grell, dass ihre Augen schmerzten und Nejla sie mit der Hand abschirmen musste.

Was für eine grausame Sonne, sagte sie sich. Sie sieht auf mich herunter und lacht.

Ihre Mutter wartete bereits am Eingang. Ohne ein Wort der Begrüßung nahm sie Nejla in den Arm.

Joj, nemoj ... Nejla, nicht heulen. Jetzt noch nicht. Sei stark, beschwor sie sich vergebens. All der Schmerz brach aus ihr heraus. Die Welt um sie herum verschwamm und sie vergrub ihr Gesicht in Mejremas hellblauem Schwesternkittel.

»Nije se probudio«, sagte ihre Mutter, nachdem Nejla sich wieder ein wenig beruhigt hatte. »Hoćeš da ga vidiš?«

Nejla nickte und wischte sich die Tränen aus dem Gesicht.

Nachdem sie Kittel, Mundschutz und Handschuhe angezogen hatte, führte ihre Mutter sie auf seine Station.

Auf dem Flur kam ihnen ein älterer Arzt entgegen, der offenbar für Artur zuständig war. Die Art, wie er die Lippen zusammenkniff und sie dabei ansah, gab ihr ein ungutes Gefühl.

»Dječak je tamo«, sagte er bloß und wies mit seiner Hand auf die nächste Tür. »Možeš ući.«

Mit zitternder Hand öffnete Nejla die Tür. Ihre Mutter und der Arzt blieben draußen. Die ausgeblichenen orangefarbenen Fenstervorhänge waren zur Hälfte aufgezogen worden. Das Licht der unbarmherzigen Sonne fiel in einer breiten Bahn auf das von summenden und blinkenden Geräten umgebene Krankenhausbett.

Ihr Geliebter war kaum wiederzuerkennen. Als hätte man ihn durch eine schlechte Nachbildung, eine furchterregende Puppe ausgetauscht. Arturs Gesicht war so stark angeschwollen, dass es schien, als würde der Schlauch in seinem Mund ihn aufblasen statt zu beatmen. Seine Haut war unnatürlich glatt, die geschlossenen Augenlieder schimmerten lila. Auf der Gaze seines Kopfverbands zeichneten sich dunkle Blutflecken ab.

Fassungslos starrte sie ihn an.

Die Maschinen sind das Einzige, dass in diesem Zimmer lebendig ist, schoss es ihr durch den Kopf. Als hätten sie dich an die scheiß Matrix angeschlossen. Arturo, dušo moja! Wo bist du gerade? Was haben sie dir angetan!? Komm zurück zu mir! Lass mich hier nicht allein, molim te, bože!

Für einen kurzen Moment hoffte sie, dass alles nur ein Traum wäre. Dass sie die Schläuche und Kabel abreißen, die Maschinen lahmlegen und ihn aufwecken könnte. So wie Trinity Neo. Und dass sie dann zusammen das Weite suchen würden, einfach alles hinter sich lassen, dieses Zimmer, Koševo, Sarajevo. Einfach aussteigen aus dieser kranken Simulation.

Seit fast einem Jahr war sie so gut wie jede Nacht an Arturs Seite eingeschlafen. Mit seinem warmen Atem in ihrem Nacken war sie morgens aufgewacht.

Sie kannte jeden Zentimeter seines Körpers, es gab keine Stelle, die sie nicht gestreichelt und geküsst hatte. Und jetzt wirkte er so kaputt und zerbrochen, dass sie sich kaum traute, ihn anzufassen. Behutsam berührte sie einen angeschwollenen, vom Jod rotgefärbten Zeh, der unter dem Laken hervorschaute. »Volim te, dušo. Volim te zauvijek«, hauchte sie unter Tränen in ihren Mundschutz.

Dann stolperte sie schluchzend aus dem Zimmer.

Ihre Mutter erwartete sie vor der Tür. Der Arzt war verschwunden.

»Sada sve što možemo je da se molimo«, murmelte Mejrema und nahm Nejla in den Arm.

Das letzte Mal, dass ihre an sich überhaupt nicht religiös veranlagte Mutter davon gesprochen hatte, zu beten, musste während des Krieges gewesen sein.

Nejla ging allein zum Ausgang. Ihr Onkel wartete auf dem Parkplatz. An die Fahrertür gelehnt blätterte er in der *Oslobođenje*, einer der beiden Sarajevoer Tageszeitungen. Als er ihr verweintes Gesicht sah, schüttelte er seufzend den Kopf.

»Katastrofa«, murmelte er, während Nejla wortlos ins Auto stieg. »Jadni dečko! Ovde nisu normalni, majke mi!«

Mrkis Blick war leer, seine Augen wirkten noch schwärzer als sonst. Die meisten aus seiner Generation hatten während des Krieges so viel Leid gesehen, dass etwas in ihnen kaputtgegangen war. Er nahm sie weder in den Arm, noch fand er ein tröstendes Wort. Trotzdem spürte Nejla, wie sehr ihm Arturs Unfall naheging.

»Jesil' danas vidjela novine? «, sagte er und reichte Nejla die Zeitung herüber. »Sam se pred'o policiji, diese Arschloch!«

Nejla war sich erst nicht sicher, ob sie den Unfallbericht überhaupt lesen wollte. Doch das Foto sprang sie an. Da war er wieder: der verdammte zerbeulte schwarze Audi A3 mit den weit aufgerissenen Türen, der ihr Artur entrissen hatte. Auch die beiden Polizisten, die mit ihr geredet hatten, waren auf dem Bild zu sehen. Und daneben, am Bildrand, befand sich noch eine Gestalt, eine Frau, die eine Plastiktüte in der Hand hielt und sich nach etwas bückte, das auf der Fahrbahn lag.

Das bin ich!, durchfuhr es sie ungläubig. Diese verdammten Hurensöhne! Zum Glück konnte man ihr Gesicht nicht erkennen. Offenbar hatte nicht einmal ihr Onkel bemerkt, dass sie auf dem Foto war. Groß und in Farbe, wie auf der Titelseite der *Bild*. Bisher waren da immer nur die Tragödien irgendwelcher fremder Menschen abgebildet gewesen, die nichts mit ihr und ihrem Leben zu tun hatten. Doch dieses Foto war wie ein Fenster, durch das Hunderte, wenn nicht Tausende andere Menschen hineingafften in ihre eigene kleine Welt. Eine Welt, die in Trümmern lag. Und sie hob eine Paprika auf, als ob ihr gerade bloß der Einkauf heruntergefallen wäre. Was hatte sie sich dabei nur gedacht?

Der Artikel war nicht besonders lang. Neben dem vermeintlichen Unfallhergang erfuhr sie auch den Namen des Fahrers. Alen Vukić war offenbar minderjährig und besaß noch keinen Führerschein, weshalb er zunächst vom Tatort geflohen war und sich erst später gestellt hatte. Da keine unmittelbare Fluchtgefahr bestand, hatten die Behörden ihn zunächst auf Kaution freigelassen.

»Naši mladi ovdje su ludi!«, erboste sich Mrki. »Trebalo bi ga zatvoriti! Ali to se neće dogoditi! Ionako su svi korumpirani!«

Nejla ging nicht darauf ein. Mit ihrem Onkel über den Fahrer und dessen Bestrafung zu diskutieren, war das Letzte, wonach ihr gerade der Sinn stand. Jetzt mussten sie erst einmal Arturs Vater vom Flughafen abholen. Seit der Trennung seiner Eltern hatte Artur keinen Kontakt mehr zu ihm gehabt. Deshalb hatte Nejla ihn bisher nicht kennengelernt. Sie wusste nur, dass er mit seiner neuen Partnerin irgendwo bei Stuttgart lebte. Nejla und ihre Mutter hatten Stefan oder Stjopa, wie Artur ihn nannte, angeboten, bei ihnen zu übernachten, doch er hatte abgelehnt und ein Zimmer im Holiday Inn gebucht, dem berüchtigten Hotel, das einst für die Olympischen Winterspiele gebaut worden war. Zu Zeiten des Krieges waren dort viele internationale Journalisten abgestiegen.

Nejla hatte Arturs Vater angerufen. Zum ersten Mal seine Stimme zu hören und Zeugin zu werden, wie dieser erwachsene Mann die Fassung verlor und seinen verunglückten Sohn beweinte, hatte ihr direkt noch einmal das Herz gebrochen. Seit über einem Jahr hatte er nicht mehr mit seinem Sohn gesprochen und nun wusste er nicht, ob er jemals wieder ein Wort mit ihm wechseln würde.

Wie wird er mir heute entgegentreten?, fragte sie sich. Wird er mir Vorwürfe machen, weil ich Artur hierhergebracht habe?

Mrki seufzte laut und schaltete das Radio ein.

Wieder bogen sie ab auf diese Straße, diese historische Schneise des Leids, auf der bereits Erzherzog Franz Ferdinand und seine Frau ihre Fahrt in den Tod angetreten hatten – Gavrilo Princips Startschuss zum Ersten Weltkrieg. Die Sniper-Allee blieb immer die gleiche, egal ob sie sich tarnte oder je nach Abschnitt ihren Namen wechselte: Maršala Tita, Zmaja od Bosne, Bulevar Meše Selimovića, Ulica Džemala Bijedića.

Ginge es nach ihr, trüge sie auch den Namen ihres Papas: Ulica Miroslava Zlatara. Und nun – sie zögerte einen Moment, diesen Gedanken weiterzudenken – vielleicht noch einen weiteren Namen.

Nein, sagte sie sich. Hör auf! Er kämpft noch. Wie bin ich denn drauf, dass ich bereits die Hoffnung aufgebe?!

Um den Gedanken zu verscheuchen, holte sie ihr Handy heraus und checkte ihre Nachrichten. Sieben Anrufe in Abwesenheit und acht SMS.

Kazim
Wie geht's Artur? Bobby und Dilek machen in Berlin Auto klar und holen mich ab. Können wir euch was mitbringen? Wir beeilen uns!

Dilek
Hey meine Liebste! Wie geht's dir? Gibt es News aus dem Krankenhaus? Ich weiß, es ist wahrscheinlich gerade unheimlich stressig und alles zu viel für dich, aber, du weißt, dass du mich immer anrufen kannst! Egal wann und wo! Du bist nicht allein. Ich bin immer für dich da. Egal was passiert. Hab dich lieb

Artur Mama
Bist du schon im Krankenhaus? Wie geht es meinem Artur?

Artur Mama
Wo bist du? Telefonieren wir

Dilek
Ich und Bobby steigen jetzt in den Flieger und dann kommen wir zu euch! Bleib stark, meine Kämpferin! Wir schicken dir ganz viel Liebe und Energie!

Stjopa Artur
Ich bin jetzt im Flughafen. Flug kommt an um 13:35 in Sarajevo. Flugnummer: EW2708. Danke, dass du mich abholst.

Artur Mama
Ich habe dich angerufen. Wie geht es?

Artur Mama
Gibt es Neuigkeiten? Bitte schreibe oder ruf an!

Nejla atmete tief durch.
    Polako, polako. Eins nach dem anderen, sagte sie sich.

Arturs Mutter würde sie anrufen, sobald sie am Flughafen angekommen waren.

Insgeheim war sie ein wenig erleichtert, dass Vera sich um Arturs jüngerem Bruder kümmern musste und nicht auch kam. Eigentlich kam Nejla mit ihr gut aus, doch Vera war sehr sensibel und machte sich stets um alles und jeden Sorgen. Im Alltag konnte Nejla gut damit umgehen, aber in einer Situation wie dieser, wo Nejla ohnehin schon an der Grenze ihrer psychischen Belastbarkeit stand, würde die Betreuung von Arturs Mutter auch noch den letzten Rest ihrer Kräfte aufzehren.

Nejla öffnete noch einmal Dileks Nachricht. Die Worte ihrer Freundin waren wie Medizin. Dilek wusste, wie es ihr ging. Ihre Welt war auch schon einmal explodiert. Wie schön, dass das Schicksal sie dieses Jahr nach so langer Zeit wieder zusammengebracht hatte. Die einzige Jugendfreundin, die ihr geblieben war. Unglaublich, dass sie und Bobby tatsächlich ihren Urlaub abgebrochen hatten und jetzt zusammen mit Kazim hierher unterwegs waren.

Kazim ist auch so eine gute Seele, dachte sie. Er hat sich sofort um alles gekümmert. Was für ein Glück, dass Artur ihn hat. Was für ein Glück, dass wir so coole Freunde haben.

Normalerweise kümmerte Nejla sich am liebsten selbst um ihre Angelegenheiten und bat ungern um Unterstützung. Zunächst hatte sie ein schlechtes Gewissen gehabt, als ihre Freunde verkündet hatten, dass sie nach Sarajevo fahren würden, doch Kazim hatte ihre Einwände ignoriert. Tatsächlich war sie froh bei dem Gedanken, dass die drei nun kamen. Diese Menschen liebten Artur genauso wie sie. Sie würden verstehen, warum sich dieser schöne Sommertag so scheiße anfühlte, denn ihr bester Freund lag auf der Intensivstation und kämpfte um sein Leben.

Nejla steckte ihr Handy ein und horchte auf. Die Musik im Radio hatte sich verändert. Dieser Song hörte sich ganz anders an als die vorherigen.

»Pusti ovo«, fuhr Nejla ihren Onkel an, als er seine Hand ausstreckte, um den Sender zu wechseln.

Kiša je padala
stajali smo mokri do kože
ti si me pitala može li još
rekoh da može

Magla se spustila
i svuda jastuci od smoga
ti si me pitala jesmo li sami
ima li boga

Jer ima tamo negdje jedan grad
Gdje kiše dane broje
Gdje niko više nije mlad
Grad bez boje

Der Sänger hatte eine rauchige Stimme und er besang genau den Ort, an dem sie sich gerade befand: eine Stadt ohne Farbe, versunken in Nebel und Smog, wo die Menschen sich allein und von Gott verlassen fühlen, wo nur die Regentage zählen und niemand mehr jung ist. Verzweifelt irrte sie darin umher und suchte Artur. Irgendwo musste er sein, irgendwo im Nebel.

»Jel' znaš ko je ovo?«, erkundigte sie sich bei Mrki nach dem Namen der Band.

»Mislim da su to Letu Štuke«, antwortete er. »Iz Sarajeva su.«

»Grad bez boje«, murmelte Nejla.

Stadt ohne Farbe.

Wie sah jetzt wohl der Himmel über Bielefeld aus? Wenn schon nicht hier, würde es wenigstens dort für Artur regnen?

B66/Balkanexpress

Dilek und Bobby fuhren von der A2 auf die B66 ab, die direkt nach Bielefeld führte.

Dilek war immer noch mulmig zu Mute.

Welcome 2 Bielefeld where the Supremes Writing the Route 66 stand in schlechtem Englisch auf einer Schallschutzwand. Die silbernen Buchstaben des Graffitis leuchteten auf dem dunklen Hintergrund.

Ich bin wirklich wieder hier, dachte sie. Detmolderstraße, Stieghorst, McDonalds, Elpke, die britischen Kasernenanlagen aus Backstein und Stacheldraht, die einstöckigen Autohäuser und Gebrauchtwagenhändler, Otto-Brenner-Straße ... Alles, was dort draußen in der Dunkelheit vorbeizog, war ihr so vertraut und doch erschien es ihr unwirklich wie die Kulisse irgendeines Films.

Ihr Herz hüpfte vor Freude und zeitgleich wollte sie vor lauter Schmerz am liebsten laut losheulen.

»Alles okay?«, erkundigte sich Bobby und strich ihr über die Wange.

»Geht schon«, murmelte sie und schüttelte seine Hand ab. »Sorry, hat nix mit dir zu tun.«

»Okay«, sagte Bobby etwas verwundert.

Kurz darauf bogen sie ab auf den Kesselbrink. Auf dem riesigen Parkplatzgelände vor dem Telekomhochhaus standen kaum Autos.

Wo gibt's schon sowas, sagte sie sich. Eine riesige leere Asphaltfläche mitten im Stadtzentrum. Als ob Bielefeld ein Loch im Herz hätte, einen Geburtsfehler, mit dem es für immer leben musste.

Früher war dort der große Wochenmarkt gewesen. Gab es den noch? Sie und ihr jüngster Bruder Umut hatten Mama oft dorthin begleitet. Während Mama eingekauft hatte, waren sie hinüber zum Skateplatz gelaufen und hatten den Skatern und BMXern zugeschaut.

»Warum hältst du nicht direkt am Skatepark?«, wunderte sich Dilek, als Bobby über den leeren Parkplatz fuhr.

»Da hängen paar Typen rum, die ich kenne«, erklärte Bobby. »Artur und ich sind mit denen früher immer geskatet. Aber dann bin ich einfach nach Berlin abgehaun. Kein' Bock denen jetzt irgendwas zu erklären.«

Also geht es nicht nur mir so, dachte Dilek.

Sie wusste von Bobbys kaputten Familienverhältnissen, den Problemen mit seiner Mutter und mit dem Gesetz, aber dass er, der sich von niemandem irgendetwas vorschreiben ließ, seinen alten Kumpels aus dem Weg ging, überraschte sie doch.

Jemand klopfte an die Autoscheibe. Dilek fuhr erschrocken zusammen.

Natürlich Kazim, sagte sie sich. Wer auch sonst.

Artur und er waren Bobbys beste Freunde. Aber weil er in Bielefeld lebte, hatte sie ihn erst einmal getroffen. Da hatte er Bobby in Berlin besucht. Eigentlich hatte er sich damals immer cool und respektvoll verhalten. Und er war jemand, der sich um seine Freunde kümmerte. Trotzdem hatte sie das Gefühl, er legte ihr gegenüber eine gewisse Distanziertheit an den Tag. Lag es daran, dass sie eine Frau war und ihr Leben so frei lebte? Obwohl Kazim mit den Jungs rumhing, rappte und kiffte, war sie sich nicht ganz sicher, ob er nicht doch eher konservativ eingestellt war. Er war zwar kein Muslim, sondern Jeside, aber waren die, was den Glauben und ihre Frauen anging, nicht auch sehr streng? Oder lag es daran, dass er Kurde war und sie Türkin? Einmal hatte sie etwas auf Türkisch zu ihm gesagt und er hatte bloß entgegnet, dass er Kurde sei. Natürlich war ihr bewusst, dass das Verhältnis zwischen Kurden und Türken seit jeher recht problematisch war, doch sie hatte grundsätzlich nichts gegen irgendwen. Sie hatte bloß angenommen, dass er auch Türkisch könne, weil er aus Midyat kam.

Während Bobby und Kazim Falafel-Sandwiches holten, blieb sie im Auto sitzen.

Verrückt, dachte sie sich. Nach all den Jahren plötzlich wieder hier zu sein. Irgendwie hatte sie sich das Wiedersehen mit ihrer einstigen Heimatstadt ganz anders vorgestellt. Und jetzt war sie nicht mal richtig zu Besuch, sondern fuhr gleich weiter. Ein Teil von ihr atmete bei dem Gedanken, in einer halben Stunde wieder von hier wegzukommen, erleichtert auf. Aber ein anderer verspürte den Impuls, aus dem Auto zu springen und den Jungs hinterherzulaufen. Düzgün, das Restaurant, wo sie Essen holten, kannte sie noch aus ihrer Kindheit. Danach würde sie hinüberschlendern zum Jahnplatz, wo sie sich früher immer mit Umut ein Softeis bei McDonald's geholt hatte, bevor der Bus gekommen war. Und dann eine Runde durch die Einkaufszone bummeln oder durch die Altstadt, wo die Geschäfte kleiner und teurer waren und mehr Almans einkauften. Und am Ende würde sie zu ihren Eltern nach Brackwede fahren. Bestimmt wohnten die immer noch in der gleichen kitschig eingerichteten düsteren Wohnung. Dilek stellte sich ihre Gesichter vor. Wie sie wohl reagieren würden? Würde Baba sie beschimpfen und wieder auf sie losgehen? Würde er sie traurig und voller Reue hereinbitten oder ihr wortlos die Tür ins Gesicht schlagen? Oder bekäme er vor lauter Überraschung einen Herzinfarkt und fiele auf der Türschwelle um?

Nein, sagte sie sich und wischte mit dem Handrücken die Tränen ab, die ihr plötzlich über die Wangen liefen. Warum komme ich nur auf so dumme Gedanken. Ich werde nie wieder einen Fuß über diese Türschwelle setzen. Vielleicht, ganz vielleicht, treffe ich mich irgendwann mit Anne. Und mit Umut. Umut war auch immer ein bisschen anders gewesen. Der versteht vielleicht, warum ich gegangen bin.

Kaum eine halbe Stunde später fuhren sie bereits Richtung Paderborn. Nachts auf der Autobahn unterwegs zu sein, hatte für Dilek schon immer etwas Beruhigendes gehabt. Beim gleichmäßigen Rauschen des Motors flog draußen eine unbekannte dunkle Welt an einem vorbei, während es drinnen warm und gemütlich war. Das eigene Auto war bloß eines von unzähligen roten und weißen Lichtern, die durch die Adern eines unbegreiflichen und gigantischen Organismus' flossen.

Dilek holte eine Dose Red Bull aus der Provianttüte und öffnete sie. Der süßliche, weingummiartige Geruch erinnerte sie unweigerlich an stickige Clubs und verschwitzte Körper. Eigentlich mochte sie dieses Gesöff überhaupt nicht, aber wie so viele andere hatte auch sie mal eine Red-Bull-Phase, oder besser gesagt, eine Vodka-Bull-Phase gehabt.

»Hier, bitte«, sagte sie und reichte die Dose weiter an Bobby, der hinterm Steuer saß.

Da weder sie noch Kazim einen Führerschein besaßen, musste Bobby die ganze Strecke bis nach Sarajevo allein fahren. Wenn ihre Schätzung stimmte, brauchten sie mindestens sechzehn Stunden reine Fahrzeit. Allerdings ging sie von deutschen Straßenverhältnissen aus. Keine Ahnung, wie es in Kroatien und in Bosnien aussah und ob sie an den Grenzen im Stau stehen würden.

»Wann bist du eigentlich das letzte Mal aus Deutschland raus?«, erkundigte sich Dilek bei Kazim, der ihre Rucksäcke als Polster benutzend hinter ihnen im Laderaum saß.

»Hmm«, überlegte Kazim. »Ich bin ab und zu drüben in Holland. Aber nur Tagestrips.«

»Ach so«, meinte Dilek, ohne genauer darauf einzugehen. »Und mal so richtig?«

»Damals die Abschlussfahrt in der Zehnten. Wir waren irgendwo in England an der Küste. Das Wetter war scheiße und das Essen richtig eklig, aber die hatten krasse Süßigkeiten, ganz anderes Zeug als hier.«

Die Autobahnen waren leer und trotz einiger Baustellen kamen sie gut voran. Etwa sechs Stunden später befanden sie sich schon bei Passau in der Nähe der österreichischen Grenze.

Bobby rieb sich die geröteten Augen. Mittlerweile gähnte er im Minutentakt. Die Uhr in der Autokonsole zeigte halb vier morgens.

»Fahr hier raus Canım. Du hast dir 'ne Pause verdient«, meinte Dilek und streichelte seinen Nacken.

»Seit wann läuft eigentlich was zwischen euch?«, ertönte von hinten Kazims Stimme.

Für einen Moment hatte sie ganz vergessen, dass es ihn auch noch gab. Verlegen zog sie ihre Hand zurück.

Schäme ich mich vor Kazim, weil er mich insgeheim an meine Familie erinnert?!, wunderte sie sich und ärgerte sich über sich selbst.

»Seit Barcelona«, antwortete Bobby mit einem breiten Grinsen und fuhr auf den Parkplatz.

»Wusste ich's doch, Alter«, sagte Kazim, während er sich an den Kopfstützen hochzog. »Das hat man schon letztes Mal in Berlin gemerkt. Na dann, ich lass euch mal 'ne Runde allein und smoke meinen Gute-Nacht-Joint.«

Eine sauber gedrehte Tüte zwischen den Lippen kletterte Kazim aus dem Auto. Dilek hörte das Klicken seines Feuerzeugs und das Knistern der Glut. Dann war er in der Dunkelheit verschwunden. Sie schienen die einzigen auf dem Rastplatz zu sein. Im Hintergrund rauschte leise die Autobahn. Bobby hatte den Kopf in ihren Schoß gelegt und seine Augen geschlossen. Sie beugte sich zu ihm hinunter und gab ihm einen Kuss auf die Stirn. Lächelnd brummte er irgendwas im Halbschlaf.

Dilek beneidete ihn. So jemand wie er musste sich bloß hinlegen, die Augen schließen und im nächsten Moment schlief er bereits tief und fest.

Er sieht aus wie ein kleiner Junge, dachte sie und lauschte seinem tiefen, gleichmäßigen Atem.

Sie lehnte sich zurück und schloss ebenfalls die Augen.

In ihren Gedanken erschien wieder Bielefeld, die alte Wohnung ihrer Eltern, das vom Leben gezeichnete Gesicht ihrer Mutter, ihre fleckigen

Hände mit den vielen Muttermalen und der großen Narbe unterhalb ihres linken Zeigefingers. Als Kind hatte sie einmal ein Straßenhund gebissen, weshalb Anne auch später stets eine Riesenangst vor Hunden gehabt hatte.

Nach einer Weile kletterte Kazim hinten in den Laderaum und hustete ein paarmal gedämpft. Dann war es still.

Während sie sich noch fragte, ob er schon eingeschlafen war, wurden ihre eigenen Augenlider immer schwerer und ehe sie sich's versah, war sie ebenfalls weg.

Ein dumpfes Pochen weckte sie auf. Es dauerte einen Moment, bis sie begriff, dass jemand gegen die Scheibe klopfte, an der ihr Kopf lehnte.

»Was zur Hölle …«, murmelte Bobby neben ihr und rieb sich die Augen.

Draußen war es hell. Dilek wischte mit der Hand über das mit Kondenswasser beschlagene Seitenfenster, um zu sehen wer da war. Als sie die Uniformjacke erkannte, war sie hellwach. Die Polizei!

Bobby schüttelte seufzend den Kopf und kurbelte das Fenster runter.

Die Beamten, ein Mann und eine Frau, hatten sich zu beiden Seiten des Fahrzeugs aufgestellt.

»Guten Morgen, Polizeikontrolle«, meldete sich der Polizist auf Bobbys Seite und begutachtete misstrauisch das Innere der Fahrerkabine.

»Morgen«, antwortete Bobby. »Warum Kontrolle?«

»Reine Routine«, antwortete der Polizist. »Führerschein und Fahrzeugpapiere, bitte.«

Verdammte Scheiße, dachte Dilek. Das war's! Die werden checken, dass wir das Auto geklaut haben.

Doch Bobby blieb cool. Mit einem routinierten Handgriff fischte er den Fahrzeugschein hinter der Sonnenblende hervor und übergab dem Beamten die Dokumente.

»Habens hier übernachtet?«, erkundigte sich der Beamte bei Bobby.

»Ja, warum?«, entgegnete Bobby. »Ist doch nicht verboten, oder?«

»Grundsätzlich nicht«, antwortete der Polizist, während er prüfend die Papiere musterte. »Aber wildes Kampieren ist verboten. Was machens in Bayern?«

»Wir wollen in den Urlaub. Leider muss man bei euch durchfahren.«

»Habens Drogen oder andere illegale Substanzen dabei?«, mischte sich nun die Beamtin auf Dileks Seite ein.

Ihre Hände umfassten demonstrativ den Polizeigürtel.

»Nöö«, sagte Dilek und schüttelte den Kopf.

»Ich, ähh, hoab nur oane Familienpackung Gleitgel dabei, des is net illegal, oder?«, sagte Bobby grinsend.

»Da hoama ja wen ganz Lustiges erwischt«, meinte die Polizistin. »Na dann steigens doch mal aus.«

Eşekoğlueşek, dachte Dilek und sah Bobby böse an. Hast du vergessen, dass wir Kazim hinten drin haben?!

Bobby schien das Gleiche zu denken. Mit schuldbewusster Miene stieg er aus.

»Sie auch«, forderte die Beamtin Dilek auf.

Während die Polizisten sie abtasteten, fing Bobbys Handy an zu klingeln. Einer der Polizisten nahm ihm das Handy ab.

»Werner Eichhörnchen«, las er laut vom Display ab, bevor er Bobby das Gerät zurückgab.

»Machens hinten auch mal auf«, forderte seine Kollegin.

»Is offen«, meinte Bobby nach kurzem Zögern.

Fuck, fluchte Dilek innerlich. Jetzt sind wir fällig!

Hilflos sahen sie zu, wie die Beamtin um den Wagen herumging und die Tür aufzog.

Doch die große Überraschung blieb aus. Zumindest für die Beamten. Verwundert spähte Dilek der Polizistin über die Schulter. Tatsächlich. Kazim war verschwunden!

Bobby grinste erleichtert und zuckte mit den Schultern. Doch es war noch nicht ganz überstanden. Die Beamtin holte ihre Rucksäcke heraus und überprüfte den Inhalt.

Hoffentlich hat Kazim in seinem kein Gras gebunkert, dachte Dilek. Wo zur Hölle steckt er überhaupt?!

Wieder klingelte Bobbys Handy.

»Wollens net hiegeh?«, fragte die Polizistin. »Dem Eichhörnchen Werner scheints dringend zu sein!«

»Später«, winkte Bobby ab.

Die Durchsuchung ihrer Rucksäcke führte offenbar auch nicht zum gewünschten Ergebnis. Enttäuscht presste die Beamtin die Lippen zusammen. Nachdem sie sich kurz mit ihrem Kollegen besprochen hatte, nickten beide in Richtung Bobby und Dilek und gingen ohne ein weiteres Wort zurück zu ihrem Dienstwagen.

Überrascht sahen Dilek und Bobby ihnen hinterher. Als der Polizeiwagen außer Sicht war, wandte Dilek sich zu Bobby um und verpasste ihm einen kräftigen Nackenklatscher.

»Junge«, rief sie kopfschüttelnd. »Bist du behindert?! Wie kannst du die Bullen nur so provozieren, wenn wir Kazim hinten drin haben!«

»Ging doch noch mal gut«, verteidigte sich Bobby kleinlaut.

»Ja, schon«, sagte Dilek etwas milder gestimmt. »Aber gib's zu: Du hattest auch keine Ahnung, dass er gar nicht hinten saß!«

»Sorry«, meinte Bobby. »Ich kann manchmal einfach nicht meine Fresse halten.«

»Gleitgel, dein Ernst?!«, sagte Dilek und musste lachen. »Vor allem Familienpackung! Welche Familie teilt sich denn bitte Gleitgel?! ... Wo steckt eigentlich Kazim?«, fragte sie, plötzlich wieder ernst.

Ratlos ließen sie ihre Blicke über den Rastplatz schweifen.

Der Morgen war echt schön. Erst jetzt checkte Dilek, wo sie sich befanden. Den Rastplatz umgab ein kleines Wäldchen. Die Strahlen der Spätsommersonne brachen durch die Baumkronen und im Gras glitzerte der Tau. Anstelle herkömmlicher Rastbänke dienten weiße Natursteinquader als Sitzgelegenheiten. In der Nähe befand sich ein kleines Toilettenhäuschen aus weißlackiertem Holz mit einem flachen Pagodendach.

Plötzlich öffnete sich eine der Türen des Toilettenhäuschens und Kazim kam herausgeschlurft, Adiletten, Jogger, Real-Madrid-Trikot und ein Handtuch über der Schulter. In der einen Hand hielt er einen Toilettenbeutel und in der anderen einen Joint. Dilek und Bobby kriegten sich vor Lachen kaum ein.

Erstaunt sah Kazim sie an.

»Was is los, Leute?«, rief er. »Hab ich was verpasst?!«

Nachdem Kazim seinen letzten Rest Gras weggeraucht hatte, ging es weiter nach Österreich. Langsam wurde es immer bergiger und die Tunnel länger. Sie ließen Graz hinter sich und näherten sich der slowenischen Grenze.

Je weiter sie in den Süden kamen, desto schneller schienen sie den Sommer wieder einzuholen, der sich in Deutschland bereits verabschiedet hatte. Dilek betrachtete das Schattenspiel von Sonne und Wolken auf dem satten Grün der Wiesen und Weinberge.

Das muss ungefähr die gleiche Route sein, auf der Baba früher seine Gastarbeiter-Reiseabenteuer erlebt hat, dachte Dilek.

Sie und Umut waren damals noch zu klein für so eine weite Reise gewesen. Aber Fatih und Yusuf hatte er mitgenommen in seinem vollgepackten, anthrazitgrauen Mercedes 190 D. Immer wenn Baba am Ende des Sommers nach einer gefühlten Ewigkeit aus seinem Heimatdorf zurückgekommen war, hatte er wie ein anderer Mensch gewirkt. Braungebrannt und gutgelaunt alberte er mit den Kindern herum, erzählte verrückte Geschichten und brachte den deutschen Nachbarn Geschenke vorbei. Doch es dauerte nicht lange, höchstens eine Woche, bis er sich wieder zurückverwandelte. Dann war er wieder dieser mürrische, stille Mann, der von seiner Schicht nach Hause kam, über Annes Essen schimpfte, nach Tee verlangte und vor dem Fernseher einschlief.

Ein paar Jahre später lieh sie sich *Momo* in der Schulbibliothek aus. Nachdem sie es gelesen hatte, war sie sich sicher, dass die grauen Männer von der Zeitsparkasse wirklich existierten. Sie waren an Babas Zustand schuld! Deshalb hörte sie auch auf, die Bonbons anzunehmen, die ihr der Angestellte von der Sparkasse in die Hand drückte, wenn sie Mama dabei half, die deutschen Formulare auszufüllen. Sie wollte nicht so enden wie Baba: als ein weiteres Opfer der grauen Männer.

»Ist da nicht die Grenze?«, meinte Kazim und holte Dilek zurück ins Hier und Jetzt.

»Yup«, antwortete Bobby. »Zieh den Kopf ein.«

Tatsächlich mussten sie nur ihre deutschen Ausweise zeigen und schon winkten die Slowenen sie durch. Eine Stunde später bei den Kroaten das Gleiche.

Gegen Nachmittag näherten sie sich langsam der bosnischen Grenze. Die gemeinsamen Gespräche und Dileks Gedanken kreisten nun fast ausschließlich um Artur und Nejla. Sie rief noch einmal bei Nejla an, doch sie ging nicht ran. Die Stimmung wurde zunehmend bedrückt.

»Wie hat sich Nejla eigentlich angehört, als du mit ihr gesprochen hast?«, erkundigte sie sich bei Kazim.

Irgendwie fand sie es seltsam, dass ihre Freundin nur mit ihm gesprochen hatte. Doch so war es nun einmal. Außerdem hatte Nejla sich ja bei ihr gemeldet. Doch da hatte sie gerade zum ersten Mal mit Bobby rumgemacht und war nicht an ihr Handy gegangen. Der Abend in Barcelona, als sie bekifft auf dem Dach gelegen und in die Sterne geschaut hatten, schien mittlerweile schon eine Ewigkeit her zu sein. Dabei waren seitdem kaum zwei Tage vergangen.

»Keine Ahnung«, antwortete Kazim und überlegte. »Sie war nicht hysterisch oder so. Eher so auf Autopilot. Irgendwie hat sie wie 'ne Reporterin geredet, als wäre das gar nicht ihr passiert. Aber wahrscheinlich stand sie selbst noch voll unter Schock und hat's gar nicht richtig gecheckt.«

»Hast du mit Arturs Mama gesprochen?«, fragte Bobby.

»Ja, kurz«, antwortete Kazim. »Die war vollkommen fertig. Ich konnte nur die Hälfte verstehen. Ich glaube, die kommt nicht, aber sein Vater fliegt runter aus Stuttgart.«

»Stjopa ist 'n korrekter Typ«, erklärte Bobby. »War immer cool zu mir. Die Sache mit Arturs Mutter lief halt scheiße. Ich meine die Scheidung und so. Weiß gar nicht, ob Artur seitdem wieder mit ihm gesprochen hat.«

»Man sollte nie den Kontakt zu seinen Eltern abbrechen«, meinte Kazim. »Auch wenn es schwer ist. Du musst sie nehmen, wie sie sind. Am Ende bleiben es immer deine Eltern.«

»Na ja, das kommt auch auf deine Eltern an«, entgegnete Dilek und spürte, wie sie innerlich wütend wurde.

Was bildet der sich ein, dachte sie sich. Sitzt dahinten wie so ein weiser Alter auf seinen Kissen und verteilt Lebensratschläge, oder was?

»Ich sehe es auch so«, meinte Bobby. »Ich schulde meiner Mutter nix. Ganz ehrlich, mir geht es besser, wenn ich keinen Kontakt zu ihr habe.«

Weiß Kazim eigentlich, dass ich mit fünfzehn von zuhause geflohen bin?, überlegte Dilek. Wahrscheinlich nicht.

»Das ist eben die Alman-Sichtweise«, entgegnete Kazim. »Aber okay.«

»Und was ist die Nicht-Alman-Sichtweise? Sich von beschissenen Eltern kaputtmachen zu lassen?!«, konterte Bobby.

»Junge«, sagte Kazim und seufzte. »Es geht nicht nur um dich. Aber du verstehst eh nicht, was ich meine.«

»Tss«, machte Bobby.

Dilek überlegte kurz, ob sie etwas sagen sollte und ließ es bleiben. Wenn sie jetzt eine Diskussion anfing, dann würde sie früher oder später auch etwas über sich und ihre Familie erzählen müssen und darauf hatte sie gerade keine Lust.

Wehmütig starrte Dilek auf das Loch in der Mittelkonsole, wo sich das Autoradio hätte befinden sollen.

So eine lange Fahrt und keine Musik.

»Alter, ich schwöre«, meinte Kazim, als hätte er ihre Gedanken gelesen. »Seitdem ich diesen Jungen kenne, ist es immer das Gleiche. Die Autos, die er fährt, haben nie ein funktionierendes Radio!«

»Rappe doch was für uns«, sagte Bobby grinsend.

»Die Grenze!«, unterbrach Dilek sie und deutete auf ein Schild am Straßenrand.

Der Grenzort hieß Gradiška. Der Übergang befand sich direkt am Ortseingang. Vorher war auf der Straße relativ wenig los gewesen, aber vor der blauen Metallkonstruktion mit den kleinen Wachhäuschen staute sich plötzlich der Verkehr.

Босна и Херцеговина
Bosna i Hercegovina

»Wusste gar nicht, dass die auch russische Buchstaben haben«, wunderte sich Dilek.

»Ich glaube, wir fahren durch den serbischen Teil«, meinte Bobby, der bereits demonstrativ ihre Pässe in der Hand hielt.

Ein Grenzpolizist trat ans Auto und bedeutete Bobby die Fensterscheibe herunterzulassen. Dilek schätzte den Beamten höchstens ein, zwei Jahre älter als sie. Er trug eine blaue Uniformmütze, das Haar darunter war kurzgeschoren und sein dunkelblonder Ziegenbart säuberlich getrimmt.

»Guten Tag«, sagte er und nahm ihre Ausweise entgegen. »Deutsch, ja?«

»Ja«, antwortete Bobby. Dilek sah ihm an, dass er dieses Mal nicht zum Scherzen aufgelegt war.

»War ich auch paar Jahre«, sagte der Beamte, offenbar suchte er ein wenig Unterhaltung. »Oberhausen, kennt ihr?! Immer habe ich mich gefragt, wo ist Unterhausen. Aber gibt nicht.«

»Haha, stimmt«, sagte Bobby.

»Bielefeld«, las der Beamte Bobbys Geburtsort vor. »War ich auch mal. Auf serbische Party ...«

Bobby und Dilek sahen sich unschlüssig an.

»Und du?«, fuhr der Polizist fort, wobei er jetzt Dileks Ausweis in der Hand hielt. »Du bist nicht deutsch. Bist du türkisch.«

»Ich komme aus der Türkei, aber ich lebe in Deutschland.«

»Mh, gibt es so viele Türken in Deutschland.«

Was will der von uns, wunderte sich Dilek.

Unweigerlich kamen ihr wieder Babas Reisegeschichten in den Sinn. Er hatte oft von den unterschiedlichen Grenzkontrollen und Begegnungen mit korrupten Polizisten erzählt. War das in Jugoslawien oder Bulgarien gewesen, wo er bei der Kontrolle immer ein bisschen Geld in den Reisepass gelegt hatte? Wie hatte Baba das genannt? Çorba parası, »Suppengeld« oder so.

»Und wohin geht ihr?«, unterbrach der Beamte sie ihn ihren Gedanken.

»Nach Sarajevo«, antwortete Bobby.

»Sarajevo?!«, wunderte sich der Polizist. »Was wollt ihr da?«

»Freunde besuchen.«

»Müsst ihr vorsichtig sein«, sagte der Beamte und hob warnend den Zeigefinger. »Sarajevo ist gefährliche Stadt. Alle kriminell.«

»Oh, danke für die Warnung«, meinte Bobby.

»Okay«, sagte der Beamte und gab ihnen die Ausweise zurück. »Gute Fahrt!«

Vor lauter Aufregung würgte Bobby das Auto ab.

»Puh«, rief er erleichtert, als sie endlich weiterfuhren. »Ich dachte schon, wir müssen den zum Essen einladen!«

»Schwöre«, ertönte es von hinten. »Ich dachte schon wir sind am Arsch.«

»Çüş«, entfuhr es Dilek. »Echt voll der komische Typ.«

Sie passierten ein weiteres Willkommensschild:

ДОБРО ДОШЛИ У РЕПУБЛИКУ СРПСКУ
WELCOME TO REPUBLIC OF SRPSKA

Wie das jetzt?, wunderte sich Dilek. In welchem Land sind wir eigentlich?

»Siehst du«, meinte Bobby. »Wir sind in der Serbischen Republik. Das ist wie ein Land in 'nem Land. Verrückt, oder?«

Tatsächlich kam es Dilek so vor, als hätten sie plötzlich eine andere Welt betreten. Die Stadt war wie ausgestorben und wirkte viel heruntergekommener als die Orte auf der kroatischen Seite. Der Asphalt der einspurigen Straße hatte überall Risse und die Gebäude waren mit Einschusslöchern und dürftig ausgebesserten Granateinschlägen übersät.

Bald hatten sie die Ortschaft hinter sich gelassen und fuhren wieder über offenes Land. Immer wieder kamen sie an zerschossenen und von Unkraut überwucherten Ruinen vorbei. Vereinzelt standen hier und dort Neubauten. Doch selbst diese Häuser schienen oft entweder leer zu stehen oder waren noch nicht bewohnbar. Überhaupt kamen Dilek beim Anblick der unverputzten Neubauten so ihre Zweifel, ob diese tatsächlich einmal von Menschen bewohnt werden würden oder ob nicht vielleicht einfach die Natur darin einzog.

Dilek wusste zwar Einiges über den Jugoslawienkrieg, doch erst jetzt, da sie durch diese Geisterlandschaft fuhren, begriff sie, was es bedeutete, dass in dieser Gegend vor nicht allzu langer Zeit Krieg geherrscht hatte. Dieser

Krieg war noch präsent. Doch er hauste nicht allein in den Ruinen, nein, er durchdrang alles. Die Gestalt der Menschen, die Tiere auf den Feldern, die Mauern der intakten Gebäude und die Dinge, die sich dahinter befanden – alles umfing eine seltsame Aura. Sogar die Stille hatte eine andere Qualität. Deutlich spürte Dilek deren enge Verwandtschaft mit dem Tod.

Ich bin in Bosnien, dachte sie. In Nejlas Heimatland.

Dilek konnte sich noch genau an jenen Tag erinnern, an dem Nejla in ihre Klasse gekommen war. Sie war für ihr Alter ziemlich groß gewesen, kaum kleiner als ihre Klassenlehrerin, neben der sie an der Tafel gestanden hatte. Dilek hatte ihr schönes langes schwarzes Haar bewundert, das ihr gleichmäßig über die Schultern fiel. Nejlas Hose war ein wenig zu kurz gewesen für ihre langen Beine und sie hatte Teddybärensocken getragen. Während ihre Lehrerin sie vorstellte, stand Nejla mit den Händen in den Hosentaschen und gleichgültig zu Boden gerichtetem Blick vor ihnen.

Das ist Nejla, hatte Frau Voß gesagt. Nejla kommt aus Sarajevo. Das liegt im ehemaligen Jugoslawien, genauer gesagt in Bosnien. Aber wie ihr wisst, herrscht dort jetzt ein furchtbarer Krieg. Und deshalb ist Nejla gemeinsam mit ihrer Mama zu uns nach Deutschland gekommen. Nejla, möchtest du deinen Mitschülern nicht etwas zur Begrüßung sagen?

Da hatte Nejla den Kopf gehoben und Dilek direkt angesehen. Dann hatte sie gelächelt und gesagt: Konnichiwa minasan, ogenki desuka? Watashino namaewa neira desu.

Auf Frau Voß' Stirn hatte ein großes Fragezeichen gestanden.

Japanisch, hatte Nejla gesagt, so als wäre es das Selbstverständlichste auf der ganzen Welt, und die ganze Klasse hatte gelacht.

Stadt der Toten – Geisterzug

Nejla saß im Dunkeln auf der Haustreppe. Sie hatte ihren Discman in der Hand und hörte Letu Štuke, *Grad bez boje*. Immer wieder. Mrki hatte ihr eine Raubkopie des Albums gekauft. Durch die Fenster der gegenüberliegenden Häuser drang das bläuliche Flimmern der Fernsehgeräte.

Das Tablett mit Kartoffel-Pita und Trinkjogurt, das Mama ihr gebracht hatte, stand unberührt neben ihr. Das Einzige, was sie heute herunterbekommen hatte, waren ein paar Kaffee und Zigaretten. Sie rauchte bereits die zweite Schachtel. Ronhill Lights. So wie Artur. Als sie im Zigarettenregal an der Tanke die weiße Packung mit dem silbernen Bullauge und dem blauen Meer entdeckt hatte, hatte sie direkt ein paar davon gekauft.

Schon den ganzen Tag hatte sie einen seltsamen metallenen Geschmack im Mund. Und die vielen Kippen machten es nicht besser. Seufzend drückte sie die zur Hälfte gerauchte Kippe aus, schüttelte den Getränkekarton und zog den Plastikverschluss ab. Der Trinkjogurt war bereits lauwarm, doch das war ihr egal. Hauptsache sie wurde diesen widerlichen Geschmack los.

Aus dem Augenwinkel sah sie, wie ein kleiner, für Handwerker typischer Kastenwagen in ihre Einfahrt einbog und unmittelbar vor dem Haus zum Stehen kam.

Wer zum Teufel …?, wunderte sie sich, während sie in das Scheinwerferlicht blinzelte.

Schon ging die Beifahrertür auf und eine vertraute Stimme ertönte.

»Nejla, mein Schatz, bist du das?«

Einen Augenblick später war Dilek bei ihr und drückte sie so fest an sich, dass Nejla ihren Herzschlag spürte. Als Dilek sich langsam von ihr löste, bemerkte Nejla auch Kazim und Bobby, die sich im Hintergrund hielten und unsicher zu ihnen hinübersahen.

»Und …?«, fragte Dilek mit besorgter Miene.

Nejla schenkte ihnen ein schwaches Lächeln.

»Artur ist nicht mehr aufgewacht«, murmelte sie. »Heute morgen ...« Ihre Stimme versagte. »Er ist ...«, versuchte Nejla es abermals, doch sie schaffte es nicht den Satz zu beenden.

Schluchzend vergrub sie ihr Gesicht in den Händen. Dilek legte die Arme um sie.

»Fuck, Mann, fuck, nein ...«, hörte sie Bobby mit brüchiger Stimme rufen.

Kazim schlug auf die Motorhaube. In der Ferne ertönte das Gebell der Straßenhunde und das Rauschen des Verkehrs auf dem Bulevar Artura Vogla.

Am nächsten Tag herrschte wieder strahlendes Spätsommerwetter. Der Wettergott zeigte kein Erbarmen. Offenbar war ihm ihr Leid nicht eine Träne wert. Stattdessen lachte diese grausame Sonne sie seit Tagen aus.

Nejla stand gemeinsam mit den anderen am Eingang des Bare Friedhofs, wo Arturs Leichnam für die Angehörigen zur Verabschiedung aufgebahrt worden war. Ein letztes Wiedersehen. Arturs Vater hatte bereits angedeutet, dass er seinen Sohn einäschern lassen würde, da sich die Urne leichter nach Deutschland überführen ließe. Die offizielle Begräbnisfeier sollte später in Bielefeld auf dem Sennefriedhof mit Familie und Freunden stattfinden.

Stjopa hatte sich rasiert und sein graumeliertes braunes Haar ordentlich zurückgekämmt, doch er war bleich und wirkte übernächtigt. Eine dunkle Pilotensonnenbrille verbarg seine Augen, auf seinem weißen Hemd zeichneten sich Schweißflecken ab. Dem Alkoholgeruch nach, der Nejla im Auto in die Nase gestiegen war, hatte er am Abend zuvor getrunken.

Sein Vater war vom Typ her ein wenig dunkler als Artur, der mit seinen blaugrauen Augen und dem hellen Teint mehr nach seiner Mutter kam. Doch in der Mimik und ihrer Art zu reden, ähnelten sich Vater und Sohn sehr.

Diese Ähnlichkeit schmerzte Nejla einerseits, andererseits war ihr Stjopa deswegen auch von Anfang an sympathisch gewesen. Er verhielt sich ihr gegenüber vertraut und ungezwungen, so als ob sie sich schon länger kannten. Und obwohl man ihm den eigenen Schmerz und die Verzweiflung ansehen konnte, sorgte er sich zugleich auch um Nejlas Befinden.

Wie schrecklich, dass Artur und er sich nicht mehr ausgesprochen haben, dachte Nejla.

Das letzte Mal, als sie hier gewesen war, hatte sie ihren Vater besucht, dessen Grab im serbisch-orthodoxen Friedhofsteil lag.

Dunkle Tannen säumten den Vorplatz. Auf den grünen Hügeln dahinter zeichnete sich eine schier unendliche Anzahl schmaler weißer Grabsteine ab.

So viele Gräber, hatte Arturs Papa gesagt, als er aus dem Autofenster gesehen hatte. Und er hatte recht. Nejla hatte sich schon so sehr an den Anblick gewöhnt, dass es ihr gar nicht mehr auffiel. Die Stadt war umgeben von Gräbern. Da viele Friedhöfe auf den Hügeln lagen, befanden sie sich immer im Sichtfeld. So als würden Sarajevos Tote die Lebenden belagern.

Stjopa schob mit dem Zeigefinger seine Brille zurecht. Seine Hand zitterte. Wie ein Baum im Wind wankte er unmerklich vor und zurück. Nejla ergriff seinen Arm und hakte sich bei ihm ein.

»Ich weiß, wo es langgeht«, flüsterte sie.

Der Friedhof war im sozialistischen Stil erbaut. Insgesamt gab es fünf Hallen, die in einem Halbkreis um einen runden Platz angeordnet und durch einen überdachten Gang miteinander verbunden waren. Abgesehen von den unterschiedlichen Symbolen über den Eingangstüren waren die Hallen identisch.

»Alle haben eigene Halle«, erklärte Mrki, der sie begleitete. »Da Muslime und Orthodoxe, da katholische Leute, hier Juden und hier Atheisten.«

Wir treten alle durch eine andere Tür, aber der Ort dahinter ist immer der gleiche, dachte Nejla, während sie gemeinsam die flachen Stufen hinaufstiegen.

Die Sonne stand beinahe senkrecht über ihren Köpfen. Der weiße Steinboden unter ihren Füßen leuchtete hell. Der Platz war verlassen, nicht einmal ein Friedhofsangestellter ließ sich blicken. In der Mitte stand eine einzelne Tanne und davor ein schmuckloser weißer Mast. Das schwarze V an dessen Spitze entpuppte sich aus der Nähe als zwei schräg zueinander aufgehängte Lautsprecher und wirkte angesichts der sie umgebenden Stille auf Nejla absurd. Da die Verwaltung sich nicht sicher gewesen war, welcher Konfession Artur angehörte, hatte man ihn in der atheistischen Kapelle aufgebahrt.

Die Front der Trauerhalle zierte ein abstraktes Mosaik aus Buntglas. An der Eingangstür löste sich Nejla von Stjopas Arm und wollte ihm den Vortritt lassen, doch er schüttelte den Kopf.

»Geht ruhig zuerst rein«, sagte Stjopa. »Ich gehe zuletzt und bleibe noch ein bisschen. Ihr könnt dann schon fahren. Ich komm später mit dem Taxi nach.«

Mrki trat ein und verabschiedete sich von Artur, dann folgten Dilek, Bobby und Kazim. Nejla ging als vorletzte hinein, während die anderen im Schatten unter dem Vordach warteten.

Es dauerte ein wenig, bis sich ihre Augen an das schummrige Licht gewöhnt hatten. Artur lag in einem einfachen grauen Metallsarg. Das Leichentuch reichte ihm bis über die Brust, seine Arme hatte man darübergelegt.

Wie seltsam, wunderte sie sich. Im Krankenhaus hat er noch gelebt und sah aus wie tot. Aber jetzt wirkt er lebendig, obwohl er tot ist. Die Schwellungen waren verschwunden und sein Gesicht sah beinahe normal aus. Die Augen geschlossen, die Stirn glatt und sein Mund leicht geöffnet, erweckte er den Eindruck, friedlich zu schlafen. So wie vor einer Woche am Meer im Schatten der Kiefern. Das Licht, das durch die bunten Glasvierecke fiel, zeichnete schemenhafte Formen auf sein Gesicht. Als würden seine Träume auf der Stirn an die Oberfläche treten, dachte Nejla.

Nejla nahm einen Stuhl und setzte sich neben ihn. Eine Weile wachte sie schweigend an seiner Seite und betrachtete sein friedliches Gesicht. Schließlich fasste sie sich ein Herz und streckte die Hand aus, um ihn zu streicheln.

Seine Wangen waren weich, aber eiskalt. Diese Kälte war keine normale Kälte. Sie war Teil einer anderen Welt. Wie ein gespenstischer Parasit drang sie durch ihre Fingerspitzen in sie ein und kroch hinauf in ihre Brust. Auch nachdem sie wieder nach draußen in die Mittagshitze getreten war, blieb sie dort.

Für den Abend hatte Nejlas Mutter einen Tisch bei Brajlović reserviert. Das traditionelle Restaurant befand sich in Ilidža unmittelbar am Ufer der Željeznica und existierte schon seit Nejla denken konnte. Der leicht faulige Geruch, der über dem Fluss hing, wurde neutralisiert durch den würzigen Rauch des Grills. Das holzvertäfelte Innere zierten Dutzende ausgestopfte Raubtiere. Vermutlich wollte der Besitzer mit den zähnefletschenden Wölfen, Wildkatzen und Bären den Fleischhunger der Gäste anheizen.

Bobby und Dilek waren beide Vegetarier, sichtlich irritiert musterten sie am Eingang den ausgestopften Wolf in Hausmädchenuniform, der ein Tablett auf seinen Pfoten balancierte. Nejla zuckte entschuldigend mit den Schultern und schob sie hinein.

Mrki bestellte sofort eine Karaffe Šljivovica und teilte freigiebig aus. Außer Nejlas Mutter und Dilek, deren Glas ebenfalls unberührt auf dem Tisch stehen blieb, waren alle, noch bevor das Essen kam, ziemlich betrunken.

Eigentlich war ihr Onkel eher schweigsam, doch der Alkohol löste seine Zunge und verwandelte ihn bald in den Lautesten am Tisch. Dank ihres langjährigen Gastrojobs war Nejla betrunkenes Verhalten gewohnt und tolerierte sehr viel, doch an diesem Abend brachte Mrki sie mit seinem Gerede immer mehr in Rage.

Ständig sprach er über den Unfallhergang und den Kerl, der Artur angefahren hatte. Wer das sei, aus was für einer Familie er komme, und überhaupt, wie verdorben die örtliche Jugend sei, wie korrupt die Leute hier seien und dass es keine Gerechtigkeit gebe.

»Ich sage dir, Stjopa«, rief er in seinem gebrochenen Deutsch, das er aus seiner Zeit in Deutschland mitgebracht hatte, »wenn wäre mein Sohn, ich würde nehmen Pistole und erschießen diese Junge! Glaube mir, sonst nix passiert! Polizei, Richter, alle hier korrupt!«

Stjopa kippte schweigend den Rest aus seinem Glas hinunter. Nejla spürte, wie unangenehm ihm Mrkis Worte waren.

»Bei uns auf dem Dorf war sowas wie Blutrache früher normal«, mischte sich nun auch Kazim in das Gespräch ein. »Da gab es gar keinen Richter oder Polizei. Die Familien haben das unter sich geregelt. Teilweise hat das zu richtigen Feindschaften geführt, die über Generationen angedauert haben.«

»Kenne ich Leute«, unterbrach ihn Mrki und beugte sich verschwörerisch über den Tisch zu Stjopa, »die machen alles für Geld. Kann ich geben Kontakt …«

»Mrki, was redest du?«, rief Nejlas Mutter. »Die Sache war überall in den Zeitungen. Das geht zum Gericht. Stjopa kann auch Antrag machen.«

Sie machte eine Pause und sah zu Nejla herüber.

»Kannst du Stjopa helfen bei die Sache. Gehst du mit ihm zu Gericht. Ist doch besser, dass du bleibst ein bisschen hier bei mir auf Ilidža. Was willst du jetzt in Deutschland …«

»Majku da vam jebem!«, schrie Nejla außer sich und sprang auf, sodass ihr Stuhl umfiel. »Jeste li vi normalni? Über was für eine Scheiße reden wir hier eigentlich?! Als ob das irgendwas bringen würde! Und nein, Mama. Jebeš Sarajevo! Jebem ti sve! Einen Scheiß bleibe ich hier!«

Entgeistert starrten Mrki, ihre Mutter und die anderen sie an. Lediglich auf Stjopas Gesicht zeichnete sich ein unmerkliches Lächeln ab, das so etwas wie Dankbarkeit auszudrücken schien.

Nejla schleuderte ihr Schnapsglas auf den Boden, sodass es in tausend Scherben zersprang. Dann stürmte sie aus dem Restaurant, wobei sie nur mit Mühe ihrem Impuls widerstand, einen zähnefletschenden Bären im Flur von seinem Sockel zu schubsen. Dilek lief ihr hinterher, doch Nejla schickte sie zurück. Sie brauchte einen Moment für sich.

Draußen vor dem Restaurant steckte sie sich eine Zigarette an und inhalierte gierig den Rauch.

Wie können die bloß so eine Scheiße labern, dachte sie erbost. Klar, Mrki hat seine eigenen Sorgen mit seinem heroinkranken Sohn. Wahrscheinlich lässt er auf diese Weise seine Verzweiflung raus, aber checkt der nicht, wie daneben dieses Gerede ist? Vor allem vor Arturs Papa! Selbst wenn er es gut meint, dieses typische Machogehabe, zum Kotzen ... Und Mama? Die muss doch wissen, wie schlimm es für mich ist, schon wieder jemanden in dieser Stadt zu verlieren! Der zweite geliebte Mensch! Und dann erwartet sie ernsthaft, dass ich hierbleibe und immer, wenn ich in die Stadt fahre, an derselben Ampel stehe, an der Artur überfahren wurde?!

»Nejla?«, ertönte hinter ihr eine weibliche Stimme und holte sie jäh aus ihren Gedanken.

Verwundert drehte sie sich um.

»Anela!«, rief sie überrascht. »Was machst du denn hier?!«

Da stand sie, ihre Kindheitsfreundin aus Sarajevo. Der Krieg hatte sie voneinander getrennt, bis sie sich Jahre später zufällig in Bielefeld wiederbegegnet waren. Nejla hatte daraufhin ihren Kumpel Tom zu einer Scheinheirat überredet, damit Anela ihre Aufenthaltspapiere bekam und in Deutschland bleiben konnte. Leider hatte sie nicht gewusst, dass Anela sich während ihrer Flucht einer albanischen Verbrecherbande angeschlossen und einen Geldtransporter überfallen hatte. Die Sache war erst rausgekommen, als Anela nach einigen Monaten spurlos verschwunden war und Tom auf seinem Dachboden eine Sporttasche voll Tolarmünzen gefunden hatte, dem wertlosen Beuterest.

Anelas Vermächtnis hatte Nejla und Tom einige Probleme beschert. Denn die übrigen Bandenmitglieder, welche anscheinend betrogen worden waren, hatten daraufhin sie und Tom belästigt. Bevor die Polizei die Gangster schließlich geschnappt hatte, waren sie sogar in Nejlas Wohnung eingebrochen.

Einerseits freute sich Nejla, dass ihre Freundin lebte und auf freiem Fuß war, aber andererseits hätte sie ihr am liebsten eine geklatscht. Hätte sie sich zwischendurch wenigstens einmal gemeldet und entschuldigt! Aber offenbar war ihr das alles egal gewesen.

Anela schien zu spüren, was in ihr vorging.

»Tut mir leid, dass ich damals einfach abgehauen bin«, murmelte sie und senkte den Blick. »Aber ging nicht anders. Die Typen waren verrückt! Die hätten mich getötet, wenn sie mich erwischt hätten.«

»Ha«, entfuhr es Nejla. »Kein Wunder. Du hast denen ja offenbar ihre Kohle gezockt!«

»Die haben angefangen. Wollten mich ficken und meinen Anteil kassieren«, verteidigte sich Anela. »Na egal. So oder so, jetzt ist alles weg.«

»Bis auf das Kleingeld«, sagte Nejla.

»Ihr habt die Tasche gefunden?!«, wunderte sich Anela.

»Ja«, bestätigte Nejla. »Als Tom beim Auszug den Dachboden ausgeräumt hat.«

»Wie geht's Tommi?«, fragte Anela.

»Keine Ahnung. Haben keinen Kontakt mehr.«

»Oh, hoffentlich nicht wegen dieser Sache.«

»Nee, nicht deswegen«, entgegnete Nejla. »Na ja, eigentlich muss ich mich bei dir bedanken. Ich hab diese Tolarmünzen für ein Kunstprojekt benutzt und einen Förderpreis bekommen. Wenn die wüssten ...«

»Oh, das ist super!«, rief Anela, doch ihrem Gesichtsausdruck nach zu urteilen, konnte sie Nejlas Worte nicht ganz einordnen. »Und jetzt besuchst du deine Mama?«

Nejla nickte. Offenbar hatte Anela nichts von dem Unfall gehört oder zumindest keine Ahnung, dass Nejla etwas mit dem Verstorbenen zu tun hatte. Nejla überlegte kurz und entschied, es dabei zu belassen.

»Und du?«, erkundigte sie sich bei Anela. »Was machst du hier?«

»Hier ist mein Gefängnis«, sagte Anela und lachte verbittert. »Ich kann nicht weg aus Bosnien. Es gibt einen internationalen Haftbefehl. Sobald ich über die Grenze gehe, verhaften sie mich. Aber hier holt mich keiner. Du weißt, Bosnien ist ein gutes Land für Verbrecher.«

Nejla schüttelte ungläubig den Kopf.

»Und geht's dir gut?«, fragte sie, während sie Anela eindringlich musterte.

Mit den dunklen Locken und ihren grünen Katzenaugen war ihre Freundin seit jeher ein Blickfang gewesen. Doch diese Augen schienen ihr Leuchten eingebüßt zu haben und die Falten um ihre Mundwinkel zeugten von einer gewissen Verbitterung. Sie trug viel Schminke im Gesicht, aber die Haut darunter wirkte ungesund.

Ob sie immer noch so viel kokst?, dachte Nejla.

»Ha, was soll ich dir sagen«, meinte Anela, während sie nervös mit einer Haarsträhne spielte. »Du weißt, wie es hier unten ist. Gleiche Scheiße. Niemand hat Geld, aber für einen Kaffee reicht's immer ... Und du? Du bist jetzt Künstlerin oder so?«

»Nicht ganz, aber ja«, sagte Nejla. »Ich studiere erst mal Grafikdesign.«

»Svaka ti čast«, meinte Anela. »Diese Sachen konntest du immer gut.«

Nejla lächelte schwach und nickte.

»Na dann«, sagte Anela. »Muss langsam los. Ich arbeite in einer Bar, drei Minuten vom Korzo entfernt. Cafe del Mar. Komm mal vorbei.«

»Mach ich«, sagte Nejla. »Čuvaj se.«

»Du auch. Hajde, vidimo se.«

Zügig stakste Anela in ihren Stöckelschuhen über die Brücke. Nejla sah ihr hinterher, bis sie verschwunden war.

»Cafe del Mar«, murmelte sie kopfschüttelnd.

War das nicht der Name dieser legendären Bar auf Ibiza, die diese CDs mit Chillout-Music veröffentlichte? Also besaß Ilidža eine eigene Sunset-Bar für all seine Gestrandeten …

Das überraschende Wiedersehen mit Anela hatte sie für einen Moment ihre eigenen Sorgen vergessen lassen. Als sie ins Restaurant zurückkam, war sie etwas gefasster.

Ihre Mutter und die anderen schienen sichtlich erleichtert.

»Alles okay?«, erkundigte sich Dilek besorgt.

»Ja, tut mir leid«, murmelte Nejla, während sie sich an ihren Platz setzte. »Das ist gerade einfach alles zu viel.«

»Bit će, bit će, draga moja«, versuchte ihre Mutter ihr Mut zu machen. »Du warst immer stark. Wirst du auch jetzt schaffen. Dachte ich nur, vielleicht möchtest du ein bisschen hier bei Mama bleiben. Aber musst du natürlich nicht.«

»Danke, Mama. Aber ich muss hier weg. Das hat nichts mit dir zu tun. Ich habe einfach das Gefühl, diese Stadt frisst mich auf.«

Mejrema nickte traurig. Mrki starrte schweigend auf die weiße Tischdecke.

»Kein Ding!«, rief Bobby. »Wir kommen mit. Wir fahren mit dem Zug. Ist alles eingetütet, ich habe schon mit deinem Onkel gequatscht. Er macht mir 'nen guten Preis für den Renault.«

»Was?!«, wunderte sich Nejla. »Ich dachte, du musst das Auto zurückgeben.«

»Nee«, entgegnete Bobby entschieden. »Das passt schon. Mrki kann es hier gut gebrauchen. Und ich bin dann nicht komplett pleite, wenn wir zurück sind. Ist 'ne Win-win-Situation.«

Skeptisch sah Nejla zu ihrem Onkel.

»Nemoj me tako gledat'«, meinte Mrki und breitete unschuldig die Arme aus. »Habe faires Angebot gemacht. Nix Maraka. Zahle ich Euro, Cash auf die Hand.«

»Ihr seid echt verrückt, ey«, murmelte Nejla kopfschüttelnd. Doch insgeheim war sie froh, dass ihre Freunde sie begleiteten.

Zwei Tage nach Arturs Einäscherung quetschten sich Nejla und die anderen mit ihren Rucksäcken und Taschen in Mrkis roten Golf und ließen sich zum Bahnhof bringen. Arturs Vater war, nachdem er mit Nejlas Hilfe alle Behördengänge erledigt hatte, bereits einige Stunden zuvor abgereist.

An und für sich wäre es wahrscheinlich leichter gewesen, mit dem Bus zu fahren. Es gab täglich zahlreiche Verbindungen nach Deutschland und anders als dort war der Busverkehr in Bosnien die beliebtere und mitunter auch schnellere Reisevariante. Doch Nejla hatte nach Arturs Autounfall lieber mit dem Zug fahren wollen. Morgens und am späten Abend fuhr jeweils ein Zug von Sarajevo nach Zagreb. Dieser Bummelzug hielt in jedem Dorf, das einen Gleisübergang besaß, und brauchte für die Strecke gut zwölf Stunden. Von Zagreb dauerte es mit dem Eurocity dann noch einmal sieben Stunden bis München, von wo sie mit dem ICE mindestens sechs weitere Stunden bis Bielefeld unterwegs wären.

Ihre Wahl war letztendlich auf den Nachtzug gefallen, da die Fahrt schneller vorüberging, wenn sie unterwegs schlafen konnten.

Mrki hatte noch zu tun und fuhr sofort weiter.

Das Bahnhofsgebäude war wie ausgestorben und wirkte wie die postsozialistische Variante eines de-Chirico-Gemäldes. Im Zentrum der leeren Halle befand sich eine viereckige Metallsäule. Die Uhr auf dem Sockel war gestern, vor Wochen, Monaten oder sogar Jahren um halb drei stehengeblieben. An der Stirnseite prangte ein riesiges Wandbild, eine Cartoon-Lokomotive auf rotem Hintergrund, die mit einem Strohhalm aus einer Coca-Cola-Flasche trank.

Der helle Marmorboden glänzte wie das Eis einer Schlittschuhbahn und die gewölbten Betonstreben der Hallendecke erinnerten Nejla an Rippen in einem Wahlfischbauch. Vor einem Lokal auf der Galerie standen Tische mit leuchtend weißen Tischdecken, doch weit und breit waren weder Gäste noch Personal zu sehen.

»Bis du sicher, dass hier Züge fahren?«, fragte Bobby ein wenig verwundert.

»Jetzt wo du's sagst, bekomme ich auch meine Zweifel«, murmelte Nejla.

Als sie zum Gleis gingen, war die Sonne bereits untergegangen. Über der Stadt hatten sich dunkle Wolken zusammengebraut, lediglich an einer Stelle über den Hügeln leuchtete noch ein tiefblaues Band. Ihr Zug wartete bereits. Er bestand bloß aus drei Waggons, alten Modellen aus den Siebzigern, die Nejla noch aus ihrer Kindheit kannte. Die Türen standen offen, auch hier war weit und breit keine Menschenseele zu sehen.

Nejla stieg den Tritt hinauf ins Wageninnere. Keines der Abteile war besetzt, also nahmen sie einfach das nächstbeste und verstauten ihr Gepäck auf den Ablagen.

Unterwegs hatten Bobby und Kazim bereits mehrfach angeboten, Nejla zumindest eine der beiden Taschen abzunehmen, aber sie wollte weder ihre noch Arturs Tasche aus der Hand geben.

Solange sie ihrer beider Gepäck trug, hatte sie das Gefühl, dass sie zusammen unterwegs waren. Als wäre Artur nur kurz zur Toilette oder dem Kiosk um die Ecke gegangen und käme jeden Augenblick wieder. Überhaupt hütete sie Arturs Reisetasche wie einen Schatz, denn allem, was sich darin befand, haftete noch sein Leben an. Noch konnte sie ihm im Duft seiner Kleidung begegnen. Und auch die Gegenstände seiner alltäglichen Routine wie Zahnbürste, Rasierer und Nagelknipser bildeten nach wie vor eine unmittelbare Verbindung zu seinem lebendigen Körper. Die angebrochene Kaugummipackung hatte zur Hälfte er gekaut. Die glattgeschliffenen Steine mit der schönen Musterung hatte das Meer in seine Hände gelegt. Und in der abgegriffenen Taschenbuchausgabe von Andrej Murašovs *Mondalphabet* steckte noch immer ein Fetzen Silberpapier als Lesezeichen, das er aus einer

Zigarettenschachtel gerissen hatte. Er hatte sogar mit dem Fingernagel den letzten Satz markiert, den er gelesen hatte: »Sie haben recht. Das Leben ist die eine, die ultimative Illusion!«

Nach allem, was nun passiert war, klang er geradezu prophetisch.

Wie lange dauert es wohl, bis Arturs Duft aus der Kleidung verschwindet?, fragte sich Nejla, während sie überprüfte, ob die Reißverschlüsse der Tasche gänzlich geschlossen waren. Verschwindet sein Duft dann auch irgendwann aus meinem Gedächtnis?

»Geil, Alter«, rief Bobby, während er auf dem alten Polstersitz auf und ab federte. »Die Teile kann man sogar ausziehen.«

»Helft mir mal«, meinte Dilek und zog an den Fenstergriffen.

»Cool«, sagte Kazim. »Wir können aus dem Fenster rauchen.«

»Und unsere Köpfe in den Fahrtwind strecken!«, rief Dilek. »Das wollte ich immer mal machen.«

Gut zehn Minuten später knackte es in den Lautsprechern am Bahnsteig und ein unsichtbarer Bahnhofvorsteher nuschelte irgendwas ins Mikrofon.

»Fahren wir los?«, wollte Dilek wissen, die neben Nejla am Fenster stand.

Ehe Nejla etwas erwidern konnte, ging ein Ruck durch den Zug und er setzte sich in Bewegung. Dilek streckte den Kopf aus dem Fenster und der Fahrtwind verwirbelte ihr schwarzes Haar. Nejla seufzte erleichtert. Draußen leuchteten die Lichter von Sarajevo. Der Himmel über der Stadt war so schwarz, als wären alle Sterne heruntergefallen.

»Was ist das?«, rief Kazim hinter ihnen. »Hört ihr das auch?!«

Nejla trat vom Fenster zurück und vernahm ein seltsames Klappern. In unregelmäßigen Abständen wurde es lauter und dann wieder leiser.

»Alter, ist der Zug im Arsch oder was?«, rief Bobby.

Nejla zog die Abteiltür auf und ging den Gang hinunter. Es kam eindeutig von dort, wo sie eingestiegen waren.

»Warte!«, rief Kazim und folgte ihr.

Die Abteile, an denen sie vorbeigingen, waren allesamt leer. Als sie die Waggontür erreichten, staunten sie nicht schlecht. Die Tür stand offen und schlug immer wieder gegen die Außenwand.

»Wir fahren in 'nem Geisterzug, ich schwöre«, rief Kazim kopfschüttelnd. »Es hat nicht mal wer die Tür zugemacht.«

Nejla trat näher an den Ausstieg. Der Anblick des Treppchens, das in die Dunkelheit hinausführte, hatte etwas Unwirkliches, wie die Szene in einem Thriller, kurz bevor jemand aus einem Zug oder einem Flugzeug springt.

Einen Schritt nur …, dachte sie sich. Einen Schritt hinaus …

Nejla lehnte sich nach vorn.

»Hey!«, rief Kazim überrascht.

Kalter Wind peitschte ihr ins Gesicht. Unter ihr ratterten die Schienen. Plötzlich neigte sich der Zug wieder in eine Kurve. Für einen Augenblick verlor sie die Balance und hing mit einem Bein in der Luft. Dann umfasste ihre Hand den Griff. Zusammen mit der Tür schwang sie zurück ins Waggoninnere.

»Alter!«, rief Kazim und starrte sie mit weit aufgerissenen Augen an. »Bist du bekloppt?! Was zur Hölle machst du da?«

»Ich mache die Tür zu«, meinte Nejla und drückte den Türgriff hinunter, bis er einrastete.

Kazim packte sie an den Schultern. Noch immer war er blass und seine Stimme klang ungewohnt schrill.

»Mach sowas nie wieder, hörst du! Denk mal an Artur! Er wollte immer, dass du glücklich bist. Das ist jetzt deine Aufgabe. Seine Mission hier ist vorbei. Jetzt musst du leben – für dich und für ihn!«

»Tut mir leid«, murmelte Nejla kleinlaut. »Es ging mir echt nur um die Tür. Vielleicht hab ich die Situation falsch eingeschätzt.«

Schweigend gingen sie zurück zum Abteil.

»Das ist echt voll der Geisterzug«, rief Bobby, als Nejla und Kazim ihnen erzählten, was für das seltsame Geräusch verantwortlich gewesen war. »Ich komm mir vor wie bei *Chihiros Reise ins Zauberland*. An der nächsten Station steigen bestimmt so komische Schatten ein!«

Ihr nächster Halt war Visoko. Tatsächlich waren auf dem Bahnsteig Stimmen zu hören und auf dem Gang ertönten Schritte, doch niemand kam an ihrem Abteil vorbei.

»Wusstet ihr, dass es in Bosnien Pyramiden gibt?«, meinte Nejla, als der Zug weiterfuhr.

»Wie jetzt?«, wunderte sich Bobby.

»Hier in Visoko hat so 'n Typ angeblich welche entdeckt«, erklärte Nejla. »Ohne Scheiß. Aber viele sagen, die wären nur fake.«

»Die älteste Hochkultur neben den Ägyptern sind wir Kurden«, verkündete Kazim. »Mesopotamien, schon mal davon gehört? Wir hatten damals schon die Keilschrift und so. Selbst die deutsche Sprache stammt von der kurdischen ab.«

»Laber doch nicht«, meinte Bobby.

»Tausî Melek«, schwor Kazim und grinste. »Dein Urururgroßvater war bestimmt auch Kurde.«

Ihre Geschichtsdiskussion wurde vom Schaffner unterbrochen, den es offenbar wirklich gab und der nun seine erste Runde drehte. Nejla schätzte ihn kaum älter als sie selbst. Die Mütze war ihm etwas zu groß und seine Uniform ein wenig zu weit.

»Dobro veče, good evening. Tickets please, Fahrkarten, bitte meine Damen und Herren!«, rief er lächelnd.

Offensichtlich hatte er sie direkt als Touristen eingestuft.

»Izvolite«, sagte Nejla und reichte ihm die Zugtickets.

»Pazite na svoje stvari«, sagte der Schaffner. »Ima lopova.«

Nejla hob überrascht die Augenbrauen.

»Was meint der?«, erkundigte sich Dilek.

»Ach, anscheinend sind Diebe im Zug«, erklärte Nejla, »und wir sollen auf unsere Sachen aufpassen.«

»O Mann«, rief Bobby. »Das heißt, wir können noch nicht mal in Ruhe pennen.«

»Ach, das geht schon«, meinte Kazim. »Es kann ja immer einer Wache schieben.«

Sie klappten alle Sitze aus, sodass sie eine einzige große Liegefläche ergaben. Dann zogen sie die Vorhänge zu, damit niemand in ihr Abteil schauen konnte, und machten die Beleuchtung aus. Kazim und Bobby bestanden darauf, sich direkt vor die Abteiltür zu legen und abwechselnd Wache zu halten. Dilek legte sich ans Fenster und Nejla in die Mitte.

»Guckt mal, wie hell die Wolken sind«, sagte Dilek, während sie den Nachthimmel betrachtete. »Es ist fast Vollmond.«

»Mhm«, murmelte Nejla.

Ihr Blick folgte Dileks, doch ihre Gedanken wanderten zu Artur. Am Meer hatten sie nachts oft lange in den Himmel geschaut. Einmal hatte er so etwas gesagt wie: Beim Anblick all dieser Sterne vergesse ich komplett meine Ängste und Sorgen. Ich bin hier und egal was passiert, das Universum umgibt mich. Genauso wie die unzähligen Lichter über uns sind wir ein Teil von allem und werden es auch immer sein.

Je mehr Nejla über ihre gemeinsame Zeit nachdachte, desto öfter erschienen ihr bestimmte Dinge, die er gesagt oder getan hatte, plötzlich in einem ganz anderen Licht.

So wie damals, als sie in Arturs WG an der Herforderstraße nachts am Fenster gestanden und auf die Bahngleise geschaut hatten, wo die Bauarbeiter im Funkenregen die Schienen zusammenschweißten. Obwohl sie ja frisch verliebt gewesen waren, hatte er so pessimistisch von der Unabwendbarkeit des Schicksals gesprochen.

Hatte er vielleicht eine dunkle Vorahnung gehabt?, fragte sich Nejla. Hatte er gespürt, dass er jung sterben würde? Dileks Schnarchen riss sie aus ihren Gedanken. Nejla drehte sich zu den anderen um. Kazim war der Kopf auf die Brust gefallen und Bobby hatte ebenfalls die Augen geschlossen.

Soviel zu unseren tapferen Wachen, dachte Nejla und gähnte.

Kurz vor Zenica fielen ihr ebenfalls die Augen zu.

Im Traum lief sie wieder durch die Klinik und suchte Artur, doch er war in keinem der Zimmer, die sie betrat. In der Hand hielt sie die Milchpackung mit der lächelnden Kuh.

Zum Glück habe ich die richtige Packung, sagte sie sich immer wieder.

Aus irgendeinem Grund war es extrem wichtig, dass die Kuh darauf eine rote Blume im Mund hatte. Nach einiger Zeit fand sie Artur. Wie auf einer Kommandobrücke stand er in Kapitänspose am Fenster und blickte hinaus. Die grausam grelle Sonne war verschwunden und am Himmel leuchteten unzählige Sterne.

Das ist gar keine Klinik, sondern ein Raumschiff, dachte Nejla.

Dabei bemerkte sie, dass Arturs Hinterkopf seltsam deformiert war und einem Alien ähnelte. Außerdem wuchsen aus seinem Rücken verschiedene Schläuche.

»Danke, dass du gekommen bist«, sagte der Alien-Artur zur Begrüßung.

»Du kannst jetzt rüberkommen«, sagte Nejla. »Mama hat Essen gemacht.«

Doch der Alien-Artur schüttelte den Kopf. Plötzlich begannen die Schläuche auf seinem Rücken ein bedrohliches Eigenleben zu entwickeln. Sie fingen an, sich zu bewegen, wobei sie aneinanderschlugen und seltsame metallische Geräusche machten. Nejla versuchte Artur an der Hand zu nehmen, doch sie bekam nur einen der Schläuche zu fassen. Ehe sie sich's versah, war sein gesamter Körper im dichten Gewirr der Schläuche verschwunden. Wie die Ranken einer mörderischen Schlingpflanze umschlangen sie nun auch Nejla.

Panisch fuhr sie hoch. Irgendetwas stieß gegen ihren Kopf und streifte ihr Gesicht. Sie brauchte einen Augenblick, bis sie begriff, wo sie sich befand. Das große, plumpe Etwas schwebte inmitten des Abteils durch die Luft Richtung offener Tür.

Arturs Reisetasche, schoss es ihr jäh durch den Kopf. Jemand klaut Arturs Tasche!

Ihre Hand schnellte vor und bekam einen der beiden Tragegriffe zu fassen. Doch der Dieb schien seine Beute nicht so ohne weiteres aufgeben zu wollen und hielt sie fest.

Nejla spürte, dass sie dem Gewicht und der Kraft des Unbekannten nicht gewachsen war.

»Ubiću te, jebem ti mater!«, schrie sie außer sich und schlug, die freie Hand zur Faust geballt, blind auf ihr Gegenüber ein.

Plötzlich ertönte ein seltsamer kehliger Laut. Ein fürchterlicher Schmerz durchflutete ihr Handgelenk, aber Arturs Tasche war frei und fiel ihr entgegen.

Kazim, Bobby und Dilek waren mittlerweile aufgewacht und schrien wild durcheinander, bis endlich jemand den Lichtschalter fand und die Deckenbeleuchtung anging. Fragend blickten alle Nejla an. Arturs Reisetasche an die Brust gepresst kauerte sie keuchend in der Ecke.

»Deine Hand blutet!«, schrie Dilek entsetzt.

»Sind sie weg?!«, entgegnete Nejla nur.

Kazim stand auf und trat vorsichtig auf den Gang hinaus.

»Niemand zu sehen«, verkündete er.

»Bože«, murmelte Nejla. »Wenn ich nicht aufgewacht wäre, hätten diese Wichser Arturs Tasche geklaut.«

»Alter, was geht?!«, wunderte sich Bobby. »Also war das echt kein Gelaber vom Schaffner.«

»Wie krass bist du denn?!«, sagte Dilek und schüttelte ungläubig den Kopf. »Verpasst sie dem Kerl einfach eine! Und ich dachte schon, du hättest irgendwen von uns erwischt.«

»Der hätte sonst nicht losgelassen«, erklärte Nejla.

»Zeig mal her«, sagte Dilek und untersuchte vorsichtig ihre Hand.

Tatsächlich schmerzte sie jetzt, da das Adrenalin nachließ, noch stärker. Dilek holte ihren Toilettenbeutel aus dem Rucksack und kümmerte sich, so gut es ging, um Nejlas Verletzung.

»Ich glaube, sie ist nicht gebrochen, sondern nur verstaucht«, versuchte Dilek sie zu beruhigen, während sie mit einem Wattepad Nejlas blutige Fingerknöchel säuberte. »Sonst würde es noch krasser wehtun, wenn du die Hand bewegst.«

Nejla nickte bloß.

Der Rest der Fahrt verlief ereignislos, doch keiner von ihnen tat mehr ein Auge zu. Als es draußen endlich hell wurde, tauchten im Morgendunst die Vororte von Zagreb auf.

Nejla seufzte erleichtert.

Der verdammte Geisterzug hat das Reich der Toten verlassen, dachte sie. Aber in was für ein Leben kehre ich zurück?

Dilek und Bobby zogen das Fenster runter, sodass ein Schwall kühler Morgenluft das Abteil flutete. Kazim hustete und trank gierig den Rest Wasser aus seiner Flasche.

Nejla betrachtete nachdenklich die Hochleitungen über den Gleisen. Bielefeld, die Wohnung, Arturs Zimmer. Alles würde anders sein. Voll mit Erinnerungen an Artur und doch so leer. Trotzdem verspürte sie bei dem Gedanken an ihre gemeinsame Wohnung eine gewisse Vorfreude.

Hoffentlich regnet es zuhause, sagte sie sich. Bitte enttäusch mich nicht, Bielefeld.

TEIL 2

Studentenausweis

In der U-Bahn am Hermannplatz war ziemlich viel los. Dilek presste ihr Handy fester ans Ohr.

»Sorry«, entschuldigte sie sich bei Nejla. »Ich kann dich gerade nicht so gut verstehen.«

Zügig schlängelte sie sich durch das Gedränge auf den Treppen.

»Arturs Urne ist weg? Wie soll das denn gehen?!«, entfuhr es ihr, wobei sie vor lauter Überraschung stehen blieb.

Irgendjemand rempelte sie unsanft an und lief einfach weiter.

»Ey du Kek, pass mal auf, wo du hinläufst!«, rief Dilek ihm hinterher.

Während Nejla ihr erzählte, was passiert war, kramte Dilek in ihrer Handtasche nach ihrem Tabak.

»Das kann doch nicht wahr sein«, sagte Dilek.

Arturs Urne war weg. Und jetzt auch noch ihr beschissener Tabak.

»Ich check's auch nicht«, ertönte nun deutlich Nejlas Stimme aus dem Handylautsprecher. »Es hat wohl schon einmal Fälle von Urnendiebstahl gegeben. Die wollten von den Hinterbliebenen Lösegeld erpressen.«

»Çüş, was für Bastarde sind das denn, dass sie nicht mal die Toten respektieren?!«, empörte sich Dilek.

»Na ja, bisher weiß niemand, was genau passiert ist«, sagte Nejla. »Auf jeden Fall wurde die Trauerfeier erst mal verschoben.«

»Sag mir unbedingt Bescheid, sobald du was Neues hörst«, sagte Dilek. »Und bitte denk dran, was ich dir gesagt habe. Wenn dir die Decke auf den Kopf fällt, kannst du jederzeit zu mir kommen!«

»Danke, ich komm' darauf zurück«, sagte Nejla und verabschiedete sich.

Nachdem Dilek in die Urbanstraße abgebogen war, blieb sie plötzlich stehen.

»Ach Shit«, murmelte sie und drehte wieder um. »Ich hab Bobby Gözleme versprochen.«

Bolu, der türkische Supermarkt, war nicht weit. Da würde sie Feta, frischen Spinat und Kartoffeln besorgen.

Es war ein schöner Spätsommernachmittag und die Sonne so warm, dass der Großteil der Leute noch in T-Shirts unterwegs war. Doch die Bäume am Straßenrand verloren langsam ihre Blätter und die Luft roch bereits nach Herbst.

Dilek holte ihre Kopfhörer und den pinken iPod shuffle aus der Tasche. Zufällig kam direkt einer von Arturs alten Songs:

Ich muss Scheine sammeln, so wie die Blätter im Herbst, Mann,
ich hasse den Schein, doch kein Para ist schwer, Mann.
In meiner Wiege lagen keine goldenen Dinge,
aber Mom sang Lieder mit 'ner goldenen Stimme,
alles was ich gewinne, werd' ich einmal verlieren ...

Dilek mochte die Musik von Artur und Kazims, der Rapgruppe AK602 eigentlich. Besonders *Sommer in der City* und *Morgenrot*. Doch nach ihrem Gespräch mit Nejla ertrug sie es nicht, seine Stimme zu hören und wechselte zu *Number One* von Pharell Williams und Kanye West. Zufrieden drehte Dilek die Lautstärke auf Maximum. Sie hörte unterwegs immer so laut Musik, dass alle Geräusche um sie herum komplett verschwanden. So hatte sie das Gefühl, die Protagonistin ihres eigenen MTV-Videoclips zu sein. Zum Beat der Musik verschmolzen die Bewegungen der Passanten, der Verkehr, ja das ganze vibrierende Chaos der Stadt miteinander und wurden Teil einer imaginären Choreografie.

Doch heute wanderten ihre Gedanken immer wieder zurück zu Nejla.

Als ob alles nicht schon schlimm genug wäre, gibt es jetzt auch noch diesen Heckmeck um Arturs Asche, dachte sie, während sie bei Bolu die Gemüseauslage begutachtete.

Unglaublich, dass Nejla nach wie vor so gefasst war. Nur jemand, der sie sehr gut kannte, konnte die unterschwellige Anspannung in ihrer Stimme heraushören und bemerken, wie sehr sie sich zusammenriss. Aber so war Nejla schon immer draufgewesen. Sie ließ so gut wie nie ihre negativen Gefühle heraus und heulte sich nicht einmal bei ihren besten Freundinnen aus. Dilek war beinahe ein wenig erleichtert gewesen, als Nejla in Sarajevo ihre Fassung verloren, geweint und herumgeschrien hatte. Denn egal wie stark sie auch sein mochte, wenn sie ihre Trauer und die Wut nicht herausließ, dann fraßen diese Gefühle sie früher oder später auf. Dilek hatte selbst lang genug mit solchen Dingen zu kämpfen gehabt und wusste, wie es sich anfühlte. Auch wenn sie mittlerweile gut allein zurechtkam und ihren Frieden gemacht hatte mit dem, was Fatih und Baba ihr angetan hatten, würde ein Teil von ihr immer die Familie vermissen und unter dieser Sehnsucht leiden.

Gedankenverloren spazierte sie durch die Gänge des türkischen Supermarkts.

Oliven. Oliven hab ich auch nicht mehr, dachte sie. Marmarabirlik. Die in der grünen Plastikbox, trocken gesalzen, das sind die besten. Und Turşu hole ich. Den Drei-Liter-Eimer. Wenn schon, denn schon. Bisschen Workout schadet nicht.

Als sie die Kasse erreichte, war ihr Korb voll mit Sachen, die gar nicht auf ihrer Liste gestanden hatten. Sie legte noch zwei Falım-Kaugummis auf das Band. Die Kassiererin, eine Frau um die fünfzig mit Kopftuch, erinnerte Dilek ein bisschen an ihre Mutter.

Ob Anne mittlerweile auch so viele Falten hat?, fragte sie sich. Ob ich jemals den Mut aufbringe, sie zu kontaktieren?

Ihre Rückkehr nach Bielefeld war nicht so gelaufen, wie sie es sich ausgemalt hatte. Nach dem unverhofften Zusammentreffen mit dem ehemaligen Klassenkameraden ihres Bruders und den zwanzig Minuten am Kesselbrink hatte sie bereits genug gehabt. Da war zu viel Sehnsucht nach etwas, das nicht mehr vorhanden war, zu viel Schmerz und zu viel Paranoia, dass irgendeine unerwartete Scheiße passierte.

Deshalb hatte sie Nejla auch nicht nach Bielefeld begleiten können. Zwar rief Dilek sie fast jeden Tag an, trotzdem hatte sie ein schlechtes Gewissen.

Seufzend schob sie sich das Kaugummi in den Mund und las die Verse auf dem Einwickelpapier.

Üniversiteli kısmetin daim olsun
Saadetin nereli diye sorarsan
Memleketidir memleketin

»Alter, echt jetzt?«, murmelte sie. »Wenn die mich wenigstens an der Uni nehmen würden!«

Von der FU Berlin hatte sie bereits eine Absage erhalten, blieb nur noch die Antwort der Uni Potsdam. Natürlich konnte sie sich auch noch in anderen Städten bewerben, aber gerade verspürte sie überhaupt keine Lust, aus Berlin wegzuziehen. Zum ersten Mal seit ihrer Flucht fühlte sie sich wieder irgendwo zuhause. Außerdem gab es jetzt auch noch Bobby.

An ihrer Wohnung angekommen, stellte sie die Einkäufe ab und öffnete den Briefkasten. Neben ein paar Reklameprospekten kam ein weißer Umschlag zum Vorschein. Beim Anblick der Absenderadresse stieß sie einen Schrei aus.

»Uni Potsdam! O mein Gott! Bitte sag, dass sie mich angenommen haben!«

Eine Woche später saß Dilek neben Bobby im Regionalexpress und fuhr raus nach Potsdam, um sich einzuschreiben.

»Hast du eigentlich noch mal was von den Eichhörnchenleuten gehört?«, erkundigte sie sich, während draußen der Grunewald vorbeizog.

Die Bäume leuchteten wie ein rotgoldenes Flammenmeer und der blaue Himmel war übersät mit kleinen, hellen Schäfchenwolken.

»Nee«, meinte Bobby gähnend und rieb sich die Augen. »Jetzt, wo ich 'ne neue Handynummer hab, können die mir nix mehr.«

Die letzten Nächte hatte Bobby bis in die frühen Morgenstunden in seinem Gastrojob geschuftet. Normalerweise fuhr er auch nach der Arbeit noch zu ihr oder sie holte ihn ab. Jetzt, da sie endlich zusammen waren, konnten sie kaum die Finger voneinander lassen. Manchmal hatten sie sogar Sex auf der Toilette oder im Getränkelager von dem Club, in dem Bobby arbeitete.

Doch in der letzten Woche waren sie beide so beschäftigt gewesen, dass sie sich kaum gesehen hatten.

»An deiner Stelle hätte ich Angst, wenn ich einem Eichhörnchen über den Weg laufe«, sagte Dilek grinsend. »Bestimmt hat Werner ein Kopfgeld auf dich ausgesetzt. Zwei Kilo Nussmischung, beste Quali.«

Bobby grinste.

»Das letzte Mal, dass ich hier rausgefahren bin, war wegen dem Statistenjob in Babelsberg«, überlegte er. »Weißt du noch, am Filmset, wie wir uns zum ersten Mal wiedergesehen haben?«

»Ich werde nie vergessen, wie du da rumgeschrien hast«, sagte Dilek und lachte. »Ich bin's, Bobby aus Bielefeld!«

»Stell dir vor, ich hätte mich nicht getraut, deinen Namen zu rufen … Dann hätten wir uns wahrscheinlich niemals wiedergesehen.«

»Hmm«, meinte Dilek. »Ich glaube, das war Schicksal.«

»Eigentlich habe ich nie an sowas wie Schicksal geglaubt, aber in deinem Fall möchte ich dran glauben.«

»Wie hieß noch mal der Film?«

»Hmm«, überlegte Bobby. »Ich glaube *Die Fälscher* oder *Die Geldfälscher*?«

»Lass uns zusammen zur Premiere gehen, wenn er rauskommt!«

»Yo, auf jeden Fall«, pflichtete Bobby ihr bei. »Vielleicht lassen sie uns auf den roten Teppich!«

Am Bahnhof Potsdam Park Sanssouci stiegen sie aus. Das Studentensekretariat befand sich in einem Teil der Schlossanlage. Dilek staunte nicht schlecht. Dass sie die Erste in ihrer Familie war, die studierte, kam ihr sowieso schon wie ein Märchen vor, doch mit einem Rokoko-Schloss hatte sie nicht gerechnet.

»Alter, was studierst du bitte sehr? Machst du einen Abschluss als Prinzessin?!«, rief Bobby verwundert.

Hinter imposanten Kolonnaden erstreckte sich ein riesiges rosa-weißes Prunkgebäude mit grünen Kuppeln, auf denen goldene Statuen thronten. Die Treppenaufgänge und Säulen erinnerten Dilek an Darstellungen von Tempeln aus dem alten Rom, die sie in der Schule im Geschichtsunterricht gesehen hatte.

Ungläubig holte Dilek den Zettel hervor, auf dem sie sich die Adresse notiert hatte.

»Am Neuen Palais 10«, bestätigte sie. »Hier müsste irgendwo das Studentensekretariat sein.«

Tatsächlich liefen einige junge Leute ihn ihrem Alter die Kastanienallee hinunter auf ein Haus zu. Das Gebäude sah funktioneller und weniger prunkvoll aus als das Schloss, passte jedoch zu dessen Baustil.

Dilek zog die schwere holzvertäfelte Tür auf. Ihr Herz schlug schneller. Für einen kurzen Moment schloss sie die Augen und sog die Luft ein, die ihr aus der Eingangshalle entgegenströmte.

Unglaublich, dachte sie. Ich bin an der Uni. So riecht es also im Elfenbeinturm.

Vor einem Lageplan hatte sich eine kleine Menschentraube versammelt. Vermutlich ebenfalls Studienanfänger.

»Komm«, sagte sie zu Bobby, der skeptisch die Studenten und Studentinnen beäugte. »Wir fragen die da mal.«

Bobby nickte.

»Hey«, wandte Dilek sich an zwei Typen. »Sucht ihr auch das Studierendensekretariat?«

Die sehen aber jung aus, dachte sie sich, als die beiden sich zu ihr umdrehten. Der eine hatte einen blonden Pottschnitt und wirkte ziemlich nerdy, aber reich. Der andere schien ein bisschen auf Bad Boy zu machen. Seine Haare waren an den Seiten abrasiert und er trug einen Carlo-Colucci-Pullover, Jeans und Airmax 90.

»Ja, genau, wir wollen uns immatrikulieren«, sagte der zweite und musterte sie neugierig. »Du, äh, ihr auch?«

»Nö«, entgegnete Bobby schroff.

»Cool! Ich auch«, antwortete Dilek. »Was macht ihr denn?«

»Jura«, meldete sich sein Kumpel zu Wort.

»Und ich mach 'nen Bachelor in Politik und Wirtschaft«, fügte der Bad Boy hinzu.

»Ach echt?«, sagte Dilek. »Ich mache fast das Gleiche. Politik und Verwaltung.«

»Cool«, rief der Bad Boy. »Dann haben wir ja vielleicht ein paar Vorlesungen zusammen. Ich heiße Jan und das ist Robert.«

»Freut mich. Ich bin Dilek«, stellte sie sich vor.

Gemeinsam schlenderten sie den Flur hinunter in Richtung Sekretariat. Bobby lief mürrisch neben ihr her.

Çüş, komm schon, du bist doch nicht etwa eifersüchtig auf die beiden Bubis?, wunderte sie sich.

Vor dem Studierendensekretariat war weniger los als erwartet.

»Ladys first«, meinte Jan, als sie an die Reihe kamen.

Bobby sah ihn scheel an und setzte sich auf eine Bank in der Nähe.

Ihre Unterlagen in der Hand trat Dilek durch die Tür. Während der letzten Tage hatte sie alle erforderlichen Dokumente zusammengetragen, also durfte eigentlich nichts schiefgehen. Trotzdem war sie plötzlich so aufgeregt, als existierte irgendeine höhere Macht, die ihr die Zulassung aus einer Laune heraus wieder aberkennen könnte. Was, wenn die Zulassungsstelle einen Fehler gemacht hatte und sie in Wahrheit abgelehnt worden war?

Bleib cool, Dilek, ermahnte sie sich. Wenn du hier rausgehst, bist du Studentin.

Tatsächlich verlief die Immatrikulation problemlos. Erleichtert trat sie aus dem Büro. Bobby saß auf der Bank und tippte auf seinem Handy herum.

»Hat's geklappt?«, erkundigte er sich.

»Jaa«, rief sie glücklich und gab ihm einen Kuss.

Bobby lächelte.

»Herzlichen Glückwunsch«, sagte er. »Das müssen wir feiern!«

»Auf jeden Fall!«

Hand in Hand liefen sie den Flur entlang. An einem Treppenaufgang hielt Dilek inne.

»Komm«, sagte sie und zwinkerte ihm verschwörerisch zu. »Lass uns ein bisschen das Gebäude erkunden. Ich hab 'ne Idee. Wie wär's mit 'nem Quickie?«

Überrascht sah Bobby sie an. Lächelnd zog Dilek ihn mit sich. Da das Semester noch nicht begonnen hatte, befanden sich nur wenige Studenten im Gebäude.

Im ersten Stock war abgesehen vom Computerraum kaum etwas los. Sie gingen weiter und bald hallten ihre Schritte einsam durch den Flur. Die Luft war trocken und kühler als draußen. Das Tageslicht fiel schräg durch die hohen Sprossenfenster und spiegelte sich in dem dunklen, glatten Steinboden. Die gewölbten Decken, das helle, klare Licht und die Stille verliehen dem Ort etwas Erhabenes, sodass sie unbewusst anfingen, mit gedämpfter Stimme zu reden. Neugierig inspizierte Dilek die Schilder an den Türen.

»Schau mal«, sagte sie zu Bobby und legte die Hand auf den Türgriff. »Das ist ein Veranstaltungssaal oder so. Ob er wohl offen ist?«

»Hmm«, murmelte Bobby und spähte vorsichtig zu beiden Seiten den Flur entlang.

Normalerweise war er alles andere als ängstlich, doch heute wirkte er irgendwie verhalten.

Der Griff gab nach. Grinsend zog Dilek die Tür auf und winkte Bobby hinein.

»Das muss früher sowas wie ein Ballsaal gewesen sein«, flüsterte sie beim Anblick des großen Raums.

Der Parkettboden war frisch poliert, die Decke mit Stuck verziert und die Wand schmückten Wappen. Schwere cremefarbene Vorhänge säumten die Fenster und an der Stirnseite befand sich eine Bühne.

»Passend für unsere persönliche kleine Feier«, flüsterte Dilek, während sie ihn an die Wand drückte und küsste. Bobby wirkte zuerst etwas überrumpelt. Doch dann erwiderte er ihre Küsse umso heftiger. Seine Hände glitten unter Dileks Pulli und über ihren nackten Rücken.

Fuck, bin ich geil, dachte sie sich und begann durch die Hose hindurch seinen Schwanz zu massieren. Wir haben schon fast 'ne Woche nicht mehr miteinander gefickt.

Sex an verbotenen Orten und die Gefahr erwischt zu werden, turnte sie total an. Bobby mit seiner tiefen Abneigung gegen Regeln, Vorschriften und Autoritäten erwies sich in dieser Hinsicht als perfekter Partner in Crime.

Dilek wollte seine Hose aufmachen, aber Bobby hielt ihre Hand fest. Irritiert sah sie ihn an.

»Warte mal«, sagte er ernst. »Nicht dass sie uns hier erwischen. Ich hab keine Ahnung, wie das hier läuft, aber stell dir vor, die lassen dich deswegen nicht studieren.«

»Ach, Quatsch ...«, erwiderte Dilek, doch während sie darüber nachdachte, wurde sie selbst unsicher. »Meinst du echt?«

»Wer weiß ...«

»Vielleicht hast du recht«, pflichtete sie ihm bei. Außerdem fand sie es süß, dass er sich Sorgen um ihre Zukunft machte. »Komm, lass uns lieber eine Toilette suchen.«

»Okay«, grinste Bobby.

Mit der stummen Entschlossenheit eines Gangsterpärchens pirschten sie durchs Gebäude, bis sie Toiletten gefunden hatten. Während Bobby draußen wartete, sah Dilek sich auf der Frauentoilette um. Die Kabinen schienen alle frei zu sein und niemand war zu sehen.

»Grünes Licht«, verkündete sie und zog ihn in die erstbeste Kabine.

Eigentlich war sie kein großer Fan von Sex auf öffentlichen Toiletten. Die meisten waren dreckig und trist und es gab nicht viel Platz. Doch gerade war sie so erregt, dass ihr alles egal war.

»Das erste Mal an der Uni«, flüsterte Bobby ihr ins Ohr, während er ihre Hose öffnete und sie mitsamt ihrem Slip herunterschob.

Dilek beugte sich vor und stützte sich auf den Spülkasten. Bobby ging hinter ihr auf die Knie und machte es ihr mit der Zunge.

»O fuck«, keuchte sie, als sie so sehr in Fahrt kam, dass ihre Beine zitterten.

»Alles okay da drinnen?!«, unterbrach sie plötzlich eine Stimme auf der anderen Seite der Kabinenwand.

Dilek und Bobby hielten jäh inne.

»Ja, alles okay«, versicherte Dilek.

Bobby zog eine schuldbewusste Grimasse.

»Sind Sie zu zweit?«, erkundigte sich die Unbekannte.

Dass die Person auf der anderen Seite mich siezt, bedeutet nichts Gutes, dachte Dilek. Außerdem klingt ihre Stimme etwas älter. Das scheint keine Studentin zu sein. Vielleicht eine Uniangestellte, wenn nicht sogar eine Professorin.

»Nee«, log Dilek, darum bemüht, so souverän wie möglich zu klingen. »Ich bin allein.«

Vor ihrem geistigen Auge erschien das Gesicht einer streng dreinschauenden Frau mittleren Alters mit Dutt und Brille, die unter der Tür zu ihnen hineinspähte.

»Alles gut, hab nur bisschen Verstopfung, aber danke der Nachfrage«, fügte sie hinzu.

Die Frau auf der anderen Seite blieb stumm. Dileks Aussage hatte sie anscheinend entweder beruhigt oder aber so sehr beschämt, dass sie nichts mehr sagte.

Der Wasserhahn rauschte, dann entfernten sich Schritte und es wurde still.

»Ich glaub, sie ist weg«, flüsterte Dilek und zog sich wieder an. »Bleib hier!«

Bobby nickte.

Dilek ging zur Tür und spähte hinaus.

»Alles klar, lass uns lieber abhauen«, rief sie.

Bevor sie nach Hause fuhren, drehten sie noch eine Runde durch die riesige Parkanlage.

»Übrigens«, sagte Bobby, während sie in Richtung Orangerieschloss spazierten. »Als du im Sekretariat warst, hat Kazim angerufen.«

Dilek hob die Augenbrauen.

»Der Termin für die Trauerfeier steht: achter Oktober.«

»Echt?«, wunderte sich Dilek, zumal sie noch nichts von Nejla gehört hatte. »Das heißt, die Fluggesellschaft hat Arturs Urne gefunden?«

»Soweit ich weiß, noch nicht. Aber Arturs Familie will nicht länger warten. Die machen jetzt einfach eine symbolische Beisetzung. Offenbar kann niemand sagen, ob die Urne überhaupt wieder auftauchen wird.«

»Voll die komische Geschichte«, murmelte Dilek und schüttelte den Kopf. »Nejla hat letztens irgendwas von Urnenkidnapping erzählt. Meinst du, da ist was dran?«

»Kein' Plan«, überlegte Bobby. »Wenn, dann müssten die Erpresser sich ja mit irgendeiner Forderung melden, oder?«

»Stimmt.«

Eine Weile liefen sie schweigend nebeneinanderher. Für einen Augenblick kam es Dilek so vor, als hörte sie das Mähen von Schafen. Verwundert sah sie sich um, doch sie konnte nirgendwo welche entdecken.

»Gibt es hier Schafe?«, fragte sie Bobby.

»Warum?«

»Ich dachte, ich hätte eben ein Mähen gehört ...«

Bobby blieb stehen und lauschte.

»Killereichhörnchen, Geisterschafe«, sagte er dann und lachte. »Ich schwöre, ich möchte auch mal einen Tag in deiner Welt leben!«

»Ey, ich hab echt welche gehört«, rief Dilek und musste selbst lachen.

Kurz darauf wurde sie wieder ernst.

»Und«, fragte sie, »fährst du nach Bielefeld?«

»Ja«, sagte Bobby. »Ich denk schon. Aber ich geh auf keinen Fall nach Hause. Da frage ich lieber Nejla oder Arturs Mama.«

Dilek nickte. Sie war froh, dass Bobby nicht versuchte, sie zu überreden, dass sie doch mitkäme. So oder so fühlte sie sich bereits schlecht genug.

Vielleicht kann ich Nejla ja dazu überreden, nach der Beerdigung nach Berlin zu kommen, überlegte sie sich.

»Entschuldigung«, wandte sich Bobby an einen Mann in grünem Overall, der Arbeitsgerät auf einen Wagen lud. »Gibt es hier im Park zufällig Schafe?«

Der Gärtner blickte ihn verwundert an.

»Momentan nicht. Aber im nächsten Frühjahr startet ein Beweidungsprojekt, in dem circa fünfzig Pommersche Landschafe angesiedelt werden. Außerdem sollen hier bereits zu Zeiten von Friedrich II. Schafe geweidet haben.«

Bobby wandte sich zu Dilek um.

»Geisterschafe, sag ich doch. Weißt du, was das heißt?! Du bist ein Schafsmedium.«

Der Zug zurück nach Berlin war ziemlich leer. Dilek und Bobby saßen allein in einem Vierer. Seitdem sie eingestiegen waren, hatte Bobby kaum ein Wort gesagt. Nachdenklich sah er hinaus in die Abenddämmerung.

Was ist mit ihm?, wunderte sich Dilek. In der Uni war er auch schon so komisch.

»Ich studiere auch!«, verkündete Bobby plötzlich wie aus dem Nichts.

»Wie?!«, sagte Dilek überrascht. »Willst du noch mal Abi versuchen?«

»Nee«, winkte Bobby ab. »Keine Schule mehr.«

»Und wie willst du dann studieren?«

Bobby beugte sich verschwörerisch zu ihr rüber.

»Ich frisiere mein Abgangszeugnis und studiere irgendwas an der FH.«

»Für's Fachabi brauchst du aber noch 'n Praktikumszeugnis oder 'ne fertige Ausbildung.«

»Kein Problem, das besorge ich mir. Irgendwas aus dem Ausland. Vielleicht frage ich Nejlas Onkel. Der kann mir sicher irgendwas auf Bosnisch besorgen.«

Dilek blieb skeptisch.

»Und was, wenn die das nachprüfen? Dann bist du gefickt!«

»Das checken die eh nicht«, winkte Bobby ab.

»Mhm«, murmelte Dilek.

»Wäre doch cool, oder?«

Wäre das cool?, überlegte Dilek. Wenn sie daran dachte, wie krass sie sich den Arsch aufgerissen hatte, um neben der Arbeit ihr Abi nachzuholen, dann kam ihr Bobbys Plan irgendwie ungerecht vor. Allerdings hatte sie den Klassismus im deutschen Schulsystem am eigenen Leib erlebt. Besonders in Bayern. Kaum ein Ausländer hatte es dort aufs Gymnasium geschafft. Und wenn, dann hatte man es aufgrund verschiedener struktureller und sozialer Faktoren doppelt so schwer. Wenn also jemand wegen seiner Herkunft benachteiligt wurde oder in viel schwierigeren Verhältnissen aufwuchs und von vornherein schlechtere Chancen hatte, war es da nicht okay, ein bisschen zu tricksen? Zumindest, um einen gewissen Rückstand aufzuholen?

»Warum möchtest du denn studieren?«, fragte Dilek zurück.

»Warum?« Damit hatte er offenbar nicht gerechnet. »Das wünscht sich heutzutage doch fast jeder, oder? Aber es haben eben nicht alle den entsprechenden Support von zuhHause. Und ich meine nicht nur kohletechnisch, sondern auch bildungsmäßig. Das weißt du doch selbst.«

»Was du studierst, sollte dich aber auch interessieren.«

»Tut's ja«, entgegnete Bobby trotzig.

»Was denn?«

»Architektur.«

»Okay.«

Doch insgeheim blieb Dilek skeptisch. Irgendwie hatte sie das Gefühl, Bobby tat das nur, um ihr zu imponieren. War es ihm wirklich so wichtig, auf die Frage von Jura-Robert und PoWi-Boy mit einem Ja antworten zu können? Oder träumte er tatsächlich davon, Häuser und Gebäude zu entwerfen? Dass er dazu fähig war, daran hatte sie keine Zweifel. Intelligenz, zeichnerisches Talent und die notwendige Kreativität besaß er. Aber irgendwie konnte sie sich nicht vorstellen, wie er in einem dieser Hipster-Schaufenster-Büros vor einem Apple-Monitor saß, um bis spät in die Nacht 3D-Modelle zu rendern.

Schweigend sah Dilek aus dem Fenster. Die unzähligen kleinen Wölkchen am rosa Abendhimmel glichen einer gigantischen himmlischen Schafsarmee.

»Mähähää«, machte Bobby verstohlen.

Dilek lächelte, während sie weiter aus dem Fenster schaute.

»Hast du was gehört?«, erkundigte sich Bobby gespielt unschuldig.

»Ich schwöre, dieser Schafskopf hat paar ordentliche Nackenklatscher verdient«, verkündete Dilek und ging zum Spaß auf ihn los.

»Ey, was soll das?!«, rief Bobby und wehrte grinsend ihre Angriffe ab.

6 'N The Mornin'

Hat es gerade an der Tür geklingelt oder hab ich das geträumt?, wunderte sich Kazim. Verschlafen hob er den Kopf und sah auf den Radiowecker, der zwischen den Funko-Vinylfiguren von Notorious B.I.G. und Shaquille O'Neal auf dem Nachtschrank stand. Drei nach sechs.

Zwei Stunden hab ich noch, dachte er zufrieden.

Gerade wollte er sich auf die andere Seite drehen, da ertönten mehrere Stimmen auf dem Flur. Eine von ihnen gehörte zweifellos seiner Mutter, die anderen konnte er nicht so recht zuordnen. Um diese Uhrzeit konnte es sich eigentlich nur um Verwandte handeln, doch irgendwie passten ihr Tonfall und die Art, wie sie mit seiner Mutter redeten, nicht so recht in dieses Bild. Sie hörten sich nach Almans an. Die Almans klangen unfreundlich. Die Stimme seiner Mutter wurde lauter.

»Was is' da los, ey?!«, murmelte er.

Sein jüngerer Bruder Rezo, mit dem er sich das Zimmer teilte, war mittlerweile ebenfalls wach. Er hatte seine gelbschwarze BVB-Decke zurückgeschlagen, saß aufrecht im Bett und schaute verwirrt zu Kazim herüber.

»Saet çi ye?«, fragte er.

Bevor Kazim antworten konnte, wurde die Tür aufgerissen und zwei Polizisten stürmten ins Zimmer. Im Hintergrund versuchten zwei weitere Beamte ihre Mutter davon abzuhalten, sich ebenfalls ins Zimmer zu drängen.

»Wer von ihnen beiden ist Herr Kazim Rami?«, rief einer der Bullen. Unschlüssig wechselte sein Blick zwischen Rezo und ihm hin und her.

»Ich, warum?!«, antwortete Kazim, bevor sein kleiner Bruder etwas sagen konnte.

»Sprechen Sie Deutsch?«

Kazim nickte verächtlich.

3 »Sie sind nicht zum Haftantritt erschienen. Also gibt's heute den Abholservice.«

Der Beamte überreichte ihm ein Papier.

Ungläubig starrte Kazim darauf. *Haftbefehl* war die einzige Information, die sein soeben erst in den Wachzustand getretenes Gehirn aufnehmen konnte. Der folgende Paragraphenwulst hätte ebenso gut die Bedienungsanleitung für ein Tamagotchi oder ein Rezept für russischen Zupfkuchen sein können. Der letzte Abschnitt war wieder verständlich. *Zu verbüßen: Vier Wochen Jugendarrest.*

Was? Wann? Wofür? Aber warum? Unwillkürlich setzte sich in seinem Kopf ein Karussell an Fragen in Bewegung. Einmal haben mich die Bullen mit ein paar Gramm Hasch und Bargeld erwischt, erinnerte er sich. Aber das ist doch schon fast zwei Jahre her. Dann war da noch diese Sache mit meinem Idiotencousin. Diese Partyschlägerei. Immer muss der Stress machen! Aber wegen der nicht geleisteten Sozialstunden war doch nie etwas gekommen. Oder hat Yadê vergessen, mir einen wichtigen Brief vom Gericht zu geben?!

Da seine Mutter nur gebrochen Deutsch sprach und kaum lesen konnte, hatte sie möglicherweise nicht gecheckt, was er zu bedeuten hatte. Vielleicht hatte er aber auch selbst den Brief zusammen mit irgendwelchen Rechnungen ungelesen in irgendeine Schublade gesteckt und vergessen?

Scheiße, sagte er sich. Diese Kifferei fickt echt mein Gedächtnis.

Mittlerweile waren auch Rizgar und Sozdar aufgewacht und kamen aus ihrem Zimmer. Der Tumult nahm zu. Rizgar war für seine sechzehn Jahre ziemlich groß. In Boxershorts und T-Shirt baute er sich vor den Bullen auf und verlangte, dass sie ihre Mutter in Ruhe ließen. Die Polizisten verschoben ihren Fokus augenblicklich auf ihn. Während sie Rizgar an die Wand drückten, hüpfte Yadê hysterisch umher und zerrte an den Uniformjacken der Polizisten. Gleichzeitig versuchte Sozdar, der Jüngste von ihnen, mit verzweifelter Miene an dem ungebetenen Besuch vorbei auf die Toilette zu gelangen.

»Na los«, rief der Polizist, der ihm den Haftbefehl ausgehändigt hatte, nun barsch. »Bisschen zügig jetzt!«

»Aber ich muss heute auf die Trauerfeier von meinem besten Freund!«, rief Kazim verzweifelt. »Bitte, lassen Sie mich da heute noch hin! Danach geh ich rein. Von mir aus auch 'ne Woche länger, ich schwöre!«

»Denkst du, wir sind zum Spaß hier?!«, rief der Polizist. »Das ist kein Wunschkonzert, sondern ein Haftbefehl.«

»Ich weiß noch nicht mal, wofür! Und was ist das eigentlich für eine respektlose Art?!«, protestierte Kazim.

Er streckte die Hand nach seinen Klamotten aus, die neben dem Bett auf einem Stuhl lagen. Ohne Vorwarnung packte der Bulle ihn und drehte ihm gewaltsam den Arm auf den Rücken.

»Ey, was soll das? Kurê kerê!«, schrie Rezo und sprang aus dem Bett.

Aus dem Augenwinkel sah Kazim, wie ein anderer Polizist Rezo eine Ladung Pfefferspray verpasste und auf das Bett drückte. Die Situation geriet zunehmend außer Kontrolle.

»Bê deng bin meraq nekin, her tişt we baş bibe!«, versuchte Kazim seine Brüder zu beruhigen.

Sozdar klammerte sich verängstigt an den Türrahmen seines Zimmers. Tränen liefen seine Wangen hinunter. Den Schritt seiner blauen Spongebob-Schlafanzughose zierte ein großer dunkler Fleck. Sein Anblick brach Kazim das Herz.

»Hab keine Angst, Heyran«, sagte er und lächelte.

»Ax, ax, kurê min, tu çi lo kir?!«, rief seine Mutter vorwurfsvoll und schlug mit der Faust auf ihre Brust. »Siehst du hier? Was machst du mit Polizei? Tu kezeba min reş kir. Tu kere kev xwes be bave te ne male!«

»Meraq neke Yadê, her tişt baş be«, murmelte Kazim, ohne sie anzusehen.

Die Polizisten schubsten ihn in einen Transporter, der bereits vor der Tür parkte.

Was hatte er seiner Familie bloß für eine Schande gemacht? Yadês Abschiedsworte hallten ihm in den Ohren. Was sollten seine jüngeren Brüder von ihm denken? Besonders Sozdar. Zum Glück war Yabo mit seinen älteren Geschwistern auf einer Hochzeit in Oldenburg und hatte das alles nicht mitbekommen.

Der Transporter setzte sich in Bewegung. Kurz darauf bogen sie ab auf den Ostwestfalendamm. Kazim lehnte sich vor und wandte sich an die Polizisten.

»Wo komme ich eigentlich hin?«

»Nach Lünen.«

Das sagte Kazim gar nichts.

»Ist eine Jugendarrestanstalt bei Dortmund«, erklärte der Polizist auf dem Beifahrersitz.

Offensichtlich war er etwas korrekter drauf als sein Kollege. Zerknirscht betrachtete Kazim das vorüberziehende Abfahrtsschild nach Sennestadt. In ein paar Stunden würde auf dem Sennefriedhof die Gedenkfeier für Artur beginnen.

Ax, ax xwedê, dachte Kazim. Jetzt kann ich nicht einmal bei deiner Verabschiedung dabei sein, Bıra. Nejla und Bobby werden sich bestimmt fragen, was bei mir geht.

Im Radio kamen Nachrichten. Eine regimekritische russische Journalistin war in ihrer Wohnung erschossen worden und Nordkorea bereitete einen Atomwaffentest vor. Der ganz normale Wahnsinn der Welt. In der 1LIVE-Stauschau gab es wie immer Meldungen von der A2 und dem Kamener Kreuz. Dann sang Amy Winehouse *You know that I'm no good*.

Seufzend sah Kazim aus dem Fenster. Die Sonne war bereits aufgegangen, doch es wollte nicht richtig hell werden. Der Himmel war aschgrau und die herbstliche Landschaft in Nebel getaucht.

Euer Ernst?, dachte sich Kazim und begutachtete sein erstes Knastabendessen.

Bei ihm zuhause gab es einen Bäcker, der »Gutes von gestern« zum halben Preis verkaufte. Die Sachen waren normalerweise echt noch okay. Aber das Brot auf dem Tablett war so trocken wie »Gutes von letzter Woche«, wobei es wohl auch in frischem Zustand kaum das Prädikat Gut verdient hätte. Der Wurstaufstrich aus der Dose roch nach Katzenfutter und sah aus, als hätte man Zement hineingemischt.

Seufzend stellte er das Tablett auf dem Tisch ab. Die Einzelzelle war circa fünf Quadratmeter groß und nur mit dem Nötigsten ausgestattet: einem Bett, dessen Matratze so dünn und hart war wie eine Bodenmatte vom Schulsport, und außerdem einem Schrank, einem Tisch und einem Stuhl. Neben der Tür befand sich eine Ecke mit Waschbecken und Toilettenschüssel.

»Quzê diya te«, fluchte Kazim und krempelte die Ärmel hoch.

Der ausgeleierte graue Pulli gehörte zu der Wäsche, die ihm nach seiner Ankunft ausgehändigt worden war. Dazu hatte er noch blaue Arbeiterhosen, Unterwäsche und ein paar Lederschuhe bekommen, die so aussahen wie die, die sein Vater auf alten Fotos aus der Zeit seiner Ankunft in Deutschland trug.

Er wollte sich gar nicht ausmalen, wer alles schon in diesen Klamotten gesteckt hatte. Wenn er bloß daran dachte, juckte es ihn am ganzen Körper. Hoffentlich schickte seine Mutter ihm bald ein Wäschepaket.

»Hätte ich wenigstens 'ne Kippe«, murmelte er wehmütig und nahm einen Schluck von dem lauwarmen, ungesüßten Hagebuttentee, der hier anscheinend das Standardgetränk darstellte.

Der erste Abend von achtundzwanzig. Im Kopf ging er seine persönliche Top 10 an Dingen durch, die so richtig für den Arsch waren.

1. Sorgen und Schande für die Familie
2. Kein Weed

3. Keine Kippen
4. Niemanden zum Reden / keine Freunde
5. Scheiß Essen
6. Keine Musik (nicht mal Radio?)
7. Kein Eistee / keine Cola
8. Eklige Gammelklamotten
9. Kein Fernsehen / keine Playse
10. Der Wächter kann dich beim Scheißen überraschen

Kazim schätze seinen durchschnittlichen Weed-Konsum auf ungefähr ein Gramm pro Tag. Er konnte sich gar nicht erinnern, wann er zuletzt einmal einen ganzen Tag, geschweige denn eine ganze Woche, clean gewesen war. Und jetzt waren es gleich vier Wochen, in denen er nicht einmal eine normale Kippe bekommen würde! Und dann auch noch diese verdammte Einzelzelle. Da er mit einem Haftbefehl gekommen war, durfte er vorerst noch nicht einmal bei den Gruppenaktivitäten mitmachen. Zweimal täglich eine Stunde Hofgang war alles an Abwechslung. Wenn er Glück hatte und die Sozialarbeiterin cool war, dann würde sie ihn im Verlauf der Woche vielleicht in irgendeine Lernmaßnahme stecken.

Kazim trat an das vergitterte Fenster. Zumindest ließ es sich öffnen. Aus einer der Zellen nebenan ertönte ein Pfiff. Nach einer Weile folgte ein zweiter. Kazim lauschte. Unterhielt sich da jemand? Außerdem kam von irgendwoher leise Musik. Vielleicht Bushido. Hörte sich an wie eine Nummer von *Vom Bordstein bis zur Skyline*. Konnte man hier 'nen CD-Player oder 'n Radio bekommen? Beim nächsten Hofgang musste er unbedingt mit einem von den Jungs quatschen und abchecken, wie das hier drin lief.

Mittlerweile fielen die Temperaturen gegen Abend bereits ziemlich stark. Die kalte Luft, die durch das offene Fenster strömte, ließ ihn frösteln. Am saphirblauen Himmel stand ein einzelner Stern.

Wo ist jetzt wohl Arturs Seele, fragte er sich.

Seinem Glauben zufolge wurden die Menschen wiedergeboren. Kazim wusste nicht sehr viel über seine Religion, aber er kannte die jesidischen Bräuche. Zum Beispiel gab es den Brauch, dass man einen Jenseitsbruder oder eine Jenseitsschwester aus einer der Şêx-Familien wählte. Dieser Jemand begleitete einen auf dem Weg ins Jenseits. Außerdem blieb die Verbindung der beiden Seelen auch in den nächsten Leben bestehen. Aber nicht alle Jesiden gingen so eine Verbindung ein. Von seinen Geschwistern hatte lediglich seine ältere Schwester einen Jenseitsbruder.

Wenn es ginge, sagte sich Kazim, dann würde ich Artur wählen.

Aber natürlich war das unmöglich, denn er war weder Jeside noch kam er aus einer Şêx-Familie.

»Schwöre, Bıra«, murmelte er. »Das Leben ist so ungerecht. Wir haben doch gerade erst angefangen.«

Was war mit ihren gemeinsamen Träumen? Was war mit AK602? Sie hatten beide ihr ganzes Herzblut da reingesteckt. Nicht ohne Grund war ihre Debüt-EP recht erfolgreich gewesen. Es gab kaum jemand, der so einen Sound machte wie sie: Conscious-Rap mit Street-Attitude. Poetisch und deep, aber ohne viel Schnickschnack und nicht so besserwisserisch wie diese Studi-Rapper.

Kazim überlegte. Nejla hatte noch Arturs Computer und das ganze Aufnahmeequipment. Wenn er hier rauskam, musste er unbedingt mit ihr sprechen und schauen, was alles noch auf der Festplatte war. Im Sommer hatten sie einige gute Demos aufgenommen. Vielleicht ließe sich daraus ja noch ein Mixtape oder eine zweite EP zusammenstellen. Wenn Parts fehlten, könnte man notfalls noch ein paar Feature-Gäste dazuholen.

Doch er hatte nicht nur seinen Rap-Partner verloren, sondern auch seinen besten Freund. Das heißt, wenn er es sich recht überlegte, seinen einzigen richtigen Freund. Die anderen meldeten sich bei ihm in erster Linie, weil sie Ot brauchten. Darüber machte er sich keine Illusionen. Und seinen alten Kollegen aus der Schule und dem Jugendzentrum begegnete er mittlerweile höchstens ein-, zweimal im Jahr. Natürlich hatte er noch seine Brüder und Cousins. Das war etwas anderes. Die Familie war immer für ihn da. Aber mit vielen Dingen, für die er sich begeisterte, konnten sie nur wenig anfangen. Zum Beispiel das ganze HipHop- und Musik-Ding. Und dann war da noch Bobby. Aber jetzt, da er in Berlin wohnte, hatten sie kaum noch Kontakt und sahen sich so gut wie nie.

Mit Artur hingegen hatte er während der letzten Monate fast alles geteilt. Nicht nur die Musik, sondern auch Essen, Klamotten, Geld, sowie ihre Hoffnungen, Sorgen und Probleme. Artur hatte Yadês Essen gegessen und seinem kleinen Bruder Rezo mit seinen Bewerbungen geholfen. Selbst nachdem Artur mit Nejla zusammengezogen war, hatten sie sich regelmäßig gesehen. Und wenn sie bis spät in die Nacht Musik machten oder feiern gingen, hatte er immer bei Artur pennen können. Denn er wusste, wie unangenehm es Kazim war, high und besoffen nach Hause zu kommen.

Was das anging, hatte Artur mit Nejla echt Glück gehabt. Nicht alle Mädels waren so locker und korrekt zu den Kumpels ihrer Freunde. Außerdem hatte sie Artur auch immer krass bei seiner Musik unterstützt.

Scheiße, sagte er sich. Was Nejla jetzt wohl von mir denkt? Mein Handy ist aus und ich war nicht auf der Beerdigung.

Selbst wenn sie ihn hier drin irgendwann telefonieren ließen, wüsste er ihre Nummer nicht aus dem Kopf. Und bis er wieder herauskam, dauerte es noch eine gefühlte Ewigkeit.

Achtundzwanzig verfickte Tage. Und Nächte. Vor allem die Nächte würden schlimm werden. Ohne was zu buffen. Schon seit der Jugend hatte er Schlafprobleme. Er brauchte oft sehr lang, um einzuschlafen, und wachte nachts mehrmals auf.

Die Schritte des Wächters hallten über den Flur. Zeit für die Nachtruhe. Seufzend schloss er das Fenster, zog seine Klamotten aus und legte sich auf das Bett.

Schwöre, überall juckt es, dachte er und begann, sich zu kratzen. Hoffentlich hole ich mir keine Flöhe oder die Krätze.

In der Ferne fiel eine Tür ins Schloss, dann war es ruhig. Schwer wie Beton legte sich die Stille auf Kazims Brust.

One Tajne – Der Ruf der Sterne 1

Sarah Paulsen deutete auf die Buchstabenkolonnen, die vom Beamer auf das Whiteboard geworfen wurden.

»Und somit gelten die Baskerville und ihr Erfinder als wichtiger Einfluss für den darauffolgenden Klassizismus«, sagte sie.

Die Kleidung und das Erscheinungsbild der Dozentin waren genauso akkurat aufeinander abgestimmt wie die Proportionen der Schriftarten, deren Geschichte sie erläuterte. Bevor sie fortfuhr, rückte sie ihre Brille zurecht.

Ihre Nase hatte die Form einer französischen Renaissance-Antiqua-Serife.

Nejla gähnte mit vorgehaltener Hand. Arturs Gedenkfeier und das ganze Drumherum waren anstrengender gewesen, als sie erwartet hatte.

Aber eigentlich kostete zurzeit alles Kraft. Kraft, die sie nicht hatte.

Es kostete Kraft, sich allein in den Schlaf zu heulen. Es kostete Kraft, morgens einen Grund zum Aufstehen zu finden. Und es kostete Kraft, nach außen ein gewisses Maß an Gefasstheit an den Tag zu legen, um den anderen Menschen in ihrer Normalität zu begegnen, die sich für sie so hohl und falsch anfühlte und so fern ihrer eigenen Wirklichkeit.

Trotzdem hatte sie sich dazu entschieden, kein Urlaubsemester zu nehmen, sondern lediglich weniger Veranstaltungen zu belegen. Auf diese Weise kam sie nicht ganz aus ihrem Studium raus und hatte etwas Ablenkung von ihren düsteren Gedanken. Zumindest war das der Plan gewesen.

»Interessante Randnotiz zum Leben oder besser gesagt dem Tod John Baskervilles«, fügte Sarah Paulsen hinzu und blickte mit einem verheißungsvollen Lächeln in die Runde.»Der Drucker war bekennender Atheist und ließ sich auf seinen expliziten Wunsch in ungeweihter Erde begraben. Als man später auf dem Grundstück einen Kanal anlegte, wurde sein mumifizierter Leichnam allerdings wieder ausgegraben. Zuerst verweigerten ihm diverse Geistliche ein erneutes Begräbnis. Er wurde sogar in einem Warenhaus von

Birmingham zur Schau gestellt. Entgegen seinem eigenen letzten Willen landete er dann zwischendurch sogar in einer Krypta. Später wurde er auf einem normalen Friedhof begraben.«

Wie kommt die ausgerechnet jetzt auf sowas, wunderte sich Nejla.

Mit Artur hatte sie nie über Religion gesprochen. War er Atheist gewesen? Er hatte immer ein goldenes Kreuz seiner Babuschka getragen. Aber vermutlich weniger aus religiösen Gründen, sondern eher, weil es ein persönliches Erinnerungsstück war.

Bei der Gedenkfeier hatte es auch keinen orthodoxen Priester gegeben. Ein protestantischer Pastor hatte gesprochen, ein Bekannter seiner Mutter, die als Pianistin ab und zu Gottesdienste begleitete und Kirchenmusik machte.

Das Ganze war irgendwie total verrückt gewesen. Dieser Pastor hatte von Jesus, dem ewigen Leben und der Auferstehung gesprochen und alle hatten in das leere Grab hinuntergestarrt, in dem sich weder Sarg noch Urne befanden. War das Verschwinden von Arturs Asche so etwas wie ein Zeichen? Manchmal beschlich sie der Gedanke, dass Artur möglicherweise gar nicht gestorben war. Was wenn er alle ausgetrickst hatte und einfach verschwunden war? Was wenn sie im Dämmerlicht der Aussegnungshalle bloß eine leblose Puppe gestreichelt hatte, eine Artur-Attrappe? Und als ob es nicht genügte, dass Arturs Urne fehlte, war nun auch Kazim wie vom Erdboden verschluckt. Am Vorabend der Trauerfeier hatte Kazim noch angerufen und sich bei ihr nach der genauen Uhrzeit erkundigt. Da hatte er wie immer geklungen. Kazim war vielleicht manchmal etwas verpeilt, aber ansonsten sehr zuverlässig und verantwortungsbewusst. Deshalb passte es auch überhaupt nicht zu ihm, dass er nicht zur Gedenkfeier gekommen war. Seltsamerweise war seitdem auch sein Handy ausgeschaltet.

Das Ganze beunruhigte Nejla so sehr, dass sie sich an diesem Morgen sogar eine *Neue Westfälische*, die Bielefelder Tageszeitung, gekauft hatte und sämtliche Lokalnachrichten durchgegangen war. Aber kein Hinweis, nichts.

Joj, Nejla, smiri se!, sagte sie sich. Du verlierst noch den Verstand. Für alles gibt es eine Erklärung.

Nach der Uni würde sie noch einmal bei Kazim anrufen. Zu dumm, dass sie nicht wusste, wo er wohnte. Aber vielleicht konnte Bobby ihr da weiterhelfen. Endlich war das Seminar vorbei.

Nejla packte ihre Sachen zusammen und ging rüber in die Cafeteria, wo sie mit Tengis verabredet war.

Ihr bester Studienkumpel stammte aus der Mongolei, hatte eine Zeitlang in Russland gelebt und wohnte nun seit einigen Jahren in Deutschland. Er studierte Fotografie, war aber eigentlich Kameramann. Viele fanden ihn etwas eigen, aber Nejla mochte seine schräge Art und konnte gut mit ihm zusammenarbeiten. In der Videodokumentation ihrer Kunstinstallation *Unwish Mechanics*, hatte Tengis bewiesen, dass er ein exzellentes Auge und großes Feingefühl für das Inszenieren von Räumen besaß. Außerdem war er neben ihrer Mama, Dilek und Kazim momentan der einzige Mensch, in dessen Anwesenheit sie nicht das Gefühl hatte, sich zusammenreißen zu müssen.

Tengis saß allein an einem Tisch und betrachtete Fotoabzüge.

»Hey«, begrüßte sie ihn.

»Na«, sagte er und stand auf, um sie zu umarmen.

Eigentlich mochte Tengis körperlichen Kontakt nicht so gern, aber seit Arturs Tod nahm er sie zur Begrüßung öfter in den Arm.

»Eine neue Arbeit von dir?«, fragte Nejla und deutete auf die Fotos.

»Sowas in der Art«, sagte Tengis und reichte ihr eine Tasse. »Kondensmilch ohne Zucker.«

»Danke«, sagte Nejla und nahm einen Schluck vom mittelschlechten Mensakaffee.

Wenn der Kaffee schon nicht gut war, dann konnte man auch billige Kondensmilch draufkippen, ganz nach dem Motto: Minus mal Minus ergibt Plus.

»Der Ruf der Sterne«, erklärte Tengis, während sie einen der Abzüge betrachtete.

Tengis hatte sie offenbar selbst entwickelt. Die Fotografie zeigte eine helle, unglaublich dichte Sternenwolke. Der dunkle Himmel hatte einen starken Rotstich. Am unteren Bildrand kauerte Tengis. Sein Gesicht war schmerzverzerrt und er hielt sich die Ohren zu. Es handelte sich um eine Doppelbelichtung, die vermutlich in einem Planetarium aufgenommen worden war.

»So fühle ich mich zurzeit auch«, murmelte Nejla.

»Das ist für dich«, sagte Tengis. »Ich schenke dir den Abzug.«

»Echt? Danke!«

Tengis nickte.

»Ich höre den Ruf der Sterne schon, seitdem ich klein bin«, sagte er dann. »Mittlerweile habe ich mich daran gewöhnt. Aber es gab Phasen, wo ich kurz davor war, ihrem Ruf zu folgen.«

»Mhm.«

Nachdenklich betrachtete Nejla Tengis' Gesicht auf dem Foto. Tatsächlich wirkte es so, als leide er Höllenqualen. Normalerweise lag immer dasselbe unergründliche Lächeln auf seinem Gesicht. Manchmal hatte es geradezu etwas Maskenhaftes, insbesondere wenn sein Blick so leer und traurig war.

»Habe ich richtig gehört, dass die vom Marta in Herford Interesse an deiner Installation haben?«, wechselte Tengis das Thema.

»Ja, schon«, bestätigte Nejla. »Aber irgendwie ist mir das gerade voll egal. Am liebsten würde ich irgendwas für Artur machen.«

»Verstehe …«

»Es gibt noch einige unveröffentlichte Songs von ihm und Kazim. Die müssten auf seinem Laptop sein. Aber ich habe das Passwort noch nicht rausgefunden.«

»Du meinst das normale Windows-Passwort?«

»Ja.«

»Aber das kannst du ganz easy zurücksetzen! Ich kann dir zeigen, wie's geht.«

»Danke, das ist nett von dir«, sagte Nejla und winkte ab. »Aber ich möchte das richtige Passwort finden. Ich hab das Gefühl, wenn ich nicht von allein darauf komme, dann habe ich nicht das Recht dazu, in seinen Laptop zu schauen. Ich weiß nicht, ob du das verstehen kannst.«

»Hmm«, machte Tengis und überlegte. »Du meinst also, der Inhalt des Laptops ist wie ein Teil seiner Seele, die in dieser Welt geblieben ist. Und du möchtest nicht gewaltsam davon Besitz ergreifen?«

»Ja, genau. Das klingt jetzt vielleicht ein bisschen komisch, aber ich glaube, dass ich das Passwort bereits mit mir herumtrage. In meiner Erinnerung. Es versteckt sich bloß irgendwo. Doch wenn die Zeit gekommen ist, wird es sich zu erkennen geben.«

Tengis hob demonstrativ seine Kaffeetasse, um mit ihr darauf anzustoßen.

Eine Viertelstunde später machte sich Nejla auf den Heimweg.

Im Eingangsfoyer der Designfakultät war immer noch ihre Kunstinstallation ausgestellt, die Maschine zur Umkehrung von Wünschen. Für einen Augenblick hielt sie vor dem großen Glasbecken inne. Auf seinem Grund schimmerten die slowenischen Tolarmünzen, die Anela und ihre Komplizen nach dem Geldtransporter-Überfall auf Toms Dachboden zurückgelassen hatten. Über der stillen Wasseroberfläche hing ein magnetischer Greifarm, den sie aus einem alten Spielautomaten ausgebaut hatte. Wenn man die Elektronik aktivierte, dann konnte man den Greifer im Becken versenken, um eine der Wunschmünzen herauszufischen. Allerdings hatte sie das Gerät so eingestellt, dass der Greifer die Münze jedes Mal losließ, wenn er aus dem Wasser auftauchte.

Wenn ich doch bloß einen Wunsch rückgängig machen könnte, dachte sie sich.

Dabei hatte ausgerechnet Artur ihr die Idee zu dieser Installation gegeben, und zwar an dem Abend, an dem sie sich zum ersten Mal richtig miteinander unterhalten hatten. Damals war er kurz vor Kneipenschluss allein im Mellow Gold aufgetaucht. Nachdem die letzten Gäste gegangen waren, hatten sie noch stundenlang am Tresen gesessen, Gin Tonic getrunken und geredet. Irgendwann hatte sie ihm von den Münzen erzählt und ihrem Plan, daraus ein Kunstwerk zu bauen, woraufhin er den Wunschbrunnen erwähnt hatte.

Wenn du ihn tatsächlich baust, hab ich dann auch 'nen Wunsch frei?, hatte er gefragt. Natürlich, hatte sie geantwortet.

Doch er hatte ihn nie eingelöst. Und welchen Wunsch konnte sie ihm jetzt noch erfüllen?

Draußen auf dem Parkplatz rief sie abermals Kazim an. Wieder ertönte dieselbe automatische Ansage: Diese Nummer ist momentan nicht erreichbar.

Wo steckt er bloß?, dachte sie besorgt.

Eine Dreiviertelstunde später lehnte sie sich erleichtert gegen die schwere Haustür. Im Inneren des alten Kaufmannshauses war es angenehm still. Endlich Ruhe. Keine Menschen.

Eigentlich hatte sie es immer genossen, direkt in der Bielefelder Altstadt zu wohnen, denn sobald man aus der Tür trat, war etwas los. Doch zurzeit fühlte sie sich zwischen all diesen Menschen, die fröhlich miteinander quatschten, Kaffee tranken und sich stolz ihre neuesten Einkäufe vorführten, total fehl am Platz.

Die Wohnung, die sie sich mit Artur geteilt hatte, befand sich im Dachgeschoss. Das Holzgeländer der Spindeltreppe war nicht sehr hoch. Je weiter sie die knarzenden Stufen hinaufstieg, desto näher hielt sie sich an der Wand.

Das war auch so eine seltsame Sache. Seit Arturs Tod hatte sie aus irgendeinem Grund Höhenangst. Dabei liebte sie es eigentlich, auf dem Fenstersims zu sitzen, die Füße auf den Dachvorsprung hinauszustrecken und den Himmel über den Hausdächern zu betrachten. Und jetzt bekam sie regelrecht Panik, wenn sie bloß ans Treppengeländer trat und nach unten schaute.

Ist das vielleicht sowas wie unterbewusste Todessehnsucht?, wunderte sie sich, während sie an dem Türschild der psychotherapeutischen Praxis vorbeikam, die sich im dritten Stock über dem Hals-Nasen-Ohren-Arzt befand.

Vielleicht sollte sie zu einer Therapie gehen. Dilek hatte es schließlich auch geholfen und Artur hatte vor seinem Tod ebenfalls mit diesem Gedanken gespielt.

Oben angekommen, schloss sie die Wohnungstür auf. Für

einen Moment war sie versucht zu sagen: Hey, okano moje! Bin wieder da. Nach wie vor hatte sie das Gefühl, mit Artur zusammenzuwohnen. Sein Zimmer sah fast noch genauso aus wie vor ihrem Urlaub. Seine Eltern hatten fast alles darin ihr überlassen und lediglich ein paar Fotos, Bücher und Dokumente mitgenommen. Außerdem zahlte Arturs Papa weiterhin seinen Mietanteil. Erst hatte Nejla abgelehnt. Doch Stjopa hatte darauf bestanden. Wenn er schon nichts mehr für seinen Sohn tun konnte, dann wollte er wenigstens ihr helfen. Zugegeben, sie war ziemlich dankbar, dass er ihr unter die Arme griff. Denn allein konnte sie die Miete nicht stemmen und Arturs Zimmer an eine fremde Person unterzuvermieten, hätte sie nicht übers Herz gebracht.

Sie ging in die Küche, verstaute die Einkäufe, die sie auf dem Heimweg besorgt hatte, und machte sich etwas zu essen. Die letzten Tage hatte sie kaum Appetit gehabt, doch jetzt verspürte sie zum ersten Mal wieder richtig Hunger.

Nejla kochte Spaghetti und briet Austernpilze in der Pfanne, die sie mit scharfer roter Paprika und schwarzem Pfeffer würzte. Als Beilage machte sie sich einen Šopska-Salat mit Paprika, Gurken, Tomate, Zwiebeln und geriebenem bulgarischen Feta. Dazu schenkte sie sich ein Glas Rotwein ein.

In letzter Zeit trank sie fast jeden Abend. Ihr war bewusst, dass sie aufpassen musste, nicht schleichend zur Alkoholikerin zu werden, doch in ihrer derzeitigen Verfassung konnte sie einfach nicht anders.

Da sie während des Essens nicht auf Arturs leeren Stuhl starren wollte, verließ sie die Küche und aß in ihrem Zimmer auf dem Bett. Dabei schaute sie mit dem Laptop auf kinox.to eine Folge von *Samurai Champloo*. Die Animeserie hatte Artur ihr gezeigt. Unterstützt von zwei geächteten Schwertkämpfern sucht ein junges Mädchen ihren verschwundenen Vater, den Samurai, der nach Sonnenblumen duftet. Artur hatte die Serie vor allem wegen der Hiphop-Bezüge und des Soundtracks gefallen, den Fat Jon und Nujabes produziert hatten. Nejla hingegen konnte sich als Halbwaise mit Fuu, dem weiblichen Hauptcharakter, identifizieren. Außerdem mochte sie den Zeichenstil und die unbeschwerte und zugleich tiefgründige Stimmung des Animes.

Während Nejla sich zufrieden den letzten Bissen in den Mund schob, endete auch das finale Duell der Folge. Der gegnerische Samurai lag im Sterben und sah hinauf in den Himmel. Wind strich durch das Gras auf den Hügeln. Dazu erklang eine verträumt-meditative Klaviermelodie. *Mystline* von Nujabes.

Nejla stand auf, stellte das Geschirr in die Spüle, nahm die angebrochene Weinflasche und holte Arturs Laptop aus seinem Zimmer. Nachdem sie eine gebrannte Mix-CD in ihre Anlage geschoben, sich eine Kippe angezündet und nachgeschenkt hatte, setzte sie sich wieder aufs Bett.

»Neues Spiel, neues Glück«, murmelte sie und startete Arturs Laptop.

Der Bildschirm flackerte auf. Gebannt starrte sie darauf. Einen Moment später ertönte der typische Windows-XP-Startsound. Das Kästchen mit der Passworteingabe erschien. Im Hintergrund erstreckte sich eine Hügellandschaft. Wolkenbänder schmückten den blauen Himmel und warfen Schatten auf ihr helles Grün. In diesem verpixelten Paradies, dieser virtuellen Ewigkeit, erwartete sie ein Teil von Artur. Sie musste nur das Passwort erraten.

Nejla stellte sich vor, wie sie mit Artur Hand in Hand über die grünen Hügel der Windowslandschaft lief. Wie in *Hinter dem Horizont* mit Robin

Williams und Cuba Gooding Jr., der in einer fantastischen Zwischenwelt spielt, in der ein verstorbener Arzt seine ebenfalls verstorbene Frau sucht.

Okay, sagte sie sich und ließ ihre Fingergelenke knacken. Wo war ich?

Damit sie nicht immer wieder die gleichen Passwörter eingab, trug sie systematisch alle Versuche in einem Notizbuch ein. Sie hatte auch im Internet recherchiert, welche Begriffe die Leute statistisch gesehen am meisten verwendeten. Dabei handelte es sich um simple Zahlenfolgen wie 123456 oder einfach das Wort Passwort. Ein wenig verstörend war die Tatsache, dass Ficken ebenfalls ganz oben in den Top 10 der Passwörter rangierte. Mit einer gewissen Erleichterung hatte sie festgestellt, dass Artur sich für keine dieser drei Varianten entschieden hatte. Am Anfang hatte sie es mit naheliegenden Kombinationen versucht, die sich aus seinem Vor- und Spitznamen und seinen Personendaten ergaben. Aber mittlerweile vermutete sie, dass das Passwort irgendeinen Bezug zu ihrer beider Erinnerungen haben musste. Denn der Laptop war recht neu und Artur hatte ihn sich in einer Zeit gekauft, als sie fast immer zusammen gewesen waren und so gut wie alles miteinander geteilt hatten. Sie versuchte es daher mit allem Möglichem aus ihrem gemeinsamen Leben: Insiderwitzen, Kosenamen, Redewendungen, Musiktiteln, Rap-Zitaten, Bands, Filmen, Buchtiteln, Städten, bedeutsamen Orten, Drinks, Lieblingsessen und so weiter.

Nach einer guten Stunde war die Weinflasche leer und ihr Kopf ebenfalls, doch Arturs Passwort war noch immer nicht geknackt. Seufzend betrachtete sie die Einträge in ihrem Notizbuch, dann klappte sie es zu und legte es zusammen mit Arturs Laptop auf ihren Schreibtisch.

Einerseits war sie enttäuscht, dass es ihr auch an diesem Abend nicht gelungen war, die richtige Zeichenkombination zu finden. Ihre Zweifel stiegen. Was wenn das Passwort etwas komplett Abwegiges war, auf das sie niemals käme? Andererseits war sie ein wenig erleichtert. Denn sie hatte insgeheim auch ein wenig Angst vor dem, was sie auf dem Laptop entdecken würde.

Hatte er vielleicht so etwas wie eine Nachricht für sie hinterlassen? Offenbarten sich darauf irgendwelche dunklen Geheimnisse, etwas, dass er ihr niemals gezeigt hätte? Aber auch das Gegenteil wäre äußerst enttäuschend: Was wenn sich überhaupt nichts Interessantes darauf befand?

Draußen war es dunkel geworden. Außerdem hatte es angefangen zu regnen. Unzählige unsichtbare Finger trommelten gedämpft auf das Dach und gegen das Fensterglas. Im Hintergrund sprang die Mix-CD im Repeat-Modus wieder zurück zum ersten Titel, *One Tajne*, einem Song des herzegowinischen Rappers Mayer feat. Ayllah. Nejla hatte ihn zufällig auf Napster entdeckt. Sie und Artur hatten ihn sich oft zusammen im Urlaub angehört.

Das ist das gleiche Sample wie bei *Emotion* von Eligh & Grouch, hallte Arturs Stimme in ihrem Kopf. Er ist so ein Musiknerd gewesen …

Nejla zog sich aus, schlüpfte unter die Bettdecke und lauschte dem Regen. Der Wein hatte ihre Gedanken träge gemacht, doch tief in ihrem Inneren schwelte eine Unruhe, die sie davon abhielt, einfach die Augen zu schließen und einzuschlafen.

Ihre Finger glitten unter den Bund ihres Slips. Wie lange hatte sie sich schon nicht mehr rasiert? Langsam und ohne rechte Leidenschaft begann sie, sich selbst zu befriedigen. Sie versuchte sich Arturs Körper ins Gedächtnis zu rufen und den gemeinsamen Sex, doch beim Gedanken, auf einen Toten zu masturbieren, kam sie sich irgendwie pervers vor. An jemand anderes zu denken, ließ ihre Trauer und ihren Schmerz jedoch scheinheilig und falsch erscheinen. Der Alkohol betäubte ihre Lust mehr, als dass er sie entfachte. Der Höhepunkt verlor sich wie eine Bergspitze ihm Wolkendunst, trotzdem fingerte sie sich mit einer letzten Anstrengung hinauf. Als es vorbei war, fühlte sie sich noch beschissener als zuvor. Vor dem Schlaf kamen die Tränen.

Das Schloss im Himmel – Azadî

»Hilfe!«, schrie Kazim und schlug mit der Faust gegen die Tür. »Könnt ihr mich hören?! Ich schwöre, ich brauch 'nen Krankenwagen, hallo!?«

In der Zelle war es dunkel. Kalter Schweiß stand auf seiner Stirn und sein Herz raste. Je verzweifelter er nach Atem rang, desto größer wurde der Druck auf seiner Brust und desto schlechter bekam er Luft. Tränen traten ihm in die Augen und die Umgebung schien sich immer weiter zu entfernen.

Abermals hämmerte er gegen die Tür.

Das kalte Metall fühlte sich genauso an wie damals. Plötzlich war er wieder in der Kellerwohnung in der Ziegelstraße, ihrem ersten Zuhause in Deutschland. Dieses triste Loch, in dem es so gut wie kein Tageslicht gegeben hatte, war das Einzige, was sie sich als siebenköpfige Familie leisten konnten. Er dachte an die unglaublich schweren Brandschutztüren. Wenn diese eisernen Monster zuschlugen, verschluckte die Dunkelheit alles: Yadê, Yabo, seine Geschwister, ihre Stimmen, die Geräusche aus dem Fernseher, das Zwitschern der Vögel und den Verkehrslärm oben auf der Straße. So als hätte nichts davon jemals existiert. Einmal war auch er beinahe in ihrer Dunkelheit verloren gegangen.

Damals war er beim Spielen am Ende des Flurs zufällig im Nachbarkeller gelandet. Er musste so um die drei oder vier Jahre alt gewesen sein. Während er versuchte, einen Stapel Winterreifen hinaufzuklettern, passierte es: Das Türmonster schnappte zu und alles um ihn herum wurde schwarz. Er schrie sich die Seele aus dem Leib, doch das Türmonster fraß seine Rufe und Tränen einfach auf. Nach einer Weile nahm er all seinen Mut zusammen und tastete in der Dunkelheit nach dessen gebogener Nase. Tatsächlich bekam er sie zu fassen. Doch es fehlte ihm an Kraft. Egal wie sehr er zerrte und zog, das Monster ließ sich nicht bewegen. Verzweifelt setzte er sich auf den kalten Betonboden.

Wenn mich niemand hier findet, dann kommt bestimmt irgendwann Metik Gulbaran, dachte er.

Laut seinem großen Bruder Cemîl sah seine Tante aus wie der Tod. Sie war nur Haut und Knochen, konnte ihre Zähne herausnehmen und hatte dieses seltsame Leuchten in den Augen. Angeblich klapperte ihr hungriges Gebiss nachts durch die Wohnung und machte auch nicht vor Kinderfingern halt.

Kazim saß in der Dunkelheit und versuchte zu zählen. Sekunden, Minuten, Stunden, er war sich nicht sicher. Er hatte zehn Finger und kannte die Zahlen bis zwanzig. Doch auch die Zahlen ließen sich bald nicht mehr fassen. Die Zeit schien wie ein Fluss in der Nacht. Bald war da nur noch ein gleichmäßiges Rauschen.

Bis das Klappern ertönte. Kazim fuhr zusammen. Tatsächlich, sie kam, um ihn zu holen. Metik Gulbaran oder besser gesagt: Tante Tod.

Einen Moment später ging die Tür auf. Kazim blinzelte in das Licht und erkannte Frau Pohlmeier, die Nachbarin, an ihren Birkenstocksandalen. Sie hielt einen Wäschekorb in den Händen.

Seine Schwester Berfin, die auf ihn hatte aufpassen sollen, bestand später darauf, dass sie ihn höchstens für zehn Minuten aus den Augen verloren hatte. Aber vermutlich log sie, um nicht so eine harte Schelle zu bekommen.

»Hey, was los, Bruder?«, meldete sich Kevin aus Dortmund, der die Zelle neben ihm hatte.

Während der letzten Hofgänge hatte Kazim ab und zu mit ihm gequatscht. Er hatte was im Kopf und laberte nicht so viel Scheiße wie die anderen.

»Mein Herz …«, stammelte Kazim. »Ich krieg keine Luft.«

»Alter, was soll das?!«, schallte es den Flur entlang aus einer anderen Zelle. »Haltet endlich die Fresse!«

»Junge, halt du mal die Fresse«, rief Kevin, bevor er sich wieder an Kazim wandte. »Yo Mann, ich glaube, du hast 'ne Panikattacke.«

»Schwöre, irgendetwas stimmt nicht«, rief Kazim.

»Keine Sorge, Mann«, versuchte Kevin ihn zu beruhigen. »Sowas passiert hier vielen. Du schiebst nur bisschen Panik.«

Kurz darauf hallten Schritte über den Flur und Axel Schulz – so hatten sie den bulligen Wärter mit dem blonden Bürstenschnitt getauft – meldete sich an der Tür.

»Was ist los da drin?!«

»Ich …, ich kann nicht atmen«, stammelte Kazim.

»Wir kommen mal rein«, rief Axel Schulz.

Das Licht ging an. Kazim taumelte einige Schritte zurück und stützte sich auf den Tisch.

Axel und ein zweiter Wärter, dessen Namen Kazim nicht kannte, betraten den Raum.

»Knastkoller«, rief irgendjemand ein paar Zellen weiter.

»Ruhe da hinten auf den billigen Plätzen«, rief der zweite Wärter.

Axel ließ seinen Blick durch den Raum schweifen und musterte dann Kazim.

Ax, ax xwedê, dachte Kazim.

Er war zwar erleichtert, dass sein Hilferuf gehört worden war, aber was würden die Wärter nun mit ihm anstellen? Axel war bekannt dafür, ziemlich launisch zu sein. War er gut drauf, dann scherzte er mit einem herum, aber wenn er schlecht drauf war, dann hielt man besser die Fresse. Angeblich hatte Axel früher einmal in irgendeiner Großraumdisco an der holländischen Grenze als Türsteher gearbeitet. Auf jeden Fall war er ein ziemlicher Kanten.

Kazim wollte etwas sagen, aber er bekam noch immer keine Luft.

»Junge, du bist ja kreidebleich«, brummte Axel, während er sich ihm näherte. »Hast wohl 'n Gespenst gesehen.«

Was hat dieser Penner vor?, dachte Kazim, als er sah, wie Axel sich Latexhandschuhe überstreifte.

Der zweite Wächter blieb in der Tür stehen.

»Mach mal die Arme hoch«, sagte Axel und trat vor ihn hin.

Bevor er der Aufforderung nachkommen konnte, hatte Axel seine Hände gepackt und zog seine Arme hoch in die Luft.

»Schau mich an«, sagte er. »Und jetzt versuch, mit mir zu atmen. Ein ... und aus. Ganz ruhig.«

Hat er das als Türsteher gelernt, fragte sich Kazim.

Unsicher starrte er ihn an. Axel war so nah, dass er dessen säuerlichen Atem roch.

Tatsächlich verschwand das Gewicht langsam von Kazims Brust, sein Atem wurde ruhiger und er bekam wieder Luft.

»Danke«, murmelte er. »Schon besser.«

»Na, wusst' ich's doch«, grunzte Axel zufrieden. »Hast einfach 'nen Rappel bekommen. Das kommt hier drin öfters vor. Von wegen harte Jungs. Ich sag dir, du bist kerngesund. Nix mit Herz oder so. Wenn's nicht besser wird, gehste morgen mal zu Frau Psycho-Doc.«

Kazim nickte.

»Und können wir dich jetzt allein lassen, ohne dass du wieder rumschreist?«

»Yo, geht schon«, murmelte Kazim.

Zwei Tage später kam er in eine Zweierzelle. Sie war Segen und Fluch zugleich. Einerseits war er jetzt nicht mehr allein und hatte jemanden zum Reden. Die nächtlichen Panikattacken blieben aus und bald konnte er auch ohne Gute-Nacht-Joint einigermaßen problemlos einschlafen. Außerdem war die Zelle größer und es gab eine abgetrennte Toilette, auf der man in Ruhe kacken oder sich einen runterholen konnte. Andererseits hatte er jetzt die ganze Zeit diesen nervigen Typen an der Backe.

Adam war fünfzehn, aber von seinem geistigen Entwicklungstand her höchstens zwölf oder dreizehn. Der junge Pole saß vier Wochen wegen Schuleschwänzen, was Kazim als Strafe ziemlich absurd erschien, wenn man bedachte, dass er selbst das gleiche Strafmaß wegen mehrerer BtM-Verstöße und einer Körperverletzung bekommen hatte, und dass auch nur, weil er seine Sozialstunden verpeilt hatte. Immerhin kam Adam so für eine gewisse Zeit weg von zuhause. Denn dort drosch sein dauerbesoffener Vater mit allem, was gerade zur Hand war, regelmäßig auf seine Mutter, Schwester und Adam ein. Deshalb weinte und schrie sein Zellengenosse wohl auch so oft im Schlaf. Manchmal nässte er sogar ins Bett. So gesehen war er echt ein armer Kerl und er tat Kazim leid. Er hatte ihn deshalb auch in Schutz genommen und sich mit ein paar Jungs angelegt, die den Kleinen während des Hofgangs verarscht hatten. Wäre da bloß nicht Adams unglaublich nervige Art gewesen. Nicht nur, dass sein Zellengenosse die ganze Zeit ohne Punkt und Komma redete – sogar im Schlaf hörte er nicht auf damit –, er stellte auch noch pausenlos idiotische Fragen.

»Kazim Abi?«, ertönte Adams Stimme von der anderen Seite der Zelle.

»Junge, wie oft hab ich dir schon gesagt, dass ich Kurde bin, du musst mich nicht Abi nennen«, murmelte Kazim, ohne von seinem Buch aufzusehen.

Cengo, ein politisch aktiver kurdischer Knastbruder, ein Heval, hatte ihm heimlich *Leben und Kampf von Andrea Wolf* ausgeliehen, die Tagebücher einer gefallenen deutschen Guerillakämpferin.

»Ach ja, tut mir leid«, entschuldigte sich Adam, während er unruhig auf seinem Stuhl kippelte. »Du, kann ich dich was fragen?«

»Hm?«, meinte Kazim.

»Wie groß ist eigentlich dein Schwanz? Ich meine, wenn er steif ist?«

»Alter, was interessiert dich mein Schwanz?!«, rief Kazim irritiert und klappte sein Buch zu.

»Ich würde gern wissen, was so die normale Größe ist. Du bist doch erwachsen und hast viele Brüder. Bestimmt hast du die Schwänze von denen auch schon mal gesehen.«

»Also an deiner Stelle würde ich dieses Thema hier drin vermeiden. Wenn du sowas den Falschen fragst, dann kann deine Studie über Schwänze echt in 'ne ganz andere Richtung gehen.«

Adam überhörte seinen Kommentar. Offenbar war er voll im Thema.

»Ich habe zuhause mal nachgemessen«, fuhr er unbeirrt fort. »Sechzehn Zentimeter ... Okay, nein, das war gelogen. Dreizehn Komma sieben. Ist das wenig? In den Pornos von meinem Kumpel Lukas haben die Typen alle so Riesendinger.«

»Keine Ahnung, Mann. Pornos sind eh was anderes. Das ist, wie wenn du mit deinen Kumpels Fußball spielst und dich mit Raúl, Ronaldo oder Totti vergleichst.«

»Hast du denn schon mit vielen Frauen ...?«

»Mit'n paar.«

»Boah, dann musst du bestimmt 'nen großen Schwanz haben! Wenn die alle mit dir bumsen wollen«, rief Adam begeistert und kam zu ihm herüber.

Kazim schüttelte verächtlich mit dem Kopf.

»Mein Papa meint immer, Frauen sind Huren. Am Ende wollen sie alle nur 'nen großen Schwanz.«

»Versteh mich nicht falsch«, entgegnete Kazim, »aber jemandem, der sowas sagt, hat man echt ins Hirn geschissen. Würdest du sagen, deine Mutter und deine Schwester sind Huren?!«

Adam sah Kazim irritiert an und zuckte mit den Schultern.

»Wenn jemand so respektlos über andere redet, dann sagt das nur etwas über ihn selbst aus. Und zwar, dass er ein dummer Asi ist. Sorry, aber ist so.«

»Aber wenn bei euch 'ne Frau Sex hat und nicht verheiratet ist, dann ist sie doch 'ne Hure, oder?«, gab Adam zu bedenken.

»Das ist was anderes. In unserer Religion sind die Regeln sehr streng. Aber ich persönlich verurteile niemanden, der Sex vor der Ehe hat. Das muss jeder für sich selbst entscheiden. Egal ob du Sex willst oder irgendwas anderes, du solltest immer Respekt vor der Person haben, die dir gegenübersteht. Du willst doch auch nicht, dass jemand so über dich redet, oder?«

»Ja, schon«, sagte Adam und runzelte nachdenklich die Stirn.

»Und jetzt rück mir von der Pelle«, murmelte Kazim. »Schwöre, was bist du schon wieder hier drüben bei mir?!«

»Sorry, Mann«, antwortete Adam kleinlaut und trottete rüber zum Fenster.

Seufzend schlug Kazim wieder sein Buch auf. Doch die Stille währte nicht lange. Kaum hatte er die Stelle gefunden, wo er stehen geblieben war, meldete sich Adam wieder zu Wort.

»Was meinst du wie viele Liter Wasser wohl in so einer Wolke sind?«, fragte er und zeigte aus dem Fenster.

Der Himmel hatte sich zugezogen und es sah nach Regen aus.

Kazim beschloss die Frage zu ignorieren.

Wenigstens sieht er keine Wolke in Schwanzform, dachte er.

Adam sah in ihm, der gut fünf Jahre älter war als er, so etwas wie einen unerschöpflichen Quell an Wissen und Lebenserfahrung. Am Anfang hatte Kazim sich geschmeichelt gefühlt, aber mittlerweile kam er sich vor wie ein Magic 8 Ball in Menschengestalt. Angesichts von Adams unstillbarem Wissensdurst schien es geradezu absurd, dass er wegen Schulschwänzen saß. Mit seiner Neugierde und seinem ständigen Gelaber gab er eigentlich den perfekten Streber ab. Aber wie so oft war die Familie im Arsch und er hatte das falsche Umfeld.

»Früher, als ich klein war, habe ich mir oft vorgestellt, dass es auf den Wolken eine Welt über unserer Welt gibt. So wie auf Inseln. Und wir schauen nur von unten dagegen«, hörte er Adam vor sich hinreden. »So wie in diesem Anime mit diesem verlassenen Schloss in den Wolken. Kennst du das?«

Kazim schnalzte mit der Zunge.

»Da ist so ein Junge und eine Prinzessin … und Luftpiraten mit coolen Flugzeugen. Wenn ich kann, will ich später mal Pilot werden. Aber irgendwer meinte mal, dass die bei einem voll viele Tests machen und wenn du 'ne Brille brauchst, dann nehmen sie dich nicht. Stimmt das?«

»Keine Ahnung«, antwortete Kazim. »Hast du denn eine?«

»Nee, aber manchmal denk ich, ich brauch eine.«

»Wenn du später zur Musterung gehst, checken die dich ab. Wenn du T1 bist, kannste beim Bund 'ne Pilotenausbildung machen.«

»Was ist T1? Terminator? Sowas wie Arnold Schwarzenegger?«

»Nein, Mann. Das heißt Tauglichkeitsstufe. Die checken ab, wie fit zu bist. Wenn du zu fett bist oder Asthma hast, dann kommst du in 'ne schlechtere Kategorie.«

»Und was warst du?«

»T2.«

»Warum?«

»Weil meine Eier zu tief hingen.«

»Echt?«

»Ja, Mann.«

»Als der Junge und die Prinzessin am Ende in das Schloss kommen, lebt da niemand mehr. Nur so 'n alter Roboter. Sonst sind alle tot oder weg.«

Irritiert zog Kazim die Brauen hoch. Es dauerte einen Moment, bis er begriff, dass Adam wieder von diesem Anime sprach. Manchmal machte er unvermittelt irgendwelche Gedankensprünge.

»Hier tickt die Zeit auch anders, findest du nicht?«, sagte Adam.

»Schon …«, räumte Kazim ein.

»Irgendwie vergeht sie viel, viel langsamer.«

»Das liegt daran, dass wir hier drin nichts zu tun haben. Das ist die eigentliche Strafe: leere Zeit.«

»Manchmal stell ich mir vor, dass die Zeit für die da draußen schneller vergeht. Nicht nur ein bisschen, sondern extrem viel schneller. Und wenn ich rauskomme, dann ist es wie in diesem Film: Ich komme nach

Hause, alle sind weg und unsere Wohnung ist leer. Aber irgendwie wäre ich gar nicht traurig. Höchstens ein bisschen wegen Mama und Alina. Aber dann denke ich mir, egal wo sie sind, bestimmt geht es denen da besser als zuhause.«

»Mhm«, machte Kazim und sah hinaus in das Grau.

Eine alte Line von Artur kam ihm in den Sinn:

Ich bin früh auf den Beinen, Bra, der Morgen ist golden,
ich will scheinen wie die Sonne hoch über den Wolken …

Adam schaltete das Radio ein. Auf 1LIVE lief *SexyBack* von Justin Timberlake und Timbaland.

»Geil«, rief er und drehte voll auf.

Kazim sah sich eine Weile an, wie Adam zur Musik durch die Zelle hüpfte, dann ging er rüber und zog den Stecker.

»Hey«, protestierte Adam. »Was soll das?«

»Junge, siehst du nicht, dass ich versuche zu lesen?!«, rief Kazim.

Plötzlich schoss eine unglaubliche Wut ihn ihm hoch. Seitdem er hier drin war und nicht mehr kiffte, war er viel launischer und reizbarer. War er schon immer so gewesen? Hatte das Kiffen all seine Emotionen unterdrückt? Er erkannte sich selbst kaum wieder.

»Ich schwöre, wenn du nicht für 'ne halbe Stunde ruhig bist, stopf ich dir mein Kissen in die Fresse, bis sie blau anläuft!«

Entsetzt starrte Adam ihn an.

Als Kazim sah, wie Adam sich in die Ecke setzte und ängstlich seine Knie umschlang, tat es ihm schon wieder leid.

»Schon gut, Junge. Warum musst du auch immer so rumnerven«, murmelte er.

Wenigstens blieb Adam jetzt für eine Weile still.

»Tag dreizehn«, vermerkte Kazim und ritzte mit der Rasierklinge eine neue Kerbe in die Wand. Adam hatte an diesem Morgen ein Gespräch mit der Sozialpädagogin. Für Kazim bedeutete das mindestens eine halbe Stunde Ruhe. Mit einem zufriedenen Seufzer legte er sich aufs Bett. Eigentlich durfte man es tagsüber nicht benutzen, aber heute hatte Bartek Dienst und dem ging das am Arsch vorbei.

Kazim schlug sein Buch auf. Er hatte *Leben und Kampf von Andrea Wolf* ungefähr zur Hälfte durch und war sich nicht ganz sicher, was er davon halten sollte. Auch wenn er es cool fand, dass sich jemand für die Kurden interessierte, hatte er immer noch nicht gecheckt, warum sich dieses deutsche Mädchen ihrem Freiheitskampf angeschlossen hatte. Bei ihm zuhause war es normal gewesen, dass regelmäßig jemand von »der Partei« – wie die PKK diskret genannt wurde – vorbeischaute. Von klein auf war er in Bussen quer durch Deutschland zu kurdischen Veranstaltungen gefahren, um zu demonstrieren und zu tanzen. Und wie die meisten kurdischen Kinder hatte auch er einmal davon geträumt, eines Tages in die Berge zu gehen, um für ein freies Kurdistan zu kämpfen. Aber wie kam diese Andrea Wolf dazu? Vermutlich wegen ihrer politischen Ideen. Oder weil sie einfach für oder gegen irgendwas kämpfen musste. Für Kazim war der Grund, dass man die PKK unterstützte, einfach: Sie war die einzige Partei, die sich für die kurdische Sache einsetzte. Und das auch dann noch, wenn alle anderen die Kurden mal wieder im Stich ließen und verrieten, was historisch gesehen bisher leider so gut wie immer der Fall gewesen war.

Ansonsten tat ihm diese Andrea irgendwie leid. Ihr Vater bringt sich um, als sie gerade mal elf ist. Die Mutter ist voll seltsam, lässt ihre Tochter mit fünfzehn ausziehen und haut später allein nach Guatemala ab. Und dann stürzt sich ihr Zwillingsbruder auch noch mit neunzehn Jahren aus dem Fenster. Warum er sich umbringt, davon war im Buch jedoch nicht die Rede.

Schon krass, dachte Kazim. Wieso hat sie darüber nichts geschrieben?

Die Geschichte mit dem Bruder löste irgendwas in ihm aus. Vielleicht weil ihm in den ersten Nächten in der Einzelzelle diese schrägen Gedanken an den Tod gekommen waren. Und weil sie ihn an seinen Onkel Hamit erinnerte, der in der Türkei von der Polizei festgenommen worden und dann auf rätselhafte Weise in seiner Zelle gestorben war. Offiziell hatte es geheißen, er habe sich selbst angezündet, aber sein Vater und die anderen vermuteten, dass die Polizei Xalo Hamits Leiche verbrannt hatte, damit niemand beweisen konnte, dass man ihn zu Tode gefoltert hatte.

Ein Klopfen an der Tür ließ ihn aufschrecken. War die kleine Nervensäge etwa schon wieder zurück?

»Hey Romeo, Post von deiner Geliebten«, verkündete Bartek und warf einen Brief in die Zelle.

Häh?, wunderte sich Kazim. Wer schreibt mir?!

Außer seiner Familie wusste niemand Bescheid und Yadê hatte im Deutschkurs mit Müh und Not gelernt, ihren Namen zu schreiben. Hatte seine Schwester ihm geschrieben?! Aber die meldete sich doch sonst nie.

Neugierig hob er den Brief auf. Das Kuvert war bereits geöffnet, da Briefe an Insassen kontrolliert wurden.

»Nejla«, entzifferte er den Namen auf dem Umschlag. Woher wusste sie ...

Der Brief bestand aus mehreren Seiten. Gespannt begann er zu lesen.

Hey Kazim,
wie geht's dir? Ich hoffe, du kommst klar da drinnen. Ich hatte mich
schon gewundert, dass du nicht zu Arturs Beerdigung gekommen
bist. Dein Handy war immer aus, also habe ich mir von Bobby deine
Adresse besorgt und bin vorbeigegangen. Hoffe das war okay. Deine
Mutter ist echt süß. Ich hab ihr gesagt, wer ich bin, aber weiß nicht, ob
sie's richtig verstanden hat. Irgendwann kam einer deiner Brüder dazu
(Rezo?) und hat mir erklärt, dass du für vier Wochen im Jugendarrest

sitzt. Scheiße ey, erzähl mir bei Gelegenheit, wie's dazu kam. Hauptsache, du kommst bald wieder raus! Du fehlst hier.
Ich hänge so wie du die meiste Zeit allein in meinem Zimmer rum. Überall sind Erinnerungen an Artur und unser gemeinsames Leben. Es quält mich, aber trotzdem klammere ich mich daran. Ich besauf mich, heule, liege allein auf meinem Bett und starre an die Decke. Die Trauer und der Schmerz sind auch wie ein Knast. Aber ein unsichtbarer, gläserner, den du die ganze Zeit mit dir herumträgst, egal, wohin du gehst. Und das Beschissene daran ist, dass du noch nicht mal weißt, zu wie vielen Jahren du verurteilt wurdest. Manche sagen, den Tod eines geliebten Menschen zu überwinden, dauert zwei Jahre, aber ich glaube das ist Schwachsinn. Manche Wunden heilen nie ganz, ich weiß das aus eigener Erfahrung. Wegen Papa und dem Krieg damals. Du kannst nur lernen damit zu leben, wie mit einer Amputation oder einer Behinderung, aber eben einer emotionalen. Sorry, dass der Brief so depri ist. So kennst du mich gar nicht, oder? Du hast ja wahrscheinlich selbst genug Sorgen. Na ja, ich dachte, wenn mich außer Dilek noch jemand verstehen kann, dann du. Artur war ja wie ein Bruder für dich. Und er meinte mal zu mir, wenn man zusammen Musik macht, dann teilt man auch seine Liebe mit dieser Person. Ich denke, bei Menschen wie euch, die Musik mit Herz machen, ist das tatsächlich so. So, jetzt habe ich aber genug herumgeheult. Ich will etwas machen. Etwas Positives. Für Artur. Ich muss immer daran denken, was du im Nachtzug nach Zagreb gesagt hast: Du lebst jetzt für zwei Menschen. Also kommen wir zurück zu Arturs zweiter Liebe, der Musik. Eure ganzen Sachen sind noch auf Arturs Computer. Ich bin gerade dabei das Passwort von seinem Laptop zu knacken. Ich könnte mir dafür Hilfe holen, aber ich will es selbst schaffen. Ist gerade einfach eine Challenge für mich, etwas wofür ich lebe. Wenn du rauskommst,

habe ich es bestimmt geschafft. Und dann brauche ich dich! Lass uns zusammen eure letzte EP fertigmachen und rausbringen! Tengis, mein Kamera-Buddy von der FH, kann uns Videos produzieren. Was die Musikprogramme angeht, habe ich keinen Plan, aber da kannst du mir sicherlich helfen. Wir gehen zusammen die Aufnahmen durch und schauen, was wir benutzen können. Ich hab da voll Bock drauf. Ich glaube, Artur würde sich das auch wünschen. Als ich ihn mal gefragt habe, welche Superkraft er am liebsten hätte, meinte er »Unsterblichkeit«. Auf diese Weise könnten wir ihm diesen Wunsch erfüllen.

Jetzt tut langsam meine Hand weh. Ich weiß gar nicht, wann ich das letzte Mal so einen langen Brief geschrieben hab. Artur und ich haben anstatt Liebesbriefen immer Mix-CDs getauscht. Die höre ich die ganze Zeit rauf und runter. Und wer weiß, vielleicht finde ich ja auf seinem Rechner einen Text oder einen ganzen Song, den er für mich geschrieben hat? :) Na ja, wir werden sehen.

Ich schicke dir auf jeden Fall viel Zuversicht und Kraft, dass du die Zeit da drinnen gut überstehst. Wenn du magst, kannst du mir zurückschreiben. Ich kann dich auch gern abholen, wenn du rauskommst. Und dann machen wir eure Platte fertig, AK602 4 life! Fühl dich umarmt.

Nejla

Kazim spürte, wie seine Augen feucht wurden. Schluchzend vergrub er sein Gesicht in den Händen.

Zum Glück ist Adam nicht da, dachte er.

Dann wischte er seine Tränen ab und las den Brief ein zweites Mal und dann ein drittes Mal. In seinem Leben hatte er noch nie so einen langen Brief bekommen. Sein letzter Brief war der Haftbefehl gewesen. Und persönliche Briefe? In der Mittelstufe vielleicht irgendwelche kindischen Liebesbriefe zum Ankreuzen. Obwohl, später hatte er auch mal einen richtigen Brief bekommen. Von Romina, mit der er während seiner Ausbildung heimlich für ein Jahr zusammen gewesen war. Aber das war ein Abschiedsbrief gewesen, voller Verbitterung und Vorwürfe, dass er es nicht ernst meine und sie nur ausnutzen würde.

Nejlas Brief berührte ihn tief in der Seele. Es war zwar kein Liebesbrief im herkömmlichen Sinn, aber trotzdem ging es um eine gemeinsame Liebe, um ihre Liebe zu Artur.

Behutsam faltete er die beschriebenen Seiten zusammen, steckte sie wieder ins Kuvert und verbarg den Brief unter seiner Matratze.

Die Nejla in dem Brief ist irgendwie anders, dachte er sich. Irgendwie ehrlicher. Härter, aber auch verletzlicher.

Aber wahrscheinlich war das bei jedem so, der einen Brief schrieb. Beim Schreiben machte man sich noch einmal andere Gedanken und konnte bestimmte Dinge ausdrücken, die einem sonst schwerfielen. Beim Rappen oder Songschreiben war es ja genau das Gleiche.

Was ist eigentlich los mit mir?, wunderte er sich. Seitdem ich hier drin bin, habe ich noch keine einzige Line geschrieben. Dabei habe ich ohne Ende Zeit.

»Nejla hat recht«, murmelte er. »Die ganze Scheiße muss raus, lo. Warum rappe ich nicht?!«

Kazim klopfte mit der Hand einen Beat auf den Tisch. Faust, Kick, flache Hand, Snare. Tausend Gedanken gingen ihm durch den Kopf. Tausend Vögel, die sofort auseinanderstoben, sobald er nach einem fasste.

Scheiß drauf, dachte er sich. Was für Stift und Papier, Alter?! Ich schreib in meinem Kopf.

Freestyle war schon immer sein Ding. Wenn die Line es wert war, dann würde er sie sich schon merken.

»Häh, was machst du da?«, wunderte sich Adam, als er zurückkam und sah, wie Kazim auf den Tisch trommelte und dabei vor sich hin murmelte.

»Hier, check das«, sagte Kazim und grinste.

Dann rappte er:

Der Junge fragt, wieso ich immer auf die Tischplatte klopf',
ich brauch kein' Stift, denn ich schreibe Zeilen in mei'm Kopf.
Die Freiheit in mir drin, die nimmt mir keiner,
sie nahmen unseren Eltern alles weg in unserer Heimat.
Wir mussten flieh'n, ich war grad vier, war noch Kind, Mann,
schwöre, sie zerstreuten uns wie Blätter hier im Wind, Mann.
Zehn Jahre später fegt der Wind hier meine Blättchen
von der Bank im Park, ich hol' grad Ot aus meinem Päckchen.
Der Bielefelder Himmel über mir so grau,
Kollege kommt direkt von der Maloche in 'nem Blaumann.
Sie sag'n, wir haben keinen Traum, doch geh in mein' Schuh'n,
was wir erlebt hab'n, war nie Thema in den Schulen.
Mein Bıra träumte so wie ich von Rapkarriere,
jetzt sitz ich hier alleine, yo, und starre in die Leere.
Wenn ich hier raus bin, kipp' ich Henny auf dein Grab,
die Guten sterben oft zu jung, ich weiß, so ist es jeden Tag ...

Bruce Lee in Mostar – der Fluch

Nejla ließ den Blick durch das Mellow Gold schweifen. Die Bar war nicht zu voll und nicht zu leer, die Leute weder zu besoffen noch zu nüchtern, also eigentlich ein angenehmer Abend zum Arbeiten. Trotzdem hatte sie heute überhaupt keine Motivation und die Zeit wollte nicht verstreichen. Nachdem sie die Spülmaschine ausgeräumt hatte, nahm sie verstohlen einen Schluck von ihrem Gin Tonic. Plötzlich horchte sie auf. Das Gespräch zweier Stammgäste hatte ihr Interesse geweckt.

»Die erste Bruce-Lee-Statue gab's in Bosnien und nicht in Hollywood oder Hongkong!«, ereiferte sich einer der beiden.

»Häh, wieso das denn?«, murmelte der andere.

»Emir hat mir das mal erzählt. Die Bürger von Tuzla …«

»Von Mostar!«, verbesserte ihn Nejla.

»Ach ja, Mostar war's. Na, jedenfalls wollten die einen Helden aufstellen, mit dem sich alle Volksgruppen identifizieren konnten. Und da haben die Bruce Lee genommen. Weil einfach niemand was gegen Bruce Lee hat.«

»So wie Muhammad Ali«, brummte sein Kumpel. »Den lieben auch alle.«

»Oder Chuck Norris«, rief jemand vom Nebentisch.

»Vergiss es«, erboste sich der andere. »Es wird niemals eine Chuck-Norris-Statue geben.«

»In Bosnien vielleicht schon …«

»Na ja, auf jeden Fall stand die Statue nicht lange«, fuhr der erste Stammgast mit seiner Geschichte fort. »Denn sowohl die Kroaten als auch die Bosnier meinten, dass die geographische Ausrichtung der Statue als Provokation …«

Nejlas Gedanken schweiften ab. Genau die Story hatte sie Artur erzählt, als sie ihn zum ersten Mal mit zu sich nach Hause genommen hatte.

Unser erster Sex, dachte sie. Wenn Bruce Lee nicht gewesen wäre, dann wäre an dem Tag vielleicht gar nix gelaufen.

Schließlich hatte sie durch einen verrückten Zufall ausgerechnet den Bruce-Lee-Film zuhause gehabt, den Artur suchte. Genau genommen handelte es sich dabei nicht um einen seiner Martial-Arts-Streifen im herkömmlichen Sinn, sondern um die Verfilmung seiner Lebensgeschichte und dem angeblichen Fluch, der auf ihm gelastet hatte.

Bruce Lee, sagte sie sich. Wieso ist mir das nicht vorher eingefallen? Das könnte Arturs Passwort sein …

Zwei Stunden später war ihre Schicht endlich zu Ende und sie machte sich auf den Heimweg. Unter der Woche war nachts nicht viel los in der Altstadt. Während sie durch die ausgestorbene Fußgängerzone ging, sah sie ihr vergangenes Ich an jenem Tag. Zusammen mit Artur lief es vor ihr her. Wie in einem dieser Autorennspiele, die sie in der Jugend bei irgendwem auf der Playstation gezockt hatte und wo man auf einer leeren Rennstrecke gegen die eigene Bestzeit fuhr. Sie holte auf und synchronisierte den Takt ihrer Schritte. Fast spürte sie dieselbe Aufregung wie damals, diese vage Vorfreude, auf das, was zwischen ihnen passieren könnte. Und dann passiert war.

Zuhause angekommen, trennte sie sich von ihren Erinnerungen und bog ab in Arturs Zimmer.

Der Laptop lag auf seinem Schreibtisch. Sie stellte ihn immer noch dorthin zurück. Normalerweise hatte Artur keinen großen Unterschied zwischen ihren Sachen gemacht, aber bei seinem Laptop war er speziell gewesen. Er hatte ihn *sein Baby* genannt und mit so großer Sorgfalt behandelt, dass sie manchmal nicht recht gewusst hatte, ob sie belustigt oder eifersüchtig sein sollte.

»Okay, Arturo«, flüsterte sie und schaltete den Rechner ein.

Die Passworteingabe erschien.

Buchstabe für Buchstabe tippte sie den Namen der Kampfsportlegende mit dem Zeigefinger ein und drückte Enter.

Falsches Passwort.

»Das gibt's doch nicht«, rief sie enttäuscht. Dabei war sie sich dieses Mal verdammt sicher gewesen. Vielleicht eine andere Schreibweise?

Sie wiederholte die Eingabe, probierte es mit Leerzeichen und änderte die Groß- und Kleinschreibung.

Nichts half.

Schließlich unternahm sie einen letzten Versuch und tippte einfach *bruce* ein.

Der Sperrbildschirm verschwand und sie befand sich auf dem Desktop.

»Šta?!«, rief sie ungläubig und sprang auf. »Kurac, ich glaub's nicht!«

Jetzt brauchte sie einen Schluck Alkohol. Aufgeregt lief sie in die Küche. Die Rotweinflasche auf der Anrichte war leer, Bier gab es auch keines und in der Speisekammer befand sich nur noch dieser eklige süße Haselnusslikör, den irgendwer mal mitgebracht hatte.

»Scheiß drauf«, sagte sie und goss sich ein Glas ein.

Als sie sich wieder vor Arturs Laptop setzte, war ihr plötzlich ziemlich mulmig zumute. Was würde sie finden?

Neben diversen Programmen befanden sich verschiedene Ordner sowie einzelne Dateien auf dem Desktop. Bei Letzteren handelte es sich vor allem um Beats, die Artur kurz vor ihrem Urlaub produziert hatte. Nejla spielte einen nach dem anderen ab. Die meisten kannte sie.

Wenn sie an einem Projekt für ihr Studium gearbeitet hatte, hatte Artur oft mit seinem Laptop auf ihrem Bett gesessen und Musik gemacht. Der Klang der Beats erinnerte sie unmittelbar an die Stimmung des jeweiligen Tages, wie der Soundtrack zu einem Film, den nur sie kannte.

Nejla nahm einen Schluck vom Likör und öffnete *Musikprojekte*. Ein Ordner darin stach ihr besonders ins Auge.

»Arturo solo?«, murmelte sie ein wenig überrascht.

Sie kannte lediglich seine Sachen mit Kazim. Er hatte ihr gegenüber nie erwähnt, dass er an eigenen Tracks arbeitete. Ob Kazim etwas davon wusste? Hatte Artur heimlich Songs aufgenommen?

In dem Ordner befanden sich lediglich zwei Projekte: 1 Ljubov demo und Lost demo try.

Ljubov, Liebe?!, wunderte sie sich. Ist das ein Track für mich?!

Manchmal hatte sie insgeheim gehofft, auf seinem Laptop ein Liebeslied an sie zu finden, aber nie so recht daran geglaubt.

Gespannt öffnete sie die Projektdatei in Cubase.

Sofort zeigte die Audiosoftware eine Fehlermeldung an. Offenbar fehlten die dazugehörigen Audiodateien. Enttäuscht klickte sie sich durch die Projektordner. Tatsächlich waren sie leer. Hatte er sie woanders gespeichert oder gar gelöscht?

»Echt jetzt?«, murmelte sie. »Das kann doch nicht wahr sein.«

Vielleicht befanden sich die Files noch auf seinem alten Computer oder einer externen Festplatte. Wenn es sein musste, würde sie sich durch jedes einzelne Verzeichnis und jede einzelne Datei klicken.

Das andere Projekt Lost demo try klang nicht sehr vielversprechend, aber vielleicht befanden sich in diesem Ordner wenigstens die dazugehörigen Audiodateien. Ohne viele Erwartungen klickte sie darauf.

Ungläubig starrte sie auf den Bildschirm. Der Ladevorgang dauerte länger als gewöhnlich, doch offensichtlich wurden die Spuren gefunden. Schließlich erschien auf dem Desktop ein kompletter, säuberlich arrangierter Song.

»Ach, krass«, flüsterte sie.

Da war er. Genau der Song, auf den sie gehofft und vor dem sie solche Angst gehabt hatte.

Arturs Stimme erklang.

Ich weiß noch genau, wie das alles begann,
  wie ich dicht an der Seite von der Tanzfläche stand,
  alle Lichter auf dir, dein Lächeln und dein Glanz,
  du hast wie ein Derwisch mit den Sternen getanzt.

Ich konnt' nichts sagen, ich konnt' nicht zu dir rüber gehen,
hab nur gehofft, ey, ich würde dich noch mal wiedersehen.
Ich hing ab am Tag-Träumen in blauem Dunst,
Hey Lover *wie Cool Jay, mit meinen Jungs.*
Das Leben viel zu wild, so wie ein Straßenhund,
doch dein Bild in mir war wie ein Ruhepunkt,
bis ich dich wiedersah, du standest einfach da,
abends in dieser Bar ... und ich
wusste nicht, ob ich flieg' oder fall',
so wie Liebespaare in Blau von Marc Chagall,
No Ordinary Love *wie Sade Adu,*
Torch: nur In deinen Armen *komm ich noch zur Ruh.*
Hätt' nie gedacht, es wird mehr als ein Traum,
jetzt bin ich wach und du lachst, füllst den Raum.
Du machst meine Welt fabelhaft wie Amelie,
ich sagte früher immer, Liebeslieder schreib' ich nie.
Bin nicht Alicia, nee, ich treff' auch keine Keys,
doch jetzt sitze ich am Piano und singe für dich schief.
Ey, du haftest an meiner Seele wie ein Tattoo,
du bist mein Sweetest Taboo.

Wer beschützt dich hier in der Nacht,
wenn du träumst und im Schlaf leise lachst.
Fällt der Regen laut auf dein Dach,
bin ich weg, liegst du da, bist du wach.
Ey ich weiß selber nicht, was ich mach,
lauf allein weit weg durch die Nacht.
Fällt der Regen laut auf dein Dach,
bin ich weg, liegst du da, bist du wach.

Was läuft hier falsch, warum will ich von dir weg,
du bist so perfekt, I am a loser, so wie Beck,
why don't you kill me, oder mache ich es selbst,
denn die Liebe, die ich fühl', sie ist nicht von dieser Welt.
Ich schau wie Robin Williams hinter'n Horizont,
ich hab so krasse Angst vor allem, was noch kommt,
du hast mir gezeigt, was wahre Liebe ist,
warum fuckt es mich so ab, obwohl du bei mir bist.
Die Dunkelheit in mir, sie schluckt das ganze Licht
und folgt mir wie Chihiro das schwarze Ohngesicht.
Ich kann nicht atmen, zieh die Jacke an, muss raus,
laufe durch die Nacht und mein Kopf ist voller Chaos,
Leere in der Brust, obwohl ich Kette rauch',
scheiß auf Amors Pfeil, Bruder, schieß mir in den Bauch.
Filme in meinem Kopf, als wär ich Luc Besson,
es gibt kein Happy End bei Mathilda und Leon.
Verbinde Liebe viel zu oft nur mit Schmerz,
kaputtes Herz, denk', ich bin das Glück nicht wert,
mach mein Glück kaputt, weil ich nicht daran glaub',
boxe mit mein' Schatten und verletze dich dann auch.
Beschütz' ich dich vor mir oder renne ich davon,
call die 911 für mich wie Wyclef Jean,
es tut mir leid, doch ich hoffe, dass du weißt,
auch wenn ich geh, meine Liebe zu dir bleibt.

Wer beschützt dich hier in der Nacht …

Schon nach den ersten Zeilen kamen Nejla die Tränen.
»Bože«, schluchzte sie. »Zašto ti? Zašto si morao da umreš?!«

Dieser Song war anders als alles, was sie bisher von Artur gehört hatte. Mehr als das. Er war anders als jegliche Musik, die sie bisher gehört hatte.

Artur sprach zu ihr. Jenseits von Zeit und Raum wandte er sich direkt an sie. Diese Welt, ihre Realität, erschien ihr nun wie eine leere Hülle, eine Schale, unter der sich der eigentliche Kern des Seins befand, immer schon befunden hatte und befinden würde. Und er rappte nicht nur, er sang auch für sie. Zum ersten Mal hörte sie ihn singen. Er hatte eine schöne Gesangsstimme, viel sanfter als seine Rapstimme. Zwar traf er nicht immer zu hundert Prozent jeden Ton, doch gerade weil er so unvollkommen und ehrlich klang, traf sein Gesang genau in ihr Herz.

Ein leises Trommeln auf dem Dachfenster ließ sie aufschrecken. War das der Regen, von dem Artur sang? Hatte der Regen das Lied verlassen und fiel jetzt in ihre Welt? Schon vom ersten Moment, als die Musik erklang, hatte sie das Gefühl, die Welt des Songs würde mit der ihren verschmelzen.

Sie goss sich von dem Haselnussschnaps nach und hörte den Song ein zweites Mal. Und dann ein drittes Mal. Kein Zweifel, der Song war nicht nur eine Liebeserklärung. Er war auch ein Abschiedsbrief.

Aber wann zur Hölle hatte er den geschrieben?!

Nejla überprüfte das Erstellungsdatum der Datei. Artur hatte den Song ungefähr drei Wochen, nachdem er bei ihr eingezogen war, aufgenommen. Hatte er sie etwa verlassen wollen? Als sie ihm damals vorgeschlagen hatte, zusammenzuziehen, war er zunächst skeptisch gewesen. Doch dann hatten sie ausführlich über seine Bedenken geredet. Am Ende hatte er zugestimmt. Oder hatte er ihr bloß etwas vorgemacht?

Nein, sagte sie sich. Nein, das kann nicht sein. Ein Teil von Artur hat immer alles hinterfragt und an allem gezweifelt. Und schließlich hat er mir den Song nie gegeben, sondern ist geblieben. Das heißt, er musste sich seine Zweifel von der Seele schreiben. Schon damals, in unserer ersten Nacht, als wir gemeinsam auf meinem Bett gelegen haben, hat er mir erzählt, dass er verflucht sei, so wie Bruce Lee.

Wahrscheinlich musste er unterbewusst etwas geahnt haben. So wie Tiere ein drohendes Gewitter spüren. Und deshalb hatte der Artur von damals den Song für die Nejla von heute geschrieben. Um sich von ihr, die jetzt hier in seinem Zimmer saß, in genau diesem Moment von ihr zu verabschieden.

Nejla lächelte. Der Song war das Kostbarste, was sie jemals bekommen hatte.

»Hvala ti«, murmelte sie. »Hvala ti, Arturo.«

Etwas vibrierte. Erschrocken fuhr sie zusammen. Ihr Handy.

Was ist heute nur los?, dachte sie. Habe ich heute eine Direktverbindung ins Universum, sodass es auf alles, was ich hineinrufe, direkt reagiert?!

Auf dem Display stand Dileks Name.

Sie zögerte.

So gern sie ihre Freundin auch hatte, sie sprach gerade mit jemand anderem.

Nejla zündete sich eine Zigarette an und wartete bis das Klingeln wieder verstummte. Es dauerte nicht lange und sie bekam eine SMS. Wieder Dilek.

hey canim,
sorry, wenn ich so spät störe,
aber gerade läufts nicht so geil…
uni, bobby…irgendwie ist alles abgefuckt:(
meld dich, wenn du zeit hast,
freue mich deine stimme zu hören!

Do not pray for an easy life / iPhone 1

Dilek eilte den Fakultätsflur entlang. Bereits aus einigen Metern Entfernung sah sie, dass die Klausurergebnisse der Einführung in die Politikwissenschaft an Professor Günzenbachs Tür ausgehängt waren.

»Komm schon«, murmelte sie, während ihr Blick über die Liste flog. »Wenigstens bestanden.«

Da war sie, ihre Matrikelnummer, oder? Zur Sicherheit holte sie noch einmal ihren Studi-Ausweis aus der Tasche und glich die Nummer ab. Die Ziffern stimmten überein.

Sie hatte ein drei.

Erleichtert atmete sie auf. Doch ihre Freude über die Note hielt sich in Grenzen. Sie hatte sich während des ersten Semesters richtig den Arsch aufgerissen und kaum eine Vorlesung verpasst. Außerdem hatte sie immer mitgeschrieben, alle Texte gelesen und vor den Klausuren immer rechtzeitig gelernt. Für diesen Aufwand waren ihre Ergebnisse echt enttäuschend: In Statistik war sie durchgefallen, mit einem Punkt! Verwaltungsgrundlagen hatte sie gerade so mit einer Vier bestanden. Techniken wissenschaftlichen Arbeitens hatte sie zwar bestanden, aber der Schein war unbenotet, und jetzt noch diese Drei. Nur ihr Referat in politischer Philosophie war eine Zwei plus geworden. Aber das musste sie noch zu einer Hausarbeit ausarbeiten und bisher hatte sie noch kein einziges Wort geschrieben, obwohl schon Ende nächster Woche Abgabe war. Was zum Teufel machte sie bloß falsch?! Jens, Igor und Mareike aus dem Tutorium schrieben ständig Einsen oder Zweien. Selbst dieser verpeilte Typ, der so aussah wie Silent Bob und immer total unmotiviert wirkte, hatte in der letzten Klausur eine Eins minus gehabt.

Eigentlich glaubte sie an sich und wusste, was sie konnte, aber in letzter Zeit kam sie sich in Momenten wie diesen ein wenig dumm vor. Die meisten ihrer Kommilitonen und Kommilitoninnen kamen aus Akademikerhaushalten und hatten einen ganz anderen Bildungshintergrund als sie. Ihre Eltern waren Lehrer, Anwälte oder Beamte. Deren Wohnungen waren bestimmt voller hoher Bücherregale und die Hälfte besaß Jahresabonnements fürs Theater.

Aber war ihr eigenes Bildungsdefizit von zuhause so groß, dass auch das viele Lernen nur bedingt half? In der Schule war es ihr gar nicht so stark aufgefallen. Trat es erst jetzt an der Uni zutage? Machte sie beim Lernen etwas grundsätzlich falsch? Oder lag es an der Sprache? Sie war bereits mit drei Jahren nach Deutschland gekommen und hatte akzentfrei Deutsch gelernt. Aber was Schriftsprache sowie bestimmte Wörter und Redewendungen anging, die man im Alltag nur selten benutzt, verspürte sie manchmal eine gewisse Unsicherheit.

»Hey, na«, riss sie jemand aus ihren Gedanken. »Bestanden?«

Überrascht drehte Dilek sich um.

Das ist doch einer der beiden Typen, mit denen ich damals zusammen vorm Studi-Sekretariat gewartet habe, dachte sie. Der kleine Bad Boy. Stimmt, den hab ich doch irgendwann mal im Vorlesungssaal gesehen. Wie hieß der gleich?

»Mhm«, entgegnete sie. »Du auch?«

»Lass mal sehen …«, meinte der Bad Boy und fuhr mit dem Finger über die Liste. »Yap! Zwei minus!«

»Gratulation«, sagte Dilek.

»Danke«, sagte er und grinste. »Wir kennen uns doch. Jan, weißte noch? Und du bist Dilek, oder?«

Dilek hob die Augenbrauen.

»Nicht schlecht«, sagte sie. »Du hast dir meinen Namen gemerkt.«

»Hab 'n gutes Namensgedächtnis. Außerdem hast du dich in der Vorlesung manchmal gemeldet.«

»Ah, ja.«

»Bock auf 'nen Kaffee?«

»Hmm«, überlegte Dilek und musterte ihr Gegenüber.

An und für sich war Jan ganz süß. Vermutlich einer dieser Jungs aus gutem Elternhaus, aus Grunewald oder Wilmersdorf, die bisschen auf cool machten und Berliner Atzen-Rap hörten.

»Ich hab heute leider keine Zeit«, sagte sie dann und schenkte ihm zur Verabschiedung ein Lächeln. »Aber wir sehen uns.«

»Hoffentlich«, erwiderte Jan.

Wenn Bobby das mit dem Kaffee hören würde, hätte er direkt wieder voll den Eifersuchtsfilm, dachte sie sich. So unnötig. Wie letztens an der Nachtbushaltestelle. Der Typ hat bloß nach dem Weg gefragt und wollte bisschen mit uns beiden quatschen. Und dann macht Bobby zuhause voll die Szene, von wegen ich hätte vor ihm herumgeflirtet!

Früher war Bobby nie so drauf gewesen. Aber seitdem sie studierte, hatte sich irgendwas verändert. Lag es an den neuen Leuten, die sie an der Uni kennengelernt hatte? Oder daran, dass er kein Student war? Aber das war mittlerweile ja gar nicht mehr der Fall. Letzte Woche hatte Bobby es tatsächlich geschafft, sich mit seinen gefälschten Zeugnissen an der Berliner Hochschule für Technik einzuschreiben. Nach wie vor war sie sich nicht sicher, ob sie seinen Betrug wirklich guthieß. Aber nichtsdestotrotz fand sie es bewundernswert, wie clever und furchtlos Bobby die ganze Sache durchgezogen hatte. Er hatte sogar eine beglaubigte und nicht gerade billige Übersetzung seines gefälschten bosnischen Praktikumszeugnisses anfertigen lassen.

Aber würde er das Studium wirklich durchziehen? Irgendwie hatte sie dabei kein gutes Gefühl. Nicht weil sie an seiner Intelligenz zweifelte, nein, Bobby war einer der schlauesten Menschen, die sie kannte. Es lag an seinem Charakter. Bobby war einfach unfähig, gewisse Hierarchien und Machtstrukturen zu akzeptieren. Sie gab ihm ein, höchstens zwei Semester, bis er sich mit einem oder mehreren Profs angelegt hatte. Und dann würde es nicht mehr lange dauern, bis er aus Wut die ganze Sache hinschmiss.

Dieser Gedanke machte sie traurig.

Wieso kann er das nicht für sich selbst durchziehen, dachte Dilek, während sie zur S-Bahn lief. In unsere Beziehung hängt er sich doch auch voll rein.

Natürlich war es schön, dass Bobby ihr so einen hohen Stellenwert in seinem Leben einräumte, doch in letzter Zeit fühlte sie sich durch seine Zuneigung und den ständigen Wunsch nach Zweisamkeit irgendwie eingeengt. Es war nicht so, dass sie sich irgendwen anders wünschte oder Sex mit wechselnden Partnern vermisste. Aber hatte sie so hart für ihre persönliche Freiheit gekämpft, nur um ihren gesamten Alltag ständig mit Bobbys Bedürfnissen abzugleichen? Sie brauchte ab und zu einfach Zeit für sich und das Gefühl, machen zu können, was sie wollte. Aber wenn sie ihm gegenüber dieses Verlangen äußerte, reagierte er oft verletzt und machte ihr ein schlechtes Gewissen. Oder er fing an zu klammern. Warum hatte er so wenig Vertrauen?

Dabei habe ich ihm doch sogar einen Wohnungsschlüssel gegeben, sagte sie sich. Was will er denn noch?! Direkt zusammenzuziehen ist nicht mein Ding. Das weiß er doch!

Die S-Bahn kam und Dilek stieg ein.

Als sie sich gerade ans Fenster setzen wollte, bemerkte sie eine Frau, die mit zerknirschter Miene über den Bahnsteig rannte. Dilek stellte sich in die Tür, sodass der Zugführer nicht losfahren konnte.

»Vielen Dank«, sagte die Frau, als sich die S-Bahn kurz darauf mit ihnen beiden in Bewegung setzte.

Die Unbekannte setzte sich ihr gegenüber in denselben Vierer. Neugierig musterte Dilek sie. Erschöpft lächelnd stellte die Frau ihre Umhängetasche auf den Nebensitz und strich sich ein paar schwarze Haarsträhnen aus der Stirn.

Dilek schätzte sie auf Mitte vierzig. Sie hatte große bernsteinfarbene Augen, eine leichte Adlernase und ein rundes, sympathisches Gesicht. Ihre Kleidung war ordentlich und sah nach Arbeit aus: beige Jacke, schwarze Anzughose, blauer Pullunder, darunter weiße Bluse und braune Stiefel. Außerdem trug sie dezenten Goldschmuck und einen kleinen goldenen Stecker in der Nase.

Sie könnte Türkin sein, dachte sich Dilek. Arbeitet sie in der Verwaltung oder hat sie einen Lehrauftrag?

Auf jeden Fall waren sie sich bisher noch nicht über den Weg gelaufen.

»Puh«, seufzte die Frau und lächelte Dilek an. »In letzter Zeit bin ich gefühlt echt nur noch am Rennen.«

»Das kenne ich«, sagte Dilek und lächelte zurück. »Arbeiten Sie hier an den Uni?«

»Nein. Ich arbeite im Brandenburger Landtag.«

»Echt?!«, sagte Dilek erstaunt. »Wie cool! Was machen Sie denn da?«

»Ich bin Abgeordnete«, sagte die Frau und lächelte. »Übrigens, wir können uns gern duzen.«

»Wow, okay. Ich interessiere mich auch für Politik«, gestand Dilek. »Aber ich habe gerade erst angefangen zu studieren.«

»Und was?«

»Politik und Verwaltung an der Uni Potsdam.«

»Da habe ich auch studiert«, sagte die Frau. »Jura. Aber ist schon 'ne Weile her.«

»Wie heißen Sie, sorry, ich meine, du, eigentlich?«

»Aylin, Aylin Göksu und du?«

»Dilek«, antwortete Dilek.

»Ah, ne güzel bir isim«, wechselte Aylin ins Türkische und ihr Tonfall wurde vertraulicher. »Türkçe biliyor musun? Nerelisin?«

Wusste ich's doch, dachte sich Dilek. Sie ist eine von uns. Und dann auch noch Landtagsabgeordnete! Was für eine coole Frau.

»Evet, evet«, antwortete sie, »biz mersinliyiz. Ama ben Bielefeld' de büyüdüm.«

»Bak sen, Bielefeld«, wiederholte Aylin grinsend. »Ben Herfordluyum ...«

»Yok artık!«, rief Dilek kopfschüttelnd. »Wie klein ist die Welt bitte?!«

Unglaublich, dachte sie. Ich treffe in der S-Bahn von Potsdam eine türkischstämmige Landtagsabgeordnete. Und dann kommt sie auch noch aus Herford! Das ist nicht mal zwanzig Minuten von Bielefeld entfernt.

Dilek hatte tausend Fragen. Die ganze Fahrt über unterhielten sie sich. Aylin war erstaunlich offen. Sie erzählte Dilek, wie sie gegen den Willen ihrer Eltern weggezogen war, um in Potsdam zu studieren, und wie ihre politische Karriere angefangen hatte. Gleichzeitig war sie sehr interessiert an Dilek selbst. Zwischendurch hatte Dilek das Gefühl, leichte Gay-Vibes zu empfangen. Aber offensichtlich war Aylin verheiratet, denn sie trug einen goldenen Ring an ihrem rechten Ringfinger.

Ist Aylin wohl mit einem Türken oder mit einem Deutschen verheiratet?, fragte sie sich.

Doch Aylin sprach nicht über ihre Ehe und direkt nachzufragen, empfand Dilek trotz Aylins Offenheit nicht angebracht.

Entgegen ihrer Gewohnheit erzählte auch Dilek erstaunlich viel über sich. Sie erwähnte sogar die Startschwierigkeiten an der Uni und ihre Selbstzweifel, die sie nicht einmal Bobby gegenüber offen ansprach.

Aylin schien ähnliche Erfahrungen gemacht zu haben.

»Mach dir nicht zu viele Sorgen um die Noten«, sagte sie und lächelte Dilek aufmunternd zu. »Du wirst das Studium schon hinter dich bringen. Alles, was dann kommt, ist wieder ganz anders. Da stehen viele plötzlich vor unerwarteten Herausforderungen. Aber dir wird es leichter fallen, denn du bist schon durch eine harte Schule gegangen und eine starke Frau!«

»Danke, Abla, ich küsse dein Herz«, sagte Dilek und wurde ein wenig rot.

»Oh, Westkreuz!«, rief Aylin plötzlich und sprang auf. »Hier muss ich raus.«

Bevor sie ausstieg, drehte sie sich noch mal zu Dilek um.

»Hoşça kal, tatlım!«, rief Aylin. »Hat mich echt gefreut. Wenn du magst, schreib mir mal! Die Adresse von meinem Büro findest du im Netz.«

»Mach ich!«, versicherte Dilek.

Einen Moment später war Aylin zwischen den Menschen auf dem Bahnsteig verschwunden und die S-Bahn fuhr wieder los.

So eine Begegnung habe ich heute gebraucht, dachte Dilek und lächelte glücklich in sich hinein.

Irgendwie schien es, als träfe sie in ihrem Leben immer genau im richtigen Moment den richtigen Menschen. Das war schon in ihrer Kindheit bei Nejla so gewesen und auch bei ihrer damaligen Klassenlehrerin Frau Voss. Mit Hang, ihrer Arbeitskollegin, mit der sie sich eine Zeitlang ins Berliner Nachtleben gestürzt hatte, war es genauso. Und auch das Wiedersehen mit Bobby im Rahmen dieses Komparsinnen-Jobs passte genau in dieses Muster. Und jetzt Aylin, die türkische Landtagsabgeordnete aus Herford.

Der nächste Halt war Charlottenburg. Hier musste sie in die U7 umsteigen. Als sie gerade aufstehen wollte, fiel ihr ein silber-schwarzes Gerät ins Auge, das in der Spalte zwischen Sitz und Außenwand steckte. Gehörte es Aylin oder war es vorher schon da gewesen?

»Alter, was ist das denn für ein Teil?«, murmelte sie, während sie das ungewöhnlich aussehende Handy von allen Seiten betrachtete.

Auf dem Metallgehäuse prangte ein glänzendes Apple-Logo. War das etwa dieses krasse neue Handy, um das so ein großes Spektakel gemacht wurde? Das hatte doch dieser glatzköpfige Apple-Typ vor Kurzem erst der Öffentlichkeit präsentiert.

Das Ding hatte nicht mal eine Tastatur. Unter dem riesigen Display gab es lediglich einen einzigen Knopf. Wie sollte das funktionieren?

Neugierig drückte Dilek darauf.

Auf dem schwarzen Bildschirm zeigte sich eine erstaunlich realistische Miniaturabbildung der Erdkugel. Darunter erschien ein Balken mit der Aufforderung *Entsperren*.

Dilek brauchte eine Weile, bis sie gecheckt hatte, dass der Bildschirm auf den Druck ihrer Finger reagierte und der Balken sich auf diese Weise verschieben ließ.

»Krass«, murmelte sie, als verschiedene Programmsymbole auf dem Display auftauchten.

Nicht genug damit, dass Bildschirm und Tastatur eins waren, das Ding schien auch noch so etwas wie ein Minisupercomputer zu sein. Bestimmt war es sehr teuer.

Unschlüssig sah sie sich um.

Soll ich direkt mit dem nächsten Zug zum Westkreuz zurückfahren?, überlegte sie.

Nach kurzem Zögern steckte sie das Handy ein und setzte ihren Weg fort. Die Person, die es verloren hatte, würde bestimmt früher oder später darauf anrufen.

Eine gute halbe Stunde später stand Dilek vor ihrer eigenen Haustür. Erneut holte sie das Gerät hervor.

Vier Anrufe in Abwesenheit. Einer von Canım und drei von einer unbekannten Berliner Nummer.

»Ach, fuck«, fluchte sie.

Offenbar war das Telefon auf stumm geschaltet gewesen. Der Kontakt Canım deutete darauf hin, dass das Gerät tatsächlich Aylin gehörte.

Dilek wollte gerade den Schlüssel aus ihrer Tasche holen, um die Wohnungstür aufzuschließen, da öffnete sie sich plötzlich von selbst.

»Überraschung«, rief Bobby grinsend und zog sie zu sich heran.

»Hey, hey«, sagte Dilek überrascht und machte sich langsam von ihm los.

»Freust du dich gar nicht?«, wunderte sich Bobby.

»Doch, doch«, entgegnete sie. »Aber lass mich doch erst mal ankommen.«

Eigentlich mochte sie Überraschungen, aber nach dem zufälligen Kennenlernen in der S-Bahn war ihr Bobbys unerwartetes Aufkreuzen in ihrer Wohnung gerade ein bisschen zu viel. Außerdem missfiel es ihr, wenn Bobby sie bei jedem Wiedersehen sofort bestürmte und ihr keine Zeit ließ, um erst einmal anzukommen.

»Was hast du denn da?«, rief Bobby überrascht, als er das fremde Handy in Dileks Hand sah. »Ist das etwa dieses neue iPhone?!«

Dilek nickte.

»Jemand hat es in der S-Bahn vergessen.«

»Geil. Zeig mal her!«

Neugierig begutachtete Bobby das Teil.

»Krasses Teil!«, sagte er. »Dafür bekommst du bestimmt fünfhundert Euro! Oder willst du es behalten? Ich kenne wen, der die Simkartensperre rausmachen kann.«

Dilek schnalzte verneinend mit der Zunge.

»Nee. Ich kenne die Person, die es verloren hat.«

Bobbys Miene verfinsterte sich.

»Einer von diesen verwöhnten Bonzensöhnchen an der Uni?!«

»Nein«, sagte Dilek kopfschüttelnd. Bobbys Attitüde nervte sie bereits. »Das Handy gehört Aylin. Ich hab sie auf dem Nachhauseweg in der S-Bahn kennengelernt. Voll die interessante Frau. Die ist Landtagsabgeordnete, krass oder?!«

»Ach so, okay«, meinte Bobby offensichtlich beruhigt, aber nicht unbedingt beeindruckt. »Du hast sicher Hunger. Ich hab für uns gekocht!«

»Oh, cool«, erwiderte Dilek und folgte ihm ins Wohnzimmer.

Der Tisch war bereits gedeckt. Bobby hatte sich wirklich ins Zeug gelegt. Es gab selbstgemachte Falafel, gebratenes Gemüse, Salat, Brot und Jogurt mit frischer Minze. Eine Flasche Rotwein stand ebenfalls auf dem Tisch. Im Hintergrund lief leise *Black Swan* von Thom Yorke.

»Hast du eigentlich die Klausurergebnisse bekommen?«, erkundigte er sich, während sie sich an den Tisch setzten.

»Ja, schon«, antwortete Dilek. »Hab bestanden, aber nur mit 'ner Drei. Dafür dass ich mir so den Arsch aufgerissen hab, hätte ich echt bisschen mehr erwartet. Ich weiß auch nicht …«

»Ach, immerhin hast du bestanden«, versuchte Bobby sie aufzuheitern. »Nächstes Mal wird's bestimmt besser. Denk immer dran, was Bruce Lee gesagt hat: ›Bete nicht für ein einfaches Leben, bete für die Stärke, ein schweres Leben zu ertragen.‹«

»Alter, woher hast du plötzlich solche Kalendersprüche?«, entgegnete Dilek gereizt. »Das hilft mir auch nicht weiter. Ich bin gespannt, wie's dir in deinem ersten Semester gehen wird.«

»Ich meine ja nur, das wird schon«, murmelte Bobby und schob sich ein Falafel in den Mund.

Schweigend kauten beide auf ihrem Essen.

Aylins iPhone lag neben Dileks Teller. Plötzlich leuchtete das Display auf. Dieselbe Berliner Nummer, die schon mal angerufen hatte.

»Ruf doch nach dem Essen zurück«, schlug Bobby vor.

Doch Dilek hatte bereits abgehoben.

»Hallo?«, erkundigte sie sich.

»O mein Gott, Dilek?«, meldete sich Aylins Stimme am anderen Ende der Leitung.

»Ja, ich bin's.«

»Şükürler olsun«, seufzte Aylin erleichtert. »Ich hatte gehofft, dass du mein Handy gefunden hast! Da sind total wichtige Sachen drauf! Wo bist du?«

»Zuhause«, antwortete Dilek. »In Neukölln.«

Aylin schien kurz zu überlegen.

»Ich weiß, es ist vielleicht ein bisschen viel verlangt«, sagte sie dann. »Aber könntest du mir vielleicht einen Gefallen tun und das Handy vorbeibringen? Ich hab noch einen wichtigen Termin heute Abend und muss gleich los. Ich würde dir einfach die Adresse geben und dich dort treffen.«

»Okay«, antwortete Dilek ohne zu zögern. »Wann soll ich losfahren?«

»Am besten jetzt gleich. Nimm ein Taxi. Das Geld dafür bekommst du zurück. Als Dankeschön lade ich dich zum Essen ein.«

»Tamam.«

Dilek ging zu ihrem Schreibtisch und notierte die Adresse.

»Übrigens«, meinte Aylin und ihre Stimme klang jetzt ganz anders. »Ich habe mir nach unserer Begegnung ein paar Gedanken gemacht …«

»Ja?«, entfuhr es Dilek.

»Hättest du Interesse, neben dem Studium für mich zu arbeiten? In meinem Büro ist gerade eine Stelle frei.«

»Meinst du das ernst?«, rief Dilek begeistert. »Klar, hab ich Interesse!«

»Was ist los?«, erkundigte sich Bobby verwundert, als sie mit strahlendem Gesicht zurück ins Wohnzimmer stürmte.

»Ich hab vielleicht einen neuen Job!«

»Wie das denn?!«

»Erzähl ich dir später«, rief Dilek, während sie sich hastig ihre Schuhe anzog.

»Wohin willst du?«, rief Bobby.

»Ich muss das Handy zurückbringen!«

»Jetzt?! Können wir nicht erst mal in Ruhe essen? Ich habe mir richtig Mühe gegeben. Sogar das Brot ist selbstgemacht!«

Bobby klang ziemlich angepisst.

Verständlich, dachte Dilek. Aber da kann ich jetzt auch nichts machen.

»Es tut mir echt leid«, beteuerte sie. »Aber das ist wichtig. Ich mach's wieder gut! Versprochen!«

»Was ist so wichtig, dass …?«, rief Bobby.

Die Haustür hackte den Rest seines Satzes ab.

Aylins iPhone in der Hand sprang Dilek aufgeregt die Treppe hinunter.

Govend

Kazim saß neben Cemîl in dessen altem silbernen Audi A4 und starrte aus dem Seitenfenster hinaus in das trübe Grau. Hinter einem Regenvorhang zogen die dreistöckigen Mietskasernen von Baumheide vorbei. Das Schleifgeräusch der kaputten Scheibenwischer war so nervig, dass sein Bruder sie trotz der schlechteren Sicht eine Stufe heruntersellte.

Aus den Autolautsprechern tönte der Gesang von Mihemed Şexo. Abgesehen davon, dass die Aufnahme ziemlich alt war, schien auch die Kassette schon ein wenig zu leiern.

»Boah, willst du dir nicht endlich mal 'n neues Autoradio holen?«, murmelte Kazim. »Ich schwöre, du bist der Einzige, den ich kenne, der noch keinen CD-Player im Auto hat. Sogar Yabo hat einen.«

»Tss, was willst du, die Kassette läuft doch«, verteidigte sich Cemîl. »Außerdem, weißt du, was für Schätze ich auf Kassette habe? Und was unsere Leute durchmachen mussten, damit wir sie hören können?«

Kazim schüttelte bloß den Kopf und blickte wieder nach draußen. Gestern Abend hatte er endlich seinen ersten Solotrack aufgenommen. Bis es dazu gekommen war, hatte erst sein bester Kumpel sterben und er im Knast landen müssen. Unglaublich. Glücklich befühlte er die Innentasche seiner Jacke, in der sich die frisch gebrannte Demo-CD befand. *Ziegelstraße 1988* hatte er mit einem Marker auf den silbernen Rohling getaggt. Ihre erste Wohnung und das Jahr in dem seine Familie nach Deutschland gekommen war.

Hätte dieser Bauer einen CD-Player, könnte ich ihm den Track jetzt vorspielen, dachte er sich. Dann hört er endlich mal, was sein kleiner Bruder so macht. Der Track würde ihm bestimmt gefallen.

Im Hintergrund sang Mihemed Şexo zum herzzerreißenden Klang seiner Saz:

Ay lê gulê, Gula minê
Şêrîna l'ber dilê minê
Ez gulê nadim malê dinê
Ez li ser gulê têm kuştinê

Aus irgendeinem Grund wanderten seine Gedanken zu Nejla. Seitdem er aus dem Knast gekommen war, trafen sie sich regelmäßig bei ihr, um an der neuen EP von AK602 zu arbeiten.

Zuerst war er sehr zurückhaltend gewesen und hatte sich daran gewöhnen müssen, mit ihr allein zu sein. Denn früher hatten er sie meist nur in Arturs Gesellschaft getroffen und abgesehen von seinen Cousinen hing er im Alltag kaum mit irgendwelchen Mädchen oder Frauen rum.

Doch Nejlas lockere Art machte es ihm leicht und schon bald war er in ihrer Gegenwart fast so entspannt wie mit Artur. Außerdem hatte Nejla es echt drauf. Obwohl sie vorher noch nie Musik gemacht hatte, hatte sie schnell begriffen, wie die Soundprogramme funktionieren. Nachdem sie gestern seinen Song aufgenommen hatten, bearbeitete und mischte sie ihn mit ein paar Handgriffen so ab, dass die Demo bereits erstaunlich gut klang.

Am Ende hatten sie sogar noch zusammen einen geraucht. Es war nicht nur das erste Mal gewesen, dass er mit ihr kiffte, sondern auch das erste Mal, dass er sie nach Arturs Tod wieder unbeschwert lachen sah. Für einen kurzen Moment war die Traurigkeit aus ihren Augen verschwunden. Sonst war sie immer da, selbst wenn sie lächelte. Er war sicherlich ziemlich dicht gewesen, aber für einen Augenblick war es ihm so vorgekommen, als hätte sie ihn anders angeschaut. So wie eine Frau einen Mann anschaut. Mit einer besonderen Energie. Einem unausgesprochenen Verlangen. Oder bildete er sich das bloß ein?

Wul min behata, woran denk ich da eigentlich?, durchzuckte es Kazim. Ehrenlos! Die Freundin von meinem besten Freund ... Nein, haiba, sowas würd' ich nie machen!

Nejla sah einfach sehr gut aus. Das war eine Tatsache. Jetzt, da er öfter mit ihr allein war, ließ sich das manchmal eben nicht ausblenden. Und er hatte verdammt lang nichts mehr mit einer Frau gehabt. Obwohl er eine Zeitlang viel auf Partys aufgelegt hatte, war er selten mit einer nach Hause gegangen. Meistens war er am Ende des Abends bekifft auf Arturs und Bobbys Couch eingepennt. Wenn er es sich recht überlegte, hatte er vor über zwei Jahren das letzte Mal Sex gehabt. Und dann auch noch gegen Geld. Damals war er ausnahmsweise mit seinen Cousins ins Prime, diese Russendisko, gefahren. Danach hatte Berzan, der unbedingt noch einen wegstecken wollte, ihn überredet, ins Eroscenter an der Eckendorfer Straße mitzukommen.

Was für ein Zufall, dass sie ausgerechnet heute Berzan und seinen Bruder mitnahmen. Bestimmt hatten sie schon ein Jahr nichts mehr zusammen unternommen. Einmal hatten sie sich kurz gesehen. Während der jesidischen Feiertage, zu Batizmî.

Cemîl bremste ab und hielt am Straßenrand. Zwei Gestalten in weißen Hemden und dunklen Sakkos liefen fluchend durch den Regen auf das Auto zu.

»Ich schwöre, park' ruhig noch eine Straße weiter weg«, rief Mesut, Berzans Bruder, während er auf die Rückbank rutschte und sich mit der Hand die Regentropfen von der Stirn wischte.

»Begrüßt du so deinen älteren Cousin? Unglaublich diese jungen Leute«, entgegnete Cemîl mit gespielter Empörung.

»Oh, schau mal, wer hier ist!«, rief Berzan und ließ seine Hände auf Kazims Schultern fallen.

»Ich fasse es nicht, den gibt es ja auch noch!«, sagte Mesut erstaunt. »Heute Abend suchen wir ihm 'ne Braut!«

Kazim schüttelte seufzend den Kopf.

»Ich hab schon eine für dich, Tausî Melek«, bedrängte ihn nun auch noch Cemîl. »Die zweitjüngste Tochter von Serhat, du weißt schon, der Schwager von Xalo Ariman aus Stadthagen.«

»Keine Ahnung«, meinte Kazim schulterzuckend.

»Die passt zu dir, ich schwöre«, fuhr sein Bruder unbeirrt fort. »Die ist Erzieherin oder sowas und wohnt schon länger allein mit ihrem Bruder zusammen. Ich dachte schon, die wird nie einen Mann haben, aber letztens meinte Berfin, dass sie sich wohl umschaut.«

»Du meinst Hevin?«, mischte sich Mesut ein. »Hat die sich nicht mal 'ne Zeitlang mit Jiyan getroffen, dem Sohn von Tante Nasli? Hat die davor nicht heimlich 'nen Freund gehabt?«

»So eine würde ich nicht mehr nehmen, ich schwöre!«, rief Berzan. »Wenn ich mal heirate, dann muss sie Jungfrau sein.«

»Bênamûs«, ereiferte sich Mesut. »Hurt selber die ganze Zeit rum und will dann Ansprüche stellen!«

»Wer heiratet heute eigentlich?«, versuchte Kazim das Thema zu wechseln.

Er hatte keine große Lust gehabt, Cemîl auf die Hochzeit von irgendwelchen weit entfernten Verwandten aus Celle zu begleiten. Aber Yabo musste auf eine Beerdigung und meinte es sei eine Schande, wenn nur einer aus ihrer Familie käme. Also war Kazim nichts anderes übriggeblieben, als mitzufahren. Seit der Sache mit den Bullen hatte er zuhause sowieso einiges wiedergutzumachen.

Früher war er mit seinen Eltern und Geschwistern beinahe jedes Wochenende kreuz und quer durch Deutschland auf irgendwelche kurdischen Hochzeiten gefahren. Doch irgendwann hatte er sich dort nur noch gelangweilt. Man saß in irgendwelchen Turnhallen oder Gemeindesälen und aß halbes Hähnchen. Als Beilage gab es Peperoni aus riesigen Plastikkanistern. Dann wurde stundenlang vorgelesen, wer von welcher Familie dem Brautpaar was und wie viel geschenkt hatte. Meistens kannte er die, die heirateten, noch nicht mal persönlich. Klar, die Musik und das Tanzen machten schon Spaß, aber die Welt war so groß und es gab so viel zu entdecken, warum also jedes Wochenende das Gleiche?

Zu dieser Zeit hatte er angefangen, im Jugendzentrum abzuhängen, wo er Yusuf kennenlernte. Yusuf war eigentlich Breaker, aber er malte und rappte auch ein bisschen. Yusuf stellte ihm Bobby vor. Mit Bobby fing er an zu malen, mit Yusuf freestylte er. Einer der Sozialarbeiter zeigte ihm, wie man die Plattenspieler im Jugendzentrum bediente. Daraufhin suchte er sich einen Job im Supermarkt, sparte Geld für eigenes DJ-Equipment und begann aufzulegen. Schließlich brachte Bobby ihn mit Artur zusammen, der Beats machte und auch rappen wollte. Der Beginn von AK602.

Anstatt am Wochenende irgendwelche Familienfeste zu besuchen, fuhr er lieber nach Köln, Hamburg oder Berlin, um Platten zu kaufen oder auf Konzerte zu gehen. Er begann, auf Partys aufzulegen, ging mit Bobby nachts sprühen oder machte stundenlange Rap-Sessions mit Artur. Oft pennte er mehrere Tage hintereinander in Bobbys und Arturs WG auf der Couch und kam erst sonntagabends oder montags nach Hause.

O Mann, dachte er sich und lächelte still in sich hinein. Das war echt eine krasse Zeit. Was für verrückte Scheiße wir erlebt haben.

Doch all das gehörte nun der Vergangenheit an. Artur war tot, Bobby in Berlin und nichts würde mehr so sein, wie es einmal war. Keiner konnte etwas dafür, wie sich die Dinge entwickelt hatten. Trotzdem überkam ihn in gewissen Momenten das Gefühl von Artur und Bobby irgendwie im Stich gelassen worden zu sein.

Vielleicht hat Yabo recht, sagte er sich. Freunde kommen und gehen und am Ende kannst du dich nur auf deine Familie verlassen.

Kazim öffnete das Handschuhfach und durchstöberte die Kassettensammlung seines Bruders. Şivan Perwer, Ciwan Haco, Diyar, Eyşe Xan, Rojîn Ülker und Koma Dengê Azadî. Schließlich fand er eine Kassette von Hozan Serhad, die er früher oft gehört hatte, und legte sie ein.

Während sein Bruder und Mesut den neuesten Familientratsch austauschten, spürte Kazim auf einmal, wie sehr er Fahrten wie diese vermisst hatte.

Unglaublich, Alter, sagte er sich. Wer hätte das gedacht ...

Der Gedanke an das, was ihn erwartete, erfüllte Kazim plötzlich mit einer Vorfreude, wie er sie schon lange nicht mehr empfunden hatte. Er würde Verwandte treffen, die er eine gefühlte Ewigkeit nicht mehr gesehen hatte. Und dann war da das fröhliche Durcheinander während des Essens, die kitschigen Seidenkleider der jungen Frauen, der Kemanca-Spieler, der für Geld Grüße ansagte, und der riesige Kreis der Tanzenden.

Als sie gut eineinhalb Stunden später bei der Halle ankamen, musste er unwillkürlich schmunzeln. Offenbar hatte sich nicht viel verändert. Noch immer gab es einen Hähnchenwagen vor dem Eingang und die Tische waren wie immer mit weißen Papiertischtüchern ausgelegt. Darauf standen Cola, Sprite und Fanta in Plastikflaschen und weiße Wegwerfteller mit Nüssen. Die Musiker spielten bereits und es wurde schon ein bisschen getanzt. Kazim schaute sich um. Die Mädchen in Kleidern mit Spaghettiträgern trugen T-Shirts drunter, um ihren Ausschnitt zu bedecken. Zwischen den Grüppchen der Wartenden lief ein Gespann besorgter Tanten und Schwägerinnen umher und frage sich, wo das Brautpaar blieb.

Ungefähr eine Stunde später war es so weit. Kazim machte es wie der Großteil der Gäste und ging aus der Halle, um die Ankunft des Paars zu verfolgen. Der Bräutigam und die Braut waren ungefähr so alt wie er, wenn nicht sogar etwas jünger. Die beiden lächelten, doch man konnte ihnen die Aufregung ansehen.

Kazim musste an die ständigen Kommentare seiner Mutter denken, die ihm schon seit Jahren damit auf die Nerven ging, endlich auch zu heiraten.

Hmm, warum eigentlich nicht, dachte er zum ersten Mal. Aber sie darf nicht zu traditionell drauf sein. Ich brauch eine, die treu ist, aber locker und cool. So 'ne Frau wie Nejla, aber eben Jesidin.

»Komm«, sagte Mesut und legte ihm seine Hand auf die Schulter. Sie folgten der Festgesellschaft in die Halle. Dort tanzte das Brautpaar mit allen

Delilim. Kazim und sein Cousin zögerten nicht lange und schlossen sich dem Govend an.

Das Tanzen war eine unglaubliche Befreiung. Das letzte Mal als Kazim sich so unbeschwert gefühlt hatte, hatte er neben Artur auf der Bühne gestanden und gerappt. Mit jedem Schritt, mit jedem Zucken seiner Schultern schüttelte er einen Teil der Last ab, die sich während der letzten Monate auf ihnen angesammelt hatte. Die Einsamkeit in der Zelle, die Panikattacken, der Schmerz und die Trauer um Arturo und ihre gemeinsamen Träume, die Probleme zuhause, die Probleme mit dem Gesetz, die Schuldgefühle wegen der Hausdurchsuchung – alles, was ihm so schwer auf der Seele gelegen hatte, verschwand im Rhythmus des Tanzes, dem ekstatischen Heulen der Kemanca und den Rufen des Sängers. Egal in welches Gesicht er schaute, ob alt oder jung, Mann oder Frau, überall entdeckte er den gleichen feierlichen Glanz in den Augen und das gleiche glückliche Lächeln. Und obwohl sich die Tanzenden bloß an ihren kleinen Fingern hielten, fühlte sich die Verbindung zwischen ihnen so innig an, als könnte nichts diesen Kreis sprengen. Keine Worte, keine Waffengewalt, nicht einmal eine ganze Armee wäre in der Lage, diese Verbindung zwischen ihnen kaputtzumachen. Jede seiner Bewegungen kam ganz natürlich, Kazim dachte nicht nach, wie er zu tanzen hatte, das Wissen darüber durchströmte seinen Körper wie Wasser.

Kein Wunder, dachte sich Kazim. Wir tanzen von klein auf. Wir tanzen, sobald wir gehen und bis wir nicht mehr gehen können. Wir tanzen im Kreis der Familie, auf Hochzeiten und Festen, auf Demonstrationen und zu Newroz. Im Krieg und im Frieden. Egal ob zuhause im Wohnzimmer oder auf der Straße, ob in den Bergen oder in der Stadt, in großen Hallen oder Stadien. Wir tanzen, wenn wir glücklich sind, und wir tanzen, wenn wir traurig sind. Wir tanzen, bis wir müde werden, und wenn wir müde sind, tanzen wir, bis es uns neue Kraft gibt. Wir tanzen mutig und stolz, aber auch wenn wir Angst haben, tanzen wir. Voll Verzweiflung und voll Hoffnung. Wenn wir verliebt sind und wenn unser Herz gebrochen ist. Egal was passiert, wir tanzen.

Links von Kazim öffnete sich der Govend und jemand neues ergriff seine Hand. Als er sich umsah, bemerkte er eine junge Frau in einem roten Kleid.

Hat die nicht vorher auf der anderen Seite getanzt?, fragte er sich, während er sie aus dem Augenwinkel musterte. Kazim schätzte sie ein, zwei Jahre jünger. Für eine Kurdin hatte sie einen erstaunlich hellen Teint. Sie war etwas kleiner als er, hatte braungetönte schulterlange Locken, große, dunkle Augen und ein hübsches rundes Gesicht.

Die Unbekannte lächelte ihn für einen Moment verstohlen von der Seite an.

Die hat bemerkt, dass ich sie abchecke, dachte Kazim ein wenig beschämt. Oder ist die etwa wegen mir hier in den Kreis gekommen?

Als er wieder in ihre Richtung schielte, hatte sie sich zu seiner Cousine gedreht. Offenbar schienen Zînê und die Unbekannte sich zu kennen.

Eigentlich müssten wir uns schon mal irgendwo gesehen haben, wunderte er sich.

Nachdem sie noch eine Weile nebeneinander getanzt hatten, löste sich der Govend auf und es gab Essen. Kazim verschlang sein halbes Hähnchen, dann zog Berzan ihn mit sich herüber an einen anderen Tisch, an dem einige seiner Cousinen und Cousins saßen. Wie es der Zufall wollte, waren Zînê und die Unbekannte mit dem roten Kleid ebenfalls dort. Kazim bemerkte, wie sie für einen Moment ihre Unterhaltung unterbrach und neugierig zu ihm herübersah.

»Hey, da ist ja mein Rapper-Cousin!«, rief Zînê.

»Hey, Cousine«, erwiderte Kazim ihre Begrüßung.

Zînê hatte eine Zeitlang in Onkel Halefs Restaurant ausgeholfen, über dem sich damals Arturs und Bobbys WG befand. Als sie ihnen einmal Essen nach oben gebracht hatte, hatten er und Artur gerade zufällig einen Song aufgenommen, auf dem noch eine Sängerin fehlte. Wie sich herausstellte, hatte Zînê eine schöne Stimme und träumte davon, Sängerin zu werden. Und so kam es, dass sie das erstes Gastfeature auf ihrer Debüt-EP *Alles Gold* geworden war.

»Was ist eigentlich mit diesem Song passiert, den ich für deinen Kumpel eingesungen hab?«, erkundigte sie sich. »Habt ihr den noch?«

»Welchen Song meinst du? *Sommer in der City*?«, fragte Kazim.

»Nee, den anderen. Der hatte so 'nen russischen Titel. Irgendwas mit Liebe. Aber darum ging's eigentlich nicht. War mehr so 'n melancholischer Song über die Jugend.«

»Keine Ahnung, welchen du meinst«, gestand Kazim.

»Ich glaube, du warst an dem Tag nicht da«, überlegte Zînê. »War es vielleicht ein Soloding?«

»Ich weiß nix davon. Aber ich werd mal nachschauen«, versprach Kazim.

Zînês Nachfrage wühlte ihn ziemlich auf, doch er versuchte, sich nichts anmerken zu lassen. Hatte Artur heimlich eigene Songs aufgenommen? Grundsätzlich gab es nichts dagegen einzuwenden, aber dass er ihm nichts davon erzählt hatte, war irgendwie schräg. Soweit er wusste, waren sie sonst immer absolut ehrlich zueinander gewesen. Irgendwie fühlte er sich hintergangen, zumal offenbar sogar seine Cousine darauf sang.

»Du bist Rapper?«, unterbrach einer seiner jüngeren Cousins seine Gedanken. »Bitte, rappe uns was vor!«

Plötzlich war die Aufmerksamkeit des ganzen Tisches beim ihm.

»Nicht hier«, murmelte Kazim.

»Lass rausgehen«, schlug Berzan vor. »Ich will eh eine rauchen.«

»Ich will das auch hören«, schaltete Zînês Freundin sich ins Gespräch ein.

Gemeinsam gingen sie nach draußen. Der Regen hatte aufgehört. Die Luft roch nach Frühling, feuchter Erde und Zigarettenrauch. Ab und zu wehte noch Bratfettgeruch vom Hähnchenwagen herüber, wo bereits saubergemacht wurde. Im schummrigen Licht der Straßenlaternen hingen einige jüngere Gäste rum, um unbehelligt von den Alten miteinander zu quatschen und zu rauchen.

Berzans Beatbox war miserabel. Trotzdem sangen und rappten Zînê und Kazim darauf ihren gemeinsamen Song *Sommer in der City*. Da alle mehr hören wollten, machte Kazim als Zugabe noch einen Freestyle. Unter lautem Gelächter steckte einer seiner Cousins ihm sogar einen Geldschein zu, damit er wie der Kemanca-Spieler seinen Namen erwähnte und das Brautpaar grüßte.

Als das Spektakel vorbei war und die Umstehenden sich wieder zerstreuten, stand plötzlich nur noch seine Tanznachbarin mit dem roten Kleid neben ihm.

»Hey, du kannst ja wirklich rappen!«, sagte sie anerkennend.

»Ach, das war doch gar nichts«, winkte Kazim ab.

»Sei nicht so bescheiden«, entgegnete sie. »Machst du das professionell oder so?«

»Ja, schon. Zusammen mit 'nem Kumpel. Aber der ist letztes Jahr bei einem Verkehrsunfall gestorben. Und jetzt weiß ich nicht genau, wie's weitergeht.«

»Das tut mir leid.«

Ihre großen runden Augen betrachteten ihn aufmerksam.

»Ich weiß, wie das ist«, sagte sie dann. »Meine Mutter ist gestorben, als ich sechzehn war.«

»Oh«, sagte Kazim. »Rehma xwedê lê be. Das tut mir leid.«

»Schon gut«, meinte sie nur und wechselte das Thema: »Interessierst du dich für Physik?«

»Hmm, nicht wirklich«, erwiderte Kazim verwundert.

»Ich bin ein richtiger Nerd«, sagte sie. »Ich schaue mir gern Erklärvideos auf Youtube an, Physik, Chemie, verschiedene Themen. Da gibt es so ein physikalisches Gesetz zur Erhaltung von Energie. Dieses Gesetz besagt, dass sich die Gesamtenergie in einem System nie ändert. Anders ausgedrückt: Energie wird nicht erzeugt und geht auch nicht verloren. Sie ist immer schon da und ändert nur ihren Zustand.«

Sie machte eine Pause. Kazim war sich nicht sicher, vorauf sie hinauswollte.

»Mich tröstet das irgendwie«, fuhr sie fort, »denn ich denke, dass Gleiche gilt für die Energie von Menschen. Wenn jemand stirbt, dann existiert die Energie dieser Person weiter. Und nix von dieser Energie geht verloren.«

»Du bist echt ein kleiner Nerd«, sagte Kazim grinsend. »Aber ja, der Gedanke ist schön.«

»Find ich auch«, sagte sie und strich sich eine Locke aus der Stirn.

Kazim entdeckte einen eintätowierten Namen an ihrem Handgelenk.

»Hast du schon Kinder?«, fragte er.

»Wie kommst du denn darauf?«, rief sie verwundert.

»Bahar«, Kazim deutete auf ihre Hand.

»Nee. So hieß meine Mama.«

»Ach so ... Ich bin übrigens Kazim.«

»Ich weiß. Du hast mal im Bus neben mir gesessen, als wir auf diese Demo nach Straßburg gefahren sind.«

»Echt?«, rief Kazim. »Ich hab mich schon gefragt, wo wir uns mal über den Weg gelaufen sind. Bist du eigentlich auch mit dem Brautpaar verwandt?«

»Hier sind doch alle über ein paar Ecken miteinander verwandt.«

»Hast recht«, meinte Kazim. »Und wie heißt du?«

Sie lächelte ihn verschmitzt an.

»Mal schauen, ob du's rausfindest«, sagte sie.

Ehe er sich's versah, ging sie zu seinen Cousinen hinüber und verschwand mit ihnen in der Halle.

»Mala min bê«, murmelte Kazim und sah ihr hinterher. »Die macht sich echt giran.«

Beim Tanzen sah er sie wieder. Ab und zu begegneten sich ihre Blicke, doch es ergab sich keine Gelegenheit mehr, miteinander zu reden.

Irgendwann verließ sie gemeinsam mit einem jüngeren Mädchen – vermutlich ihrer Schwester oder Nichte – den Kreis. Als sie nicht wiederkam, verließ Kazim ebenfalls die Tanzfläche. In der Halle war sie nirgends zu sehen, also ging er nach draußen, um eine zu rauchen und unauffällig nach ihr Ausschau zu halten.

Die Feier neigte sich langsam dem Ende zu. Gäste, die noch einen längeren Heimweg vor sich hatten, standen bereits an den Autos und verabschiedeten sich.

Plötzlich erklang hinter ihm eine Stimme.

»Hey«, sprach ihn die Unbekannte an.

Sie hatte sich eine Jacke angezogen und ihre Tasche in der Hand.

»Wir müssen los«, sagte sie. »Mein Bruder will jetzt fahren.«

»Jetzt schon? Schade.«

»Ja. Aber, wer weiß, vielleicht sehen wir uns ja mal wieder.«

»Yo, würde mich freuen«, sagte Kazim.

Mit einem flüchtigen Lächeln verschwand sie zwischen den Autos auf dem Parkplatz.

Ich muss unbedingt Zînê nach ihrer Nummer fragen, dachte Kazim und spürte, wie sein Herz klopfte.

Dabei wusste er immer noch nicht, wie sie hieß, geschweige denn, in welcher Stadt sie wohnte.

Kazim steckte sich direkt noch eine Kippe an. Kaum hatte er ein paarmal daran gezogen, wurde sie ihm aus der Hand gerissen.

»Da bist du ja!«, rief Berzan und legte den Arm um ihn. Sein Atem roch nach Whiskey. »Wir haben dich schon gesucht, Bıra!«

Hinter Berzan standen Reber und zwei Jungs, die er nicht kannte.

»Kommst du mit? Wir fahren jetzt Steintor!«, verkündete Berzan. »Reber hat noch einen Platz frei!«

»Was ist mit Cemîl und deinem Bruder?«

»Ach, die Langweiler kannst du vergessen«, meinte Berzan verächtlich. »Die wollen jetzt schon nach Hause fahren. Zînê fährt bei denen mit.«

Unschlüssig blickte Kazim sich um. Dann beugte er sich vertraulich zu Berzan hinüber.

»Sag mal, wer ist eigentlich die in dem roten Kleid, die mit Zînê rüberkam?«

»Häh?! Junge, das ist Hevin«, wunderte sich Berzan. »Das ist die, die dein Bruder meinte – die zweitjüngste Tochter von Serhat.«

»Was?!«, entfuhr es Kazim.

»Ist doch egal jetzt«, rief Berzan. »Komm mit!«

»Hmm, ich weiß nicht«, murmelte Kazim.

Sein Blick glitt an seinem Cousin vorbei in die Nacht.

Hevin, dachte er. So wie die Hoffnung. Ein schöner Name.

Tsois Sohn / Das Schiff in der Wüste

Nejla saß am Computer und klickte sich durch die letzten Takes, die sie mit Kazim aufgenommen hatte. Nebenbei hörte sie schweigend Dilek zu, die mal wieder einen ihrer Endlosmonologe darüber hielt, wie sehr ihr Bobby auf die Nerven ging. Nejlas Ohr war schon ganz heiß. Wenn es so weiterging, würde es mit ihrem Nokia verschmelzen.

Kazim saß auf der Couch und taggte mit dem Kugelschreiber auf dem Collegeblock herum, in dem sie ihre To-do-Liste für die neue EP führten.

Als sich ihre Blicke trafen, deutete er seufzend auf seine Armbanduhr.

»Çüş, dieser Junge macht mich so wütend!«, empörte sich Dilek gerade. »Ich check's einfach nicht! Es sind nicht mal zwei Monate um. Und er geht fast gar nicht mehr zu seinen Kursen! Als ob es ihm völlig egal wäre. Wenn du wüsstest, was er sich für einen Act gegeben hat, um aufgenommen zu werden! Sein Zeugnis hat er gefälscht, aber wie! So wie dieser Typ im James-Bond-Labor, ich schwöre! Und jetzt ist seine Motivation schon wieder gleich null! Aber das Schlimmste daran ist, dass er mir auch noch mein Studium miesmacht. Er meint, ich bin nur noch in der Bib und lerne. Und über meinen neuen Job macht er sich auch immer lustig. Nur weil die Frau, für die ich arbeite, bei der SPD ist. Das gefällt Mr. Anti-Alles überhaupt nicht. Aber macht er irgendwas, um die Welt zu verändern?! Nix, nur meckern! Dabei checkt der nicht, wie wichtig diese Chance ist. Vallah, das war Schicksal, dass ich Aylin in der S-Bahn getroffen habe! Aber er, er denkt sich nur, o Mann, jetzt hat sie noch weniger Zeit für mich …«

»Ja, das ist echt scheiße«, versuchte Nejla, Dilek zu beruhigen. »Aber können wir vielleicht morgen noch mal telefonieren? Kazim ist hier und wir müssen noch was fertig machen, bevor Tengis kommt.«

»Ja, sorry«, murmelte Dilek. »Tut mir leid, wenn ich dich hier so zutexte. Ich schieb grad einfach so den Abturn …«

»Puh«, stöhnte Nejla, nachdem Dilek aufgelegt hatte. »Bei denen ist ständig Krise. Sag mal, hast du in letzter Zeit was von Bobby gehört?«

»Nö«, antwortete Kazim. »Seitdem er in Berlin ist, meldet er sich fast gar nicht mehr.«

Das klingt ein bisschen beleidigt, dachte Nejla. Ist Kazim jetzt etwa auch noch wütend auf ihn?

Irgendwie tat Bobby ihr leid. Eigentlich hatte er ein gutes Herz und wollte niemandem was Böses. Trotzdem schaffte er es immer wieder, Leute gegen sich aufzubringen.

Nejla wandte sich wieder der Musik zu und klickte den Song an, an dem sie zuletzt gearbeitet hatten. *Jump & Run* war eine übertriebene Battle-Rap-Nummer mit vielen Anspielungen auf Videogames, die die Jungs früher immer in Arturs WG gezockt hatten.

»Hör mal«, sagte sie, »ich hab zwischen Hook und Rap noch 'nen kleinen Break in den Beat eingebaut.«

»Yo, kommt geil«, meinte Kazim.

»Okay, dann lass ich es so.«

Nejla lächelte zufrieden.

Kazim schlug den Collegeblock auf und ging die Songliste durch.

»Wir kommen gut voran«, verkündete er, während er mit dem Kugelschreiber einen weiteren Haken setzte. »Jetzt fehlt nur noch der Battle-Track auf dem *Uncut*-Beat. Hast du mittlerweile die Audiofiles von diesem *Ljubov*-Song gefunden?«

»Leider nicht«, gestand Nejla. »Ich hab alle Festplatten durchgekämmt, aber die Files sind nicht da. Vielleicht hat Artur sie aus Versehen gelöscht?«

Natürlich fand sie es schade, dass die Aufnahmen verschwunden waren. Aber jetzt, da sie durch Kazims Cousine erfahren hatten, dass der Song von Arturs Jugend handelte und kein Liebeslied war, konnte sie den Verlust hinnehmen.

»Hmm, okay«, sagte Kazim. »Dann müssen wir wohl darauf verzichten.«

Seinem Gesichtsausdruck nach hielt sich Kazims Bedauern ebenfalls in Grenzen.

Die Beziehung zwischen Musikern ähnelt echt einer Liebesbeziehung, dachte Nejla. Als Kazim von Arturs Solosongs erfahren hat, wirkte er fast wie ein betrogener Ehemann.

»Und was ist jetzt mit dem Refrain bei Lost?«, erkundigte sich Kazim, als hätte er ihre Gedanken erraten. »Wollen wir ihn nicht doch lieber von Zînê einsingen lassen?«

Die von Artur gesungene Hook war ein sensibles Thema, über das sie mehrmals diskutiert hatten. Während Kazim in Arturs Gesangsaufnahmen nur Ideen sah, die von einer richtigen Sängerin oder einem Sänger ausgearbeitet werden sollten, fand Nejla, dass Arturs unvollkommene Art zu Singen durch den Ausdruck in seiner Stimme wettgemacht wurde. Obwohl es Kazim sicherlich nur um die Qualität der Songs ging, beschlich sie manchmal das Gefühl, er wolle ihr durch das Ersetzen von Arturs Gesangsparts etwas wegnehmen, auf das er keinen Anspruch hatte. Nach einigem Hin und Her waren sie nun eigentlich zu dem Kompromiss gelangt, Arturs Gesang lediglich ein wenig mit Auto-Tune nachzubearbeiten. Das Kazim jetzt auf einmal wieder damit ankam, nervte sie.

»Wieso fängst du wieder damit an?«, entgegnete sie. »Das haben wir doch schon längst geklärt.«

»Ja schon, aber ...«

»Dein Handy«, unterbrach ihn Nejla und deutete auf den Couchtisch.

Kazim sah auf das Display, seufzte und stellte es auf lautlos.

»Gehst du nicht ran?«, fragte Nejla.

»Nee, das ist Hevin.«

»Ich dachte, du stehst auf sie?«

»Schon«, erwiderte Kazim, »aber wenn ich jetzt rangeh', hört sie an meiner Stimme, dass ich einen geraucht hab.«

Nejla machte große Augen.

»Häh?«

»Sie trifft sich nur weiter mit mir, wenn ich aufhöre zu buffen. Sie hat wohl schlechte Erfahrungen gemacht. Ich glaub, einer ihrer Brüder war mal wegen Drogen im Knast, oder so.«

»Und willst du sie jetzt belügen und heimlich weiterkiffen oder hörst du auf?«

»Keine Ahnung«, murmelte Kazim. »Vielleicht schon. Mal schauen wie's läuft.«

Ihr Gespräch wurde von der Türklingel unterbrochen.

»Tengis«, sagte Nejla und ging zur Tür.

»Er ist ein spezieller Typ, aber du wirst dich gut mit ihm verstehen«, versicherte Nejla. »Er hat krasse Kameraskills und außerdem kifft er mindestens so viel wie du.«

Schelmisch zwinkerte sie Kazim zu.

»Aber du hörst ja jetzt auf!«

Kazim seufzte.

Nejla schien mit ihrer Einschätzung richtig zu liegen. Tengis hatte sein Powerbook G4 Aluminium mitgebracht und Kazim, der auf die DJ-Software *Serato Scratch Live* umsteigen wollte, startete sofort ein Fachgespräch über die Vor- und Nachteile verschiedener Laptops und Betriebssysteme. Als er sich nach einer halben Stunde verabschiedete, begannen Nejla und Tengis, die alten Videoaufnahmen durchzusehen, die sie zusammengetragen hatte. Sie stammten hauptsächlich von ihr, Arturs Laptop und Festplatten sowie von Jomi, einem von Arturs Skate-Kumpeln, der ihr seine alten Camcorder-Aufnahmen von gemeinsamen Skatetrips und Partys gegeben hatte. Nejla hatte sie sich schon ein paarmal allein angeschaut und sich bei Arturs Anblick jedes Mal die Seele aus dem Leib geheult.

Auch jetzt, da Tengis neben ihr saß, kostete es sie große Mühe, sich zusammenzureißen. Immer wieder wandte sie sich ab und wischte sich Tränen aus den Augen.

»Da ist schon einiges an Material dabei«, verkündete Tengis schließlich. »Aber es wird schwer, das an ein bestimmtes Songthema anzupassen. Außerdem müssen wir auf Performance-Szenen verzichten. Das heißt, wir machen eher so Collagen-Style und Atmo-Shots, die die Stimmung des Songs unterstützen. Kannst du mir ein paar Sachen vorspielen?«

Nejla nickte.

Nachdem sie einiges angehört hatten, entschieden sie sich für den Song *Herbst*. Mit seiner melancholischen Atmosphäre und seinem retrospektiven Charakter eignete er sich für eine Videocollage. Außerdem gefiel Tengis der Beat des unfertigen Battle-Tracks *Uncut* so gut, dass er versprach, dazu ebenfalls etwas zusammenzuschneiden.

»Gib mir die zwei Songs und das Videomaterial und lass mich mal machen«, verkündete er schließlich. »Mit Kazim können wir auch noch ein paar Shots aufnehmen und zur Not besorgen wir uns ein Artur-Double. Das stecken wir dann in 'ne Jacke mit Kapuze und filmen es von hinten.«

»Echt? Cool!«, rief Nejla begeistert. »Danke, dass du uns hilfst!«

Tengis hatte neben seinem Studium einige professionelle Kamerajobs und sie hatte nicht damit gerechnet, dass die Rap-Videos für ihn so eine Priorität hatten, zumal sie ihm keinerlei Gegenleistung anbieten konnten.

»Kein Ding«, meinte Tengis.

Dankbar schloss sie ihn in die Arme, wobei ihr vor Rührung beinahe wieder die Tränen kamen.

Verdammt, dachte sie. Was ist heute nur mit mir los?

Wie lange hatte sie niemanden mehr umarmt? Keine flüchtige Umarmung zur Begrüßung, sondern eine richtige Umarmung, bei der man sein Gegenüber innig an sich drückte. Dilek, bei ihrer Verabschiedung? Kazim, als er aus dem Knast gekommen war?

Tengis war ein paar Zentimeter kleiner als sie und relativ schmächtig. Während sie ihn umarmte, spürte sie deutlich seine kantigen Schulterknochen. Sein Pullover roch nach einer Mischung aus Schweiß, Weichspüler und dem typischen erdig-süßlichen Cannabisaroma.

Es brauchte eine Weile, bis sie bemerkte, dass er ihre Umarmung nicht mehr erwiderte und sein Körper sich zunehmend versteifte.

»Sorry, das ist mir irgendwie unangenehm«, sagte Tengis und machte sich von ihr los. »Ich weiß, du vermisst Artur und alles, aber das ist mir ein bisschen zu viel Nähe. Außerdem steh ich eh nicht auf Frauen.«

Bestürzt starrte Nejla ihn an.

»Aber ... aber, so war das doch nicht gemeint!«, rief sie. »Ich bin dir einfach voll dankbar.«

»Echt?«, wunderte sich Tengis und strich sich mit der Hand übers Gesicht. »Ich dachte, du wolltest ... irgendwie körperlich von mir getröstet werden ...«

»Nee Mann, doch nicht so, ich schwöre!«, beteuerte Nejla mit hochrotem Gesicht.

Tengis seufzte und ließ sich auf die Couch fallen.

»Dann habe ich mich ja ganz umsonst geoutet.«

Nejla schüttelte verwundert den Kopf.

»Meinst du das ernst oder hast du das nur so gesagt?«

»Das war kein Scherz«, murmelte er, ohne sie anzusehen.

»Wieso hast du mir das vorher nie gesagt? Wir sind Freunde. Du weißt doch, dass du mir alles erzählen kannst.«

»Schon«, entgegnete Tengis und zündete sich eine Zigarette an. »Aber ich kann damit nicht so offen umgehen. Hab paar beschissene Erfahrungen gemacht ...«

»In der Mongolei?«

»Vor allem während meiner Zeit in Russland. Es hatte seine Gründe, warum ich nach Deutschland abgehauen bin.«

»Ach, krass. Das war mir gar nicht bewusst. Möchtest du mir davon erzählen?«

»Das ist 'ne lange Geschichte«, sagte Tengis. »Ich hab da in einem Restaurant gejobbt. Irgendwann fanden ein paar Gäste raus, dass ich schwul bin. Ein verdammter *Pidor*, 'ne Schwuchtel. Ja, und dann ging's los ...«

Vergebens wartete Nejla darauf, dass Tengis weitererzählte, doch der zog nur schweigend an seiner Zigarette.

»Ich weiß echt wenig von deinem alten Leben«, sagte sie vorsichtig. »Ich meine von früher, zuhause und so.«

Tengis lachte, doch sein Blick war leer.

»Außer zu meiner Schwester hab ich zu niemandem mehr Kontakt«, sagte er.

Nejla beschloss, nicht weiter nachzubohren, und zündete sich ebenfalls eine Kippe an.

»Hat Artur dir manchmal russische Musik vorgespielt? Kennst du die Rockband Kino?«, brach Tengis nach einer Weile das Schweigen.

»Hmm«, machte Nejla und runzelte ihre Stirn. »Ja, ich glaube, er hat mir mal was von denen gezeigt.«

»Ganz bestimmt«, ereiferte sich Tengis. »Das war in den Achtzigern die sowjetische Kultband überhaupt! Der Frontman hieß Viktor Tsoi. Der war wie so 'ne Mischung aus Bruce Lee, James Dean und Bob Dylan. Starb mit achtundzwanzig auf dem Höhepunkt seiner Karriere bei 'nem Autounfall. Du kannst dir das nicht vorstellen! Er war ein krasser Star damals, so wie Michael Jackson, Kurt Cobain oder Tupac. Als er starb, brachten sich seine Fans reihenweise um!«

War ja klar, dachte Nejla. Natürlich ein beschissener Autounfall.

Tengis begriff offenbar, was seine Geschichte bei ihr auslöste, denn er machte eine kurze Pause und senkte den Blick.

»Auf jeden Fall habe ich während meiner Zeit in Sankt Petersburg seinen Sohn kennengelernt, Sascha. Ungefähr unser Alter. Netter Kerl.«

»Hattest du was mit ihm?«

Tengis schüttelte den Kopf.

»Nee«, sagte er. »Aber er hielt seine Identität mindestens genauso geheim wie ich meine sexuelle Orientierung. Er hat sogar seinen Nachnamen geändert. Dass er Viktor Tsois Sohn war, hab ich erst später erfahren. Ich war auf 'ner Party von einer Freundin. Wir haben Fliegenpilztee getrunken und waren total dicht. Irgendwann hat Sascha mir auf der Gitarre einen Song vorgespielt. An eine Zeile kann ich mich noch genau erinnern: *das Flüstern zwischen uns ist wie ein Schrei* ... Diese Zeile hat voll ins Schwarze getroffen. Und ich dachte nur so, wer spricht da gerade zu mir?«

Tengis nahm den Block vom Tisch und betrachtete die Tags, die Kazim darauf gekritzelt hatte.

»Sascha konnte auch krass zeichnen. An diesem Abend hat er ständig irgendwelche verrückten Gesichter gekritzelt. Na ja, vielleicht kam's mir auch nur so vor wegen der Fliegenpilze.«

Tengis holte sein Gras hervor und drehte sich einen.

»Ich hab damals als Beleuchter bei den ersten Musikvideos für so 'ne russische Goth-Band mitgeholfen, Sascha ist mittlerweile bei denen Gitarrist.«

Tengis öffnete Youtube auf seinem Laptop und zeigte ihr verschiedene russische Musikvideos. Der Sound und die Ästhetik erinnerten sie an die jugoslawischen Bands aus der Plattensammlung ihres Vaters.

»Dieser Viktor Tsoi hat ja echt bisschen was von Bruce Lee«, meinte Nejla, als sie ein altes Video von Kino anschauten. »Sieht gar nicht aus wie ein Russe.«

»Die Familie seines Vaters stammt aus Korea«, erklärte Tengis. »Viktor Tsoi spielt auch die Hauptrolle in einem Film. Igla, ›die Nadel‹, so 'ne Outsider-Story. Willst du ihn sehen? Ich hab ihn auf'm Rechner.«

Nejla nickte. Dieser Viktor Tsoi erinnerte sie vom Typ her an Artur. Auch wenn sie äußerlich sehr unterschiedlich waren, hatte er anscheinend dieselbe melancholische, introvertierte Art. Und beide waren jung gestorben.

Tengis startete den Film. Da er keine Untertitel hatte, übersetzte er ihr das Wichtigste. Der Film hatte eine sehr eindrückliche Bildsprache, die einen unmittelbar in den Bann zog, auch wenn man nicht alles verstand.

Tengis hatte seinen Joint im Aschenbecher geparkt und zündete ihn zwischendurch immer wieder an. Der Rauch im Zimmer machte Nejla zunehmend schläfrig. Während Tengis mit unveränderter Konzentration auf den Bildschirm starrte, döste sie zwischendurch immer wieder weg.

Die Bilder aus dem Film vermischten sich mit ihren Träumen. Ein Mann in Schwarz und eine Frau in Weiß liefen durch eine kahle, sandige Einöde. Über ihnen brannte die Sonne vom Himmel. Plötzlich erschien wie aus dem Nichts ein verlassenes Schiff vor ihnen.

Was für ein Glück, dachte Nejla noch, als der Mann auf das Schiff in der Wüste kletterte. Wir sind gerettet.

How can it feel, this wrong

Vergebens drückte Bobby auf die Klingel.

»Alter, wie kann man bloß so eine herzlose Bitch sein«, murmelte er.

Letzte Woche war zwischen Dilek und ihm endlich mal wieder alles gut gewesen. Der Sommer war da, das Wetter richtig geil und Dilek hatte ihre letzte Klausur geschrieben. Also hatte er sie direkt von der Uni abholt und war mit ihr zum Heiligen See gefahren. Nachdem sie dort einen entspannten Badetag verbracht hatten, waren sie in Kreuzberg unterwegs gewesen und hatten sich wie früher einfach durch die Nacht treiben lassen. Am Ende des Abends hatten sie auch noch richtig leidenschaftlichen Sex gehabt.

Und am Morgen dann plötzlich das komplette Gegenteil: Ohne Grund war sie voll kühl und genervt. Verwundert hatte er gefragt, was los sei, und sie hatte nur abgeblockt und gesagt, dass sie die nächsten Tage für sich brauche, um sich vom Unistress zu erholen. Dabei hatten sie sich schon in der Klausurenphase kaum gesehen.

Schön und gut, sagte er sich. Die Zeit hab ich ihr gegeben. Aber gestern rufe ich sie zum ersten Mal seit drei Tagen an und dann drückt sie mich weg und schickt mir bloß diese kurze SMS! *Melde mich, wenn's passt.* Was denkt die denn?! Dass ich die ganze Zeit warte, bis es ihr zur Abwechslung mal in den Kram passt? Dass ich wie ein Hund direkt wieder angelaufen komme? Als ob ich selbst nichts Besseres zu tun hätte.

Doch hier stand er nun vor verschlossener Tür wie ein Hund, der auf sein Frauchen wartet. Diese Einsicht machte ihn noch wütender. Wie konnte er nur so ein Opfer sein? Doch ohne ihre Liebe war diese Welt grau und bedeutungslos. Nichts ergab Sinn, auf nichts hatte er Bock. Er bekam sie einfach nicht aus seinem Kopf. Diese großen grünen Augen, ihr Lächeln, der Duft ihrer Haut waren wie eine Droge, von der er einfach nicht loskam. Er konnte bloß versuchen, sich abzulenken, die Zeit totzuschlagen und hoffen, dass die nächste Dosis nicht so lange auf sich warten ließ.

Keine gute Basis für eine gesunde Beziehung. Darüber war er sich selbst im Klaren. Aber was sollte er tun? Immer wieder fiel er in diesen verfickten Abgrund oder wurde von ihr hineingestoßen. Manchmal beschlich ihn das Gefühl, sie genoss diese Macht über ihn und tat es bewusst.

Genauso wie die Sache mit dem Schlüssel: Erst hatte sie ihm den Schlüssel zu ihrer Wohnung gegeben und gesagt, er könne jederzeit vorbeikommen. Er solle sich bei ihr wie zuhause fühlen. Dann hatte sie ihm den Schlüssel während eines Streits wieder weggenommen und letztens meinte sie, er dürfe ihn zwar wiederhaben, allerdings wolle sie nicht, dass er, ohne vorher Bescheid zu sagen, bei ihr aufkreuze. Aber warum hatte er ihn dann überhaupt? Und weshalb musste er sie vorwarnen? Gab es etwa jemand anderen? Betrog sie ihn?

In letzter Zeit dachte er das oft. Besonders seitdem sie für diese Politikerin arbeitete. Ständig bekam sie irgendwelche Anrufe, versetzte ihn oder musste spontan los. Benutzte sie ihren Job nur als Ausrede für eine Affäre oder lief da vielleicht sogar etwas zwischen ihr und dieser Aylin? Immerhin machte Dilek ab und zu Anspielungen, dass sie auch auf Frauen stehen würde.

Bobby holte Dileks Wohnungsschlüssel heraus und schob ihn langsam in das Türschloss.

Im Flur war es still. Tatsächlich schien sie nicht zuhause zu sein.

Wie kannst du es wagen, Alter, du bist echt das Letzte, sagte eine Mini-Dilek in seinem Kopf. Obwohl sie ihm den Schlüssel gegeben hatte, kam er sich wie ein Einbrecher vor. Oder einer dieser Auftragskiller, die mit gezogener Knarre hinter dem Vorhang stehen und darauf warten, dass ihr Opfer nach Hause kommt.

Er zog die Schuhe aus und ging ins Wohnzimmer. Auf dem Couchtisch stand die Kaffeetasse, die er ihr einmal geschenkt hatte. Auf der Tasse war

Buttercup, das grüne Powerpuff-Girl, abgebildet. Daneben ein mit Sonnenblumenschalen und Kippenstummeln überquellender Aschenbecher und ein Taschenbuch von Oya Baydar.

Vor der geschlossenen Schlafzimmertür hielt er inne und zögerte.

»Hallo ... Dilek?«

Seine Stimme klang seltsam heiser. In seinem Kopf erschienen alle möglichen Betrugsszenarien. Mit klopfendem Herz drückte er die Klinke herunter.

Das Zimmer war leer, das Bett gemacht. Auf dem Sessel daneben lag getragene Kleidung.

Erleichtert atmete er auf und setzte sich an ihren Schreibtisch.

Mit Genugtuung bemerkte er, dass der Notizzettel mit der Graffitiskizze und seiner Telefonnummer noch immer an der Wand hing. Der Zettel war so etwas wie sein erster Liebesbrief an sie gewesen. In der Hoffnung, Dilek würde sich bei ihm melden, hatte er ihn damals ihrer Arbeitskollegin in die Hand gedrückt.

Auf dem Schreibtisch stapelten sich Seminarreader, Vorlesungsmitschriften und Bücher aus der Unibibliothek. Dazwischen entdeckte er den Terminplaner, den er ihr zum Semesterstart geschenkt hatte. Neben ihrem Unistundenplan und ihren Arbeitszeiten trug sie auch private Verabredungen, Events, Geburtstage und Film- oder Buchtipps darin ein. Sie benutzte sogar verschiedene Farben. Allerdings war Bobby sich nicht sicher, ob sie dabei willkürlich auswählte oder einem speziellen System folgte. Neugierig ging er die Woche durch. Am Montag war ein Termin mit Aylin eingetragen. Die folgenden Tage waren leer, doch heute gab es wieder einen Eintrag: *Kaffee mit Jan*. Und daneben hatte sie mit rotem Fineliner eine dampfende Kaffeetasse gezeichnet.

»What da fuck, Alter!«, rief Bobby. »Wer zur Hölle ist Jan?«

Im Kopf ging er die Namen ihrer Bekannten durch, doch egal, wie sehr er versuchte, sich zu erinnern, er kam auf niemanden, der Jan hieß.

Mit zitternden Händen holte er sein Handy hervor und schrieb Dilek eine SMS.

Na du, was machste heute?
Wollen wir uns sehen?

Alter, was soll die Scheiße, dachte er sich. Will Zeit für sich, meldet sich nicht, aber dann trifft sie irgendeinen verfickten Jan?! Was für 'ne miese Verarsche!

Außerstande einen klaren Gedanken zu fassen, lief er aufgeregt hin und her. Kurz darauf vibrierte sein Handy.

Eine SMS von Dilek:

Hey, bin in der Unibib
Hausarbeit vorbereiten.
Weiß noch nicht, ob ich heute Abend
Lust habe. Meld mich noch mal.

Sie lügt eiskalt! Was für eine Schlampe, dachte er sich. Wütend kickte er ihren Schreibtischstuhl um und fegte ein paar Bücher vom Tisch. Dann hob er den Terminplaner wieder auf, nahm sich einen Stift und schrieb neben ihre Verabredungsnotiz mit Jan:

und eine verlogene Bitch sein!!!

»Die wird sich noch wundern«, murmelte er und stürmte aus der Wohnung.

Anstatt sich zu beruhigen, wuchs mit jedem Schritt seine Wut. Die Umgebung flog an ihm vorbei, ohne dass er irgendwas wahrnahm. Alles woran er denken konnte, war Dilek, die in irgendeinem Café saß, unschuldig mit ihren großen grünen Augen klimperte und über einen dämlichen Witz lachte, mit dem dieser Hurensohn-Jan bei ihr punkten wollte. Oder schlimmer noch: Sie war zuhause bei diesem Wichser.

Ich fahr zur Uni, dachte er sich und lief zur U-Bahn. Und wenn sie nicht da ist, ruf ich sie an und stelle sie zur Rede.

Während der Fahrt ging er verschiedenste Szenarien durch und überlegte, was er ihr sagen würde. Als er schließlich in Griebnitzsee am Uni-Campus aus der S-Bahn stieg, wurde er plötzlich unsicher. Was, wenn sie wirklich in der Unibibliothek saß? In diesem Fall stünde er wie der letzte Idiot da.

Scheiß drauf, sagte er sich und betrat das Gebäude. Kaffee mit Jan heißt, dass sie sich heimlich mit irgendwem trifft.

Nachdem er erfolglos die Abteilung für Politikwissenschaften und Soziologie durchgekämmt hatte, suchte er im Rest der Bibliothek. Weit und breit keine Spur von Dilek.

Wusste ich's doch, dachte er und ging zur Mensa.

Vom Eingang aus ließ er den Blick durch den Raum schweifen. Die meisten Tische waren leer, aber hier und dort saßen ein paar Studis. Als er schon fast wieder gehen wollte, viel sein Blick auf ein Pärchen, das etwas abseits saß.

Sofort erkannte er Dileks schulterlangen schwarzen Haarschopf mit den lila Strähnen, die sie sich erst vor ein paar Wochen hatte machen lassen. Bobby kniff die Augen zusammen und fixierte den Typen, der Dilek gegenübersaß. Von irgendwoher kam ihm diese beschissene Fresse bekannt vor. Aber woher bloß?

Kurz darauf machte es Klick.

Das ist doch dieser Bubi, mit dem sich Dilek damals beim Studi-Sekretariat unterhalten hat, als ich dabei war!, dachte er.

Ein elektrisches Kribbeln erfasste seinen gesamten Körper. Sein Ziel nicht aus den Augen lassend, bahnte er sich im Terminator-Modus den Weg zwischen den Tischen hindurch. Aber nicht wie das nette

Arnold-Schwarzenegger-Modell, nein, er war der böse T-1000 aus dem zweiten Teil. Der Kerl, der seine Hände zu allen möglichen Waffen verformen konnte und sich, selbst wenn er zerschmettert wurde, immer wieder zusammenfügte. Aber so sehr er es sich auch wünschte, die Spitzen seiner Finger wollten sich einfach nicht in blitzende Dolche verwandeln und die Schweißflecken auf seinem T-Shirt bestanden nicht aus flüssigem Metall.

Dilek saß mit dem Rücken zu Bobby, sodass sie ihn nicht kommen sah. Erst als er fast bei ihnen war und Dileks Gegenüber verwundert in Bobbys Richtung starrte, wandte auch sie sich um.

»Bobby«, rief sie überrascht. »Was machst du denn hier!?«

»Was ich hier mache?«, erwiderte Bobby. »Alter, was machst du denn bitte hier?! Meldest dich seit Tagen nicht und dann hältst du hier Händchen mit irgendso 'nem Hurensöhnchen?«

Die Überraschung in Dileks Gesicht verwandelte sich schlagartig in Abscheu.

»Wie kannst du es wagen, mir hier so in aller Öffentlichkeit eine Szene zu machen!«, zischte sie erbost. »Du bist echt das Letzte, ich schwöre!«

»Alter«, meldete sich das Hurensöhnchen zu Wort und stand von seinem Stuhl auf. »Wie hast du mich genannt!?«

»Junge, du hältst einfach die Fresse!«, rief Bobby.

Eigentlich wollte er ihn nur zurück auf seinen Stuhl schubsen, doch der Stoß war so heftig, dass Jan mitsamt dem Stuhl über den Linoleumboden der Mensa schlidderte.

»Lass ihn in Ruhe«, schrie Dilek und schlug ihm mit den Fäusten auf die Schulter.

In der Mensa war es still geworden. Entgeistert sahen die anderen Gäste zu ihnen herüber. Am Nachbartisch standen zwei Typen auf und versuchten, sich Bobby zu nähern.

»Packt mich ja nicht an!«, rief Bobby. »Ich geh ja schon.«

Dilek folgte ihm. Ihre Augen funkelten und über ihr wütendes rotes Gesicht liefen Tränen.

»Du Psycho, Alter! Du tickst doch nicht mehr richtig, ich schwöre, das geb' ich mir nicht mehr!«

»Psycho?«, rief Bobby und dreht sich zu ihr um. »Wer spielt denn hier die ganze Zeit Psycho-Games und verarscht mich?! Du scheißt doch auf mich!«

»Du bist der, der sich wie der letzte Dreck verhält! Ich schwöre, so scheiße hat mich niemand behandelt, seit ich von zuhause abgehauen bin!«

»Das ist Schwachsinn«, rief Bobby. »Immer verdrehst du alles! Wer trifft sich denn hier heimlich mit irgendwelchen Typen?«

»Vallah, wie erbärmlich du bist!«, entgegnete Dilek. »Wir haben nur einen Kaffee zusammen getrunken. Aber ganz ehrlich, nach dieser Aktion überleg ich mir, ob ich ihn nicht doch ficke!«

»Fick ihn, fick ihn, du Hure!«, schrie Bobby und warf Dilek ihren Wohnungsschlüssel vor die Füße.

»Verpiss dich, du Bastard! Ich will dich nie wieder sehen. Nie wieder, du schwanzloser Pisser!«, rief Dilek.

Der Zeitpunkt war gekommen, an dem der böse T-1000 seinen Arm in eine glänzende Axt verwandelt und ihr damit den Schädel gespalten hätte. Der coole Arnold-Terminator hätte wenigstens *I'll be back* gesagt.

Aber Bobby schwieg nur.

Alles war im Arsch. Komplette Demontage. Die Trümmer seiner Seele flogen unkontrolliert durcheinander wie die Einzelteile eines kaputten Uhrwerks. Mit bleichem Gesicht wankte er in Richtung S-Bahn.

Als er die Station erreichte, war der Zug gerade abgefahren. Die fünfzehn Minuten, in denen er allein auf der Kante des Bahnsteigs balancierte, fühlten sich an wie die längsten fünfzehn Minuten seines Lebens.

Schließlich kam der nächste Zug. Die Scheinwerfer rasten auf ihn zu wie die leuchtenden Augen eines Ungeheuers, das bereit war, ihn zu verschlingen. Die Bremsen kreischten. Der Zugführer betätigte das Warnsignal. Im letzten Moment trat Bobby einen Schritt zurück.

Kopfnuss

Der letzte Track war im Kasten. Kazim nahm den Kopfhörer ab und wischte sich den Schweiß von der Stirn. Er trug bloß Unterhemd und Basketballshorts, aber trotzdem war es in Nejlas Dachgeschosswohnung verdammt heiß und stickig.

»Alter, ich brauch' bisschen frische Luft«, verkündete er und machte das Fenster auf.

Blaue Stunde, so hatte Tengis diese Tageszeit genannt, als sie neulich zusammen ein paar Aufnahmen für ihr Musikvideo gemacht hatten.

»Die Wohnung ist im Sommer leider voll die Sauna«, stimmte Nejla ihm zu und trat ebenfalls ans Fenster.

Kazim reichte ihr den Drehtabak rüber. Da in der Fensternische nicht viel Platz war, berührten sich ihre nackten Ellenbogen. Nejla trug ein knappes weißes Spaghettiträger-Top. Der hellblaue Push-up-BH darunter betonte die Wölbungen ihrer Brüste. Kazim ertappte sich dabei, wie sein Blick an ihrem Ausschnitt hängenblieb. Beschämt wandte er sich ab und zündete seinen Jointrest an.

»Wolltest du wegen Hevin nicht aufhören zu kiffen?«, erkundigte sich Nejla.

»Schon«, sagte er und pustete den Rauch an ihr vorbei aus dem Fenster. »Ich habe mir gesagt, ich smoke, bis die EP fertig ist, und dann höre ich auf.«

»Aha«, sagte Nejla und machte ein skeptisches Gesicht.

Schweigend sahen sie aus dem Fenster.

Gedämpft hallte der abendliche Altstadtlärm zu ihnen hinauf. Über ihren Köpfen schrien die Mauersegler.

»Nachdem wir heute das Video mit Tengis fertiggemacht haben, sollten wir echt alle zusammen feiern gehen«, meinte Nejla nach einer Weile.

»Yo, mal sehen«, murmelte Kazim.

Früher hatte er nach Partys immer bei Artur und Bobby gepennt, aber jetzt? Etwa bei ihr? Nach allem, was er seinen Eltern und seinen Geschwistern in letzter Zeit zugemutet hatte, konnte er unmöglich irgendwann in den frühen Morgenstunden besoffen nach Hause stolpern.

»Wie sollen wir eigentlich den Track nennen«, wechselte er das Thema.

»Hmm«, überlegte Nejla. »Warum nehmen wir nicht einfach den Namen vom Beat. *Uncut* klingt doch irgendwie passend.«

»Yo, eigentlich schon«, pflichtete er ihr bei.

Gemeinsam hörten sie sich den Song noch einmal an.

»Ist geil geworden«, rief Nejla begeistert, während sie zu dem Song vibten. »Ich kann's kaum glauben, dass jetzt echt alle Songs stehen!«

Kazim drückte seinen toten Joint aus.

»Mir ist da letztens noch so 'ne Songidee gekommen«, sagte er, während er sich auf die Couch fallen ließ.

Nejla sah überrascht auf. Das Lächeln war aus ihrem Gesicht verschwunden und sie wirkte angespannt.

Bis auf ein paar Diskussionen bei Arturs Solosongs waren sie bei der Arbeit an der EP eigentlich immer ein gutes Team gewesen. Doch in letzter Zeit wurde sie schnell ungeduldig und reagierte genervt, wenn er nachträglich noch etwas ändern oder verbessern wollte.

Natürlich verstand er, dass dieses Projekt für Nejla ziemlich belastend und schmerzhaft war. Aber nur weil es für sie so etwas wie eine Therapie darstellte, bei der sie mit Arturs Tod abschloss, bedeutete das noch lange nicht, dass die Platte fertig war, nur weil sie es sagte.

Ein rundes Arrangement und ein guter Mix brauchten Zeit. Manchmal musste man etwas ein bisschen ruhen lassen, um sich dann noch mal dranzusetzen. Und ab und zu hatte man in der Zwischenzeit auch noch eine bessere Idee oder verstand endlich die wahre Essenz eines Songs. Das war doch nicht nur beim Musikmachen so. Sie musste das doch auch aus ihrem Kunst- und Designstudium kennen.

Sie ist zu sehr auf ihrem eigenen Film, dachte er. Aber am Ende des Tages sind das Arturs und meine Songs.

Nejla seufzte laut.

»Wie jetzt?! Wir haben uns doch längst auf die Tracklist geeinigt. Wenn du unbedingt willst, können wir später noch 'ne Single rausbringen.«

»Ja, schon«, entgegnete Kazim. »Aber hör' es dir doch erst mal an.«

Nejla sah ihn mit hochgezogenen Augenbrauen an.

»Letztens hing ich abends bisschen bei MySpace rum und hab mit paar Rapper-Kollegen geschrieben. Die wollten wissen, was bei uns geht. Ich hab ihnen von dem Shit mit Artur erzählt ...«

»Und?«

»Da kam mir die Idee für 'nen krassen Rest-In-Peace-Song für Arturo. *Arturo 4eva* oder so. 'ne Abschiedscypher für ihn. Und alle droppen einen kurzen Part, jeder nur so vier Bars.«

Nejlas Gesicht hellte sich wieder ein wenig auf. Offenbar schien ihr der Gedanke zu gefallen.

»Ich bin bei MySpace mit einigen Leuten connected. Nicht nur in Deutschland, sondern weltweit. Da ist zum Beispiel dieser eine Typ aus London, heftiger Rapper, dem Artur Beats schicken wollte. Dann sind da noch diese Jungs vom Balkan und einer aus Venezuela. Der hat 'nen krassen Flow auf Spanisch ...«

»Okay«, unterbrach ihn Nejla. »Ich finde die Idee cool.«

»Echt?«, fragte Kazim überrascht. Damit hatte er nicht gerechnet.

»Ja«, antwortete sie. »Lass uns einen von Arturs Beats auswählen und dann verschicken wir an alle 'ne Rundmail.«

»Cool!«

»Aber wir brauchen 'ne Deadline. Wenn wir tatsächlich Ende Oktober eure EP releasen wollen, dann müssen wir spätestens einen Monat vorher alle Files haben.«

»Yo, kriegen wir hin.«

»Ich mein's ernst. Du weißt doch, wie's ist. Viele labern erst groß rum und dann kommt nix. Alle, die bis Ende September nix abliefern, sind raus.«

»Ach, notfalls können wir doch auch im November releasen«, erwiderte Kazim, obwohl sie eigentlich recht hatte.

Nejla ging die Sachen richtig an. Sie legte genau die Professionalität und Zielstrebigkeit an den Tag, die Artur und ihm früher oft gefehlt hatte. Trotzdem ging ihm ihre bestimmende Art ein bisschen auf den Sack. Und er sah nicht ein, dass sie schon wieder das letzte Wort haben musste.

Nejla wollte gerade etwas sagen, da klingelte es an der Tür.

Gutes Timing, dachte er sich.

Während Nejla zur Tür ging, fischte er die Reste aus der Pringles-Packung, die neben der Couch stand.

Tengis wollte heute vorbeikommen und ein fertiges Video mitbringen. Die Rohversion war schon ganz cool gewesen. Der allgemeine Vibe hatte gestimmt, aber einige Schnitte und Einstellungen hatten Kazim noch nicht gefallen. Außerdem war er gespannt auf das Colour Grading.

»Ich saß gestern die ganze Nacht an eurem Video«, verkündete Tengis, als er hereinkam. »Ich hoffe, du hast mir den Zwanni mitgebracht.«

»Na, logo«, bestätigte Kazim und warf ihm das in Frischhaltefolie eingewickelte Gras zu.

Die Vorfreude auf das fertige Video ließ Kazim und Nejla die vorherige Diskussion vergessen.

»Tengis, du bist der Beste!«, rief Nejla und quetschte sich neben ihn und Kazim auf die Couch.

Tatsächlich war das Video richtig gut geworden: Die Schnitte hatten einen schönen Flow, die nachgedrehten Szenen passten perfekt zum alten Videomaterial und der Farb-Look kam auch cool.

Allein mit einer Szene konnte Kazim sich nach wie vor nicht anfreunden. Schon beim ersten Sehen war sie ihm aufgefallen und mit jedem weiteren Mal störte sie ihn noch mehr.

»Bıra«, wandte er sich an Tengis. »Spul noch mal zurück zu eine Minute noch was.«

Tengis machte ein fragendes Gesicht, sagte aber nichts und bewegte den Cursor zurück. Abermals sahen sie die Szene.

»Fällt euch nichts auf?«, wunderte er sich.

»Nö, was denn?«, fragte Nejla.

»Guckt euch doch mal meine Fresse an, wo ich aus der Bahn aussteige. Da seh ich doch voll wie so'n Piti aus. Und mein Arm ist so komisch angewinkelt und kurz, wie bei dem Butler in *Scary Movie*, Alter, der seinen Finger in den Truthahnarsch steckt!«

»Häh?«, meinte Nejla. »Mir fällt da nichts auf.«

»Bro, du siehst da doch gut aus«, sagte Tengis, während er Kazim den Joint aus der Hand nahm, um selbst daran zu ziehen.

»Nee, nee«, entgegnete Kazim. »Ich mag nicht, wie ich da kucke.«

»Alles gut«, beruhigte ihn Tengis mit einem sanften Lächeln. »Wir haben genug Material. Wenn dir der Take nicht gefällt, nehmen wir ihn aus.«

Während Tengis sich daran machte, die Szene auszutauschen, bekam Nejla einen Anruf.

»Sorry, Jungs«, verkündete sie, nachdem sie aufgelegt hatte. »Im Mellow Gold ist jemand ausgefallen und ich muss einspringen. Aber ihr schafft das sicher auch ohne mich. Kommt doch einfach rüber, wenn ihr fertig seid. Dann stoßen wir auf das fertige Video an!«

Ehe Kazim etwas erwidern konnte, hatte sie Zigaretten und Schlüssel in ihre Handtasche gestopft und war aus der Wohnung gestürmt. Tengis kauerte schweigend an seinem Laptop und starrte auf den Bildschirm.

Kazim war zum ersten Mal mit ihm allein. Abgesehen von ihrer Arbeit am Video hatten sie sich bisher kaum unterhalten. Eigentlich schien Nejlas Studiokollege in Ordnung zu sein. Tengis war bewusst, was er konnte, und zog sein Ding durch. Aber irgendetwas an seiner Art war ein bisschen komisch.

Gemeinsam gingen sie verschiedene Takes durch. Nach einer Weile hatten sie eine Einstellung gefunden, die Kazim gefiel. Während die neue Videoversion exportiert wurde, holte Kazim seinen Weed-Rest raus und drehte noch einen.

»Ich schau mal, wo Nejla ihren Sliwowitz versteckt hat«, verkündete Tengis und verschwand in der Küche.

Kurze Zeit später kam er mit zwei Schnapsgläsern und einer PET-Flasche wieder. Die Flasche war zu einem Viertel mit einer klaren, leicht gelblichen Flüssigkeit gefüllt.

Tengis füllte die Gläser bis zum Rand und bot ihm eines an.

»Komm schon, auf unser fertiges Video«, rief Tengis, als Kazim zögerte.

»Okay, weil du's bist«, lenkte Kazim ein. »Aber nur einen.«

Zügig kippte er den Inhalt des Glases hinunter. Das Zeug brannte so stark, dass ihm Tränen in die Augen stiegen. Nach einer Weile verwandelte sich das Brennen in eine angenehme Wärme.

»Stehst du eigentlich auf Nejla?«, fragte Tengis unvermittelt.

»Sorry, was hast du gefragt?!«, entfuhr es Kazim, der nicht glauben konnte, was er soeben gehört hatte.

»Ich wollte wissen, ob du in Nejla verliebt bist«, wiederholte Tengis die Frage und zog gelassen an seinem Joint.

»Quatsch. Junge, wie kommst du darauf?!«

»Nur so. Nejla ist doch eine coole Frau und sieht ziemlich gut aus.«

»Nee Mann, echt nicht. Ich steh nicht auf die. Sie ist nur 'ne gute Freundin.«

»Bist du vergeben?«

»Nee«, sagte Kazim.

»Echt?«, sagte Tengis. »Verstehe ich nicht. Du bist Rapper, siehst gut aus und so. Bestimmt rennen dir die Frauen hinterher.«

»Was weiß ich, Alter«, wehrte Kazim ab. »Das interessiert mich gerade nicht so.«

»Okay«, sagte Tengis lächelnd.

Alter, was fragt der mich hier plötzlich so aus, wunderte sich Kazim.

Er fühlte sich auf unangenehme Weise bloßgestellt. Aber warum? Ihm fiel wieder ein, wie Nejla und er vorhin am Fenster gestanden hatten. Immer wieder hatten sich ihre Ellenbogen flüchtig berührt. Da war dieses Kribbeln gewesen. Und dann der Blick in ihren Ausschnitt. Stand er vielleicht doch auf sie? Aber was interessierte sich Tengis dafür?

»Gib mal langsam wieder den Joe rüber«, sagte Kazim und streckte die Hand aus.

»Soll ich dir 'ne Kopfnuss geben?«, fragte Tengis.

»Was für 'ne Kopfnuss, Mann?«, wunderte sich Kazim.

»'ne Kopfnuss, du weißt schon«, erklärte Tengis und steckte sich den Joint verkehrtherum zwischen die Zähne.

»Nee Mann, ich rauch so.«

Doch Tengis gab ihm den Joint nicht zurück.

»Komm schon«, beharrte er.

Was hat der plötzlich mit dieser Kopfnuss? Sowas macht man mit siebzehn hinter der Turnhalle, dachte Kazim genervt.

Schließlich lenkte er ein und beugte sich zu Tengis hinüber. Doch als er die Lippen spitzte und versuchte zu inhalieren, war der Joint plötzlich verschwunden.

Stattdessen trafen Tengis' Lippen auf seine.

»Junge, kommst du noch klar?!«, rief er und zuckte zurück.

Tengis strich sich die Haare aus dem Gesicht und lächelte ihn schief an.

»Is' ja gut, is' ja gut«, entgegnete er. »Hast du noch nie jemanden geküsst?«

»Was denkst du von mir, Alter. Hältst du mich etwa für 'ne Schwuchtel?!«

»Und wenn schon«, sagte Tengis. Sein Lächeln hatte plötzlich etwas Maskenhaftes. »Ich empfange auf jeden Fall gewisse Signale von dir.«

»Von mir?!«, rief Kazim außer sich. Er stand auf und streckte ihm drohend die Faust entgegen. »Ich schwöre, wenn du weiter so 'ne Scheiße laberst, tick ich dir eine!«

»Wie bist du denn drauf?«, entgegnete Tengis. »Entspann dich mal.«

»Junge, verpiss dich!«, rief Kazim und gab Tengis einen Schubser, sodass dieser nach hinten taumelte.

»Fass mich nicht an, Mann«, flüsterte Tengis.

Ohne ein weiteres Wort klappte er seinen Laptop zu, nahm seinen Rucksack und verließ Nejlas Wohnung.

Kazim stand wie erstarrt da. Noch immer konnte er nicht fassen, was sich in den letzten Minuten abgespielt hatte.

»Wul te behata«, murmelte er schließlich und sank zurück auf die Couch.

Jetzt brauchte er erst mal was zu rauchen. Vergebens schweifte sein Blick durch das Zimmer. Tengis hatte sein Gras mitgenommen und sein eigenes hatte Kazim schon weggeraucht. Sogar sein Tabak war alle.

Seufzend zündete er sich die halbe Mischekippe an, die noch auf dem Couchtisch lag.

So eine Scheiße, dachte er, als seine Wut langsam abflaute. Was soll ich bloß Nejla sagen? Und was wird Tengis ihr erzählen? Vielleicht habe ich zu krass reagiert. Aber was quatscht der mich plötzlich so komisch voll? Und was sollte dieser Move?! Versucht der einfach mich zu küssen!

Ein großer Nachtfalter war durch den Fensterspalt hereingeflogen. Nachdem er eine Weile laut flatternd im Lampenschirm herumgekreist war, landete er auf Arturs altem Schreibtisch. Neben dem Computermonitor stand noch immer ein Foto von ihm und Kazim. Nejla hatte es gemacht. Während ihres letzten Konzerts in Berlin. Kazim hatte sein Mikro in der Hand und das Scheinwerferlicht fiel ihm direkt ins Gesicht. Artur stand etwas versetzt neben ihm im Halbdunkel, eine silhouettenhafte Gestalt mit Cap, die ihre Hand Richtung Publikum streckt. Der eine im Licht, der andere im Schatten. Jing und Jang, zwei Brüder wie Tag und Nacht, aber harmonisch miteinander vereint.

»Warum kannst du nicht hier sein, Bıra«, murmelte Kazim. »Schwöre, alles würde anders laufen. Und mein Kopf wäre nicht so gefickt.«

Die Kippe war schon bis zum Filter abgebrannt und roch nach Plastik. Kazim drückte sie aus, schloss das Fenster und schaltete das Licht aus.

Als er in der Dunkelheit an der Haustür stand, spielte er kurz mit dem Gedanken Nejla eine SMS zu schreiben. Doch dann ließ er sein Handy wieder in der Tasche verschwinden und schloss leise die Tür.

No Good Remix – Tattoos

Bobby stellte einen leeren Getränkekasten auf den Stapel vor sich und blickte auf seine silberne Casio. 4.30 Uhr, noch ungefähr eineinhalb Stunden bis zum Ende seiner Runnerschicht. Hinter den Getränkekästen ertönte ein lautes Schnupfgeräusch.

»René?«, flüsterte er und schaute hinter den Stapel.

Renè kauerte auf allen Vieren auf dem Boden. So wie er seinen Arsch dabei in die Luft streckte, könnte man denken, er mache japanische Liegestütze, dachte Bobby. Wäre da nicht dieser Teller gewesen, den er schnell in den Hohlraum der Holzpalette schob.

»Bobby, Alter, hast du mich erschreckt«, rief René und verzog sein Gesicht zu einem Grinsen. »Willst du auch ans Buffet?«

Behutsam holte er den Teller wieder hervor. Auf der weißen Keramikoberfläche befand sich ein Dutzend säuberlich zusammengeschobener Lines.

»Yo, gib ma' rüber«, antwortete Bobby und nahm den Teller entgegen.

»Hey«, sagte René, »ist es okay, wenn ich die Neue von der Theke auf 'ne Line einlade?«

»Meinst du die Blonde mit den kurzen Haaren?«

»Ja, Mann, Lilly!«, rief René begeistert. »Die ist so hot, Alter! Sie meinte eben zu Emma, dass sie voll Bock hat, später noch feiern zu gehen! Bist du auch am Start?«

»Hmm, weiß nicht«, antwortete Bobby. »Lasst mir auf jeden Fall noch zwei übrig.«

»Na logo, Dicker«, versprach René und ließ den Teller im Versteck verschwinden.

»Bobby, René! Wo bleibt der verfickte Nachschub?«, schallte die Stimme des Barchefs durch das Lager.

»Kommt«, rief René.

Bobby wuchtete zwei frische Becks-Kisten vom Stapel und machte sich auf den Weg. Je weiter er den Flur hinunterlief, desto lauter wurde das Wummern der Bässe. An diesem Abend wurde nur D&B und Dubstep aufgelegt.

That's no good for me
I don't need nobody
Don't need no one
That's no good for me

Bobby erkannte den Refrain sofort. Das war der Chase & Status Remix von Plan Bs *No Good* mit Benni G. Der Song war manchmal gelaufen, wenn er mit Dilek feiern war. Wie lange hatte er den schon nicht mehr gehört? Zum ersten Mal achtete er auf die Lyrics.

Wie passend, dachte er sich.

Fast zwei Monate waren vergangen, seitdem sie Schluss gemacht hatten, doch es ging ihm immer noch genauso beschissen wie in den ersten Tagen. Ein paarmal hatte er versucht, sie anzurufen. Meistens wenn er voll drauf oder besoffen gewesen war. Aber sie war nie rangegangen und hatte schließlich seine Nummer blockiert.

Wie kann sie jemandem, dem sie ihre Liebe geschworen hat, einfach komplett aus ihrem Leben rauscutten, als ob es ihn nie gegeben hätte? Wie kann sie so kalt sein?, fragte er sich.

Doch egal, was er auch tat, er konnte nichts daran ändern. In seiner Ohnmacht hatte er wieder angefangen, Graffiti zu malen. Hauptsächlich an der S-Bahnlinie nach Potsdam. Denn er wusste, dass Dilek dann auf dem Weg zur Uni seine Pieces sehen würde. Ob sie nun wollte oder nicht. Manchmal, wenn er betrunken und voll im Emo-Modus war, hatte er irgendwelche peinlichen Sachen daneben geschrieben, die eigentlich ihr galten. Sowas wie *Fuck all ya!*, *No love in the city*, *It's a Cold World* oder *Life's a Bitch*.

René hatte ihm erzählt, dass er Dilek vor zwei Wochen mit irgendwem in der Schlange am Eingang gesehen hatte. Doch Bobby konnte nicht so recht glauben, dass sie tatsächlich hier aufgekreuzt war. Dilek hatte deutlich gemacht, dass sie nichts mehr mit ihm zu tun haben wollte. Wieso sollte sie also in den Club kommen, in dem er arbeitete?

Aber falls das doch mal passieren sollte und sie bringt auch noch diesen Hurensohn aus der Uni mit, ich schwöre, dann klatsche ich die beiden weg!, sagte er sich.

Getrieben von dieser Vorstellung und dem reinkickenden Pep bahnte Bobby sich den Weg durch das Partypublikum. Die Luft um ihn herum war feucht und stickig.

O Gott, wie mich diese ganzen Wichser ankotzen, dachte er, während er die Leute rücksichtslos mit seinen Getränkekisten anrempelte. Diese ganzen beschissenen Party-Touristen. Denken, sie haben hier den Sommer ihres Lebens, ihre ach so individuelle Berlin-Experience. Bullshit, Alter. Alles die gleichen Affen.

Der Gesang verstummte. Begleitet von einem harten D&B-Rhythmus droppte ein düsterer Wobble. Die Scheinwerfer erloschen und die Strobos gingen an. Um ihn herum flippten die Tanzenden aus wie ein mit Stromstößen beschossener Tausendfüßler. Bobby blieb nichts anderes übrig, als seine Kisten für einen Moment abzustellen und innezuhalten.

Als er seinen Blick über die Tanzfläche schweifen ließ, entdeckte er eine junge Frau mit schwarzem Haarschopf und blonden Strähnen.

Dilek!, durchzuckte es ihn. Ist sie das etwa?

Die Person hatte ihm den Rücken zugekehrt und tanzte mit einem Typen, den er nicht genau erkennen konnte. Letztes Mal, als er Dilek gesehen hatte, waren ihre Strähnen noch lila gewesen. Aber das musste nichts heißen, denn sie wechselte regelmäßig ihre Haarfarbe. Ihre Statur und der Style

– sie trug beige Baggy-Jeans, Sneaker und ein bauchfreies Top mit Spaghettiträgern – passte ebenfalls.

Alter, das kann doch nicht ihr Ernst sein, dachte Bobby.

Er ließ seine Getränkekästen an Ort und Stelle stehen und drängte sich durch die tanzende Menge. Als er nur noch wenige Schritte von seinem Ziel entfernt war, legte sie plötzlich die Arme um ihren Tanzpartner und küsste ihn. Just in diesem Moment setzte der Beat aus und der Gesang wieder ein.

That's no good for me
I don't need nobody
Don't need no one
That's no good for me

Bobby umfasste ihre Schulter und riss sie gewaltsam zu sich herum.

Perplex starrte sie ihn an.

Bobby war nicht weniger überrascht.

Fuck, schoss es ihm durch den Kopf. Das ist sie nicht!

Doch ihm blieb keine Zeit, den Irrtum zu erklären. Der Typ, mit dem die vermeintliche Dilek getanzt hatte, versetzte ihm einen so heftigen Stoß vor die Brust, dass ihm die Luft wegblieb. Einen Augenblick später landete eine Faust in seinem Gesicht. Bobby taumelte nach hinten und fiel auf die Tanzfläche. Ringsherum stoben die Tanzenden kreischend auseinander. Während er sich das Blut von der Lippe wischte und versuchte, wieder auf die Beine zu kommen, sah er, wie René sich von hinten auf den Typen warf und versuchte, ihn mit einem Möchtegern-MMA-Griff in Schach zu halten. Kurz darauf waren Musa und Maik von der Tür da. Die falsche Dilek war komplett von der Rolle. Während Musa versuchte, sie zu beruhigen, zerrte Maik ihren Tanzpartner aus dem Laden.

Seine Arbeitskollegin war hinter der Theke hervorgekommen und half Bobby wieder auf die Beine.

»Was zur Hölle ging da gerade ab?«, fragte Emma, während sie ihn zu den Waschräumen im Backstage brachte.

»Keine Ahnung. Ich dachte, ich hätte meine Ex mit so 'nem Typen gesehen.«

»Dilek?«, sagte Emma und musterte ihn eindringlich. »Ich sag's nur ungern, Bobby, aber du solltest echt weniger ziehen!«

»Ach, was weißt du schon«, seufzte Bobby.

Er wollte sich wegdrehen, doch Emma hielt ihn fest.

»Ernsthaft, Bobby!«, sagte sie.

Warum ist sie denn wütend auf mich, wunderte er sich. Reicht es nicht, dass die halbe Welt gegen mich ist? Jetzt auch noch Emma, oder was.

Emma und er hatten sich eigentlich immer super verstanden. Einmal waren sie sogar für Geschwister gehalten worden. Da sie wirklich eine gewisse Ähnlichkeit hatten, erlaubten sie sich seitdem manchmal einen Spaß und gaben sich selbst als welche aus.

»Du hast heute schonmal aus der Nase geblutet. Und zwar bevor der Typ dir eine gegeben hat«, sagte Emma und senkte bedrückt den Blick. »So kenne ich dich gar nicht.«

»Bobby!«, ertönte hinter ihnen plötzlich die Stimme von Andreas, dem Chef. »Das war's. So einen Typen wie dich können wir hier nicht gebrauchen. Du bist raus!«

»Ach, komm schon, Andreas«, versuchte Emma ihren Chef umzustimmen. »Alle hier mögen Bobby. Er macht halt gerade 'ne schwierige Zeit durch. Aber sonst ist immer auf ihn Verlass.«

»Danke Emma«, sagte Bobby und winkte ab. »Lass gut sein. Ich hab eh kein' Bock mehr, für diesen Wichser zu arbeiten.«

»Raus mit dir!«, rief Andreas erbost. »Oder soll ich Maik holen!? Der verpasst dir gern noch 'n kleines Abschiedsgeschenk!«

»Pff, mein Abschiedsgeschenk besorg ich mir selber«, murmelte Bobby im Hinausgehen.

Als er seinen Rucksack aus dem Lager holte, steckte er sich heimlich noch eine Flasche Berliner Luft ein.

Da er immer noch drauf war und keinen Bock hatte, nach Hause zu gehen, spazierte er eine Runde durch Friedrichshain. Schließlich blieb er auf der Oberbaumbrücke hängen, wo er sich ein paar Bier und den Pfeffi reinkippte.

Der Horizont verfärbte sich bereits und es wurde hell. Über dem anthrazitgrauen Wasser der Spree trat die Skulptur dreier Metallgiganten aus dem Morgendunst.

Das ist das wahre Wesen dieser Stadt, sagte er sich. Von wegen Zusammenhalt. Berlin ist ein Haufen löchriger Gestalten, die miteinander ums Überleben kämpfen.

Eine Brückennische weiter kotzte sich jemand die Eingeweide aus dem Körper. Hinter ihm zog eine lärmende Partygesellschaft vorbei. Flaschenklirren, Geschrei und Gelächter. Der Lärm machte ihn unweigerlich aggressiv. Mit Mühe unterdrückte er den Impuls, dem Grüppchen irgendwas hinterherzurufen.

»Alles Zombies«, murmelte er, bevor er sich ebenfalls in die Armee der Untoten einreihte und über die Brücke nach Hause Richtung Schlesi wankte.

Irgendwann am Nachmittag wachte er auf. Das grelle Tageslicht brannte wie Säure in seinen Augen. Die Zunge war trocken wie Sandpapier und sein Kopf reagierte auf die kleinste Erschütterung wie das Trommelfell einer Snare-Drumm.

Fuck, wo bin ich, wunderte er sich, als er die vollgesprühten Wände sah.

Sogar die Fensterscheiben waren zugetaggt. War er noch mit irgendwem mitgegangen? Lag er in irgendeinem Abrisshaus? War er von Junkies ausgeraubt worden?

Panisch fuhr er hoch.

Ein Blick auf den Bücherstapel neben dem Bett sagte ihm, dass er sich tatsächlich zuhause in seinem Zimmer befand.

»Was zur Hölle ...«, murmelte er.

Wer hatte hier so gewütet? War er das gewesen? Das Letzte, woran er sich erinnern konnte, waren die Metallriesen in der Spree.

Die Antwort ließ nicht lange auf sich warten.

Auf dem Flur ertönten Schritte. Kurz darauf standen Laura und Julio, seine Mitbewohner, im Zimmer. Bobby machte Anstalten aufzustehen, doch als er bemerkte, dass er keinerlei Unterwäsche trug, verkroch er sich wieder im Bett.

»Carajo, Bobby«, erboste sich Julio. Wenn er wütend war, kam sein spanischer Akzent noch deutlicher zum Vorschein. »Was war gestern los mir dir, eh? Du warst komplett loco ...«

»Sorry, ich hab voll 'nen Filmriss«, murmelte Bobby.

»Ist mir scheißegal, was du hast«, schaltete Laura sich ein. »Du siehst doch, wie's hier aussieht. In der ganzen verfickten Wohnung stinkt es nach Farbe.«

»Hab ich ...?«

»Nee, nur in deine Zimmer«, erklärte Julio.

»Ja, dann ist es doch nicht so schlimm ... Ist doch mein Zimmer.«

»Dein Zimmer?!«, rief Laura. »Fick dich, Bobby. Siehst du die Fenster? Julio und ich sind hier die Hauptmieter. Am Ende fällt alles auf uns zurück. Ich geb' dir eine Woche, um das wieder runterzukriegen, sonst bist du nächsten Monat raus!«

»Is ja gut«, seufzte Bobby.

»Nix ist gut, du beschissenes Arschloch!«, rief Laura und stampfte wütend aus seinem Zimmer.

Fragend sah Bobby zu Julio herüber.

»Du hast sie gestern Nacht aufgeweckt und warst ziemlich scheiße zu ihr.«

»Shit«, murmelte Bobby. »Das tut mir leid.«

»Musst du nicht mir, musst du Laura sagen«, erwiderte Julio und rümpfte die Nase. »Pah, hier drinnen stinkt's wie auf eine U-Bahntoilette.«

Bobby kratzte sich verlegen am Kopf. Nachdem Julio ebenfalls abgezogen war, stand er auf und sah auf die Uhr.

Halb vier.

Shit, dachte er sich. Ich hab doch heute um fünf meinen Tattootermin bei Dewi.

Da die junge Tätowiererin recht beliebt war, hatte er mehrere Wochen auf einen freien Termin warten müssen. Ihn jetzt abzusagen, wäre ziemlich dumm. Außerdem verlor er dann seine Anzahlung.

Nachdem er die Fenster geöffnet und sich frische Klamotten rausgesucht hatte, nahm er zwei Ibuprofen und duschte. Als er die Wohnung verließ und an die frische Luft trat, fühlte er sich schon erheblich besser.

Das Tattoostudio lag bloß zwanzig Minuten entfernt, also beschloss er, zu Fuß zu gehen. Unterwegs holte er sich noch einen Kaffee und eine vegane Zimtschnecke. Als er im Studio angekommen einen Blick auf die Uhr warf, stellte er fest, dass er sogar eine Viertelstunde zu früh war.

Während Bobby voller Vorfreude den für Tattoostudios typischen Dettolgeruch einsog, betrachtete er die Zeichnungen und Fotos an der Wand.

Auf dem Tisch lagen ein paar Tattoo-Magazine sowie ein leerer Zeichenblock. Bobby nahm sich einen Kugelschreiber und kritzelte zum Zeitvertreib ein wenig darauf herum. Nachdem er ein paar Tags gemacht hatte, begann er die Motive an den Wänden zu kopieren, wobei er sie spaßeshalber abwandelte. Zuerst zeichnete er ein flammendes Herz auf einem Dönerspieß. Dann eine bekiffte und eine zugeballerte Schwalbe und schließlich eine Rose, die sich selbst die Blütenblätter herausriss. Darüber schrieb er: *I love me, I love me not ...*

Bobby war so sehr ins Zeichnen vertieft, dass er gar nicht bemerkte, wie er gerufen wurde.

»Hey, sorry«, entschuldigte er sich, als seine Tätowiererin plötzlich vor ihm stand.

»No, I'm sorry it took me a little longer, but now we're ready to go«, entgegnete sie.

Dewi kam aus Indonesien und lebte erst seit Kurzem in Berlin.

»I saw you were drawing something«, sagte sie, während sie ihn nach hinten ins Studio führte. »Did you also sketch the idea you sent me?«

»Oh, this«, stammelte Bobby und kramte in einem Winkel seines noch matschigen Hirns nach seinem halbherzig gelernten Schulenglisch. »Yes, i make this.«

»Really?«, sagte Dewi, während sie das Tätowieren vorbereitete. »That's really good. So you're an artist yourself!«

»No, I don't think so, but thank you«, sagte Bobby und wurde rot.

Das Motiv, das er sich von Dewi tätowieren ließ, stellte einen zerbrochenen Blumentopf mit einer Aglaonema dar. In *Leon der Profi*, einem seiner Lieblingsfilme, war diese Pflanze Jean Renaults einziger Besitz. Das Motiv symbolisierte seine Freundschaft mit Artur, denn als sie damals zusammengezogen waren, hatte jeder von ihnen sich diese Pflanze gekauft. Der zerbrochene Topf wiederum war ein Hinweis auf seine kaputte Beziehung zu Dilek und die Tatsache, dass sich sein Leben seitdem wie ein Scherbenhaufen anfühlte.

»Well, I think you are«, insistierte Dewi und rückte seinen Unterarm in Position.

Kurz darauf summte die Maschine. Bobby mochte den Schmerz. Er hatte etwas Heilsames. Es fühlte sich an, als flickte Dewi seine zerschundene Seele, indem sie mit der Nadel seine Haut durchstieß.

Da er bis in die frühen Morgenstunden gesoffen hatte, war sein Blut noch immer sehr dünn und Dewi musste ständig mit einem frischen Papiertuch über die Wunde wischen. Nichtsdestotrotz arbeitete sie unbeirrt weiter. Fasziniert beobachtete Bobby, mit welcher Konzentration und Ernsthaftigkeit sie zu Werk ging. Bobby hatte sich schon von den verschiedensten Leuten tätowieren lassen, aber noch nie hatte er gesehen, wie jemand mit solch einer Ruhe derart schnell und präzise arbeitete. Und dabei musste sie noch ziemlich jung sein. Bobby schätzte sie auf Mitte zwanzig.

Wie es sich wohl anfühlt, jemandem mit der Nadel Tinte unter die Haut zu stechen?, fragte er sich.

»Have you ever thought about tattooing yourself?«, erkundigte sich Dewi, als hätte sie seine Gedanken erraten.

»Not really«, sagte Bobby. »But yes, I think it interests me.«

»It's totally different than drawing on paper. But I think you should try.«

»When did you know you want to be a tattoo artist?«, fragte Bobby.

»Hmm, I think, I was about fifteen. I tattooed my own forearm with a sewing needle. No machine or anything, you know.«

Nach dem Tätowieren begleitete Dewi Bobby zurück zum Eingang. Am Empfangstresen saß ein älterer Tätowierer und studierte den Notizblock mit Bobbys Zeichnungen.

»Hey guys«, begrüßte er sie und hielt ihnen die Zeichnung mit der Rose entgegen. »You know who did this?«

»Oh my god, show me«, rief Dewi und wandte sich an Bobby. »Aren't those yours?«

»Yes«, bestätigte Bobby. »I make this.«

»Echt?«, sagte der ältere Tätowierer und hob die Augenbrauen. Er ging sicherlich schon auf die Fünfzig zu. »Junge, das ist echt nicht schlecht! Technisch kann man das sicher noch besser ausarbeiten, aber die Ideen sind gut.«

»Oh, vielen Dank«, murmelte Bobby.

»See Bobby? I told you«, sagte Dewi. »I think somebody here's got talent!«

»Tätowierst du?«

»Bis jetzt nicht.«

»Und willst du's lernen?«

»Hmm, ich glaube, ich fänd's interessant.«

»Du glaubst?«, sagte der Tätowierer und zog die Stirn kraus.

»Ja, schon«, antwortete Bobby. Da er spürte, dass der Mann auf irgendetwas Wichtiges hinauswollte, fügte er hinzu: »Ich meine, ja, ich interessiere mich dafür.«

»Hmm«, machte der Tätowierer und überlegte. »Die Zeichnungen haben wirklich was Eigenes. Das sieht man nicht oft. Aber das heißt noch lange nicht, dass du auch das Zeug zum Tätowieren hast.«

»You know, who this is?«, wandte sich Dewi an Bobby. »This is Henry. It's his studio. He's a legend.«

»Pass auf ... Bobby«, fuhr Henry fort. »Tätowieren ist ein sehr spezielles Handwerk, oder besser gesagt, eine Kunst. Sowas lernt man nicht über Nacht. Das ist ein langer Weg. Aber wie es der Zufall will, können wir zurzeit noch 'ne Aushilfe gebrauchen, also jemand, der sich um das ganze Drumherum kümmert. So könntest du dir schon mal bisschen was abschauen und herausfinden, ob das auch wirklich was für dich ist, was meinste?«

»Klingt gut!«, sagte Bobby. »Wann kann ich anfangen?«

»Du kannst direkt Montag vorbeikommen«, sagte Henry und lächelte.

»Geil!«, rief Bobby begeistert. »Ich freu mich.«

»Aber lass dir eins gesagt sein«, verkündete Henry, wobei er Bobby eindringlich musterte. »Wir sind ein cleaner Laden mit cleanen Leuten. Unsere Kunden müssen uns zu hundert Prozent vertrauen können. Was du in deiner Freizeit machst, ist mir scheißegal, aber hier bist du nüchtern und hast deinen Scheiß unter Kontrolle. Ist das klar?«

Bobby nickte.

Als er das Studio verließ, konnte er nicht glauben, was soeben passiert war.

Heute Morgen war sein Leben noch ein einziger Scherbenhaufen gewesen. Die Beziehung zu Dilek, das Studium, der Runnerjob, sein WG-Zimmer, die Beziehung zu seinen alten Freunden, alles, was er noch nicht verloren hatte, war er im Begriff gewesen wegzuschmeißen. Und nun da er sich einen kaputten Blumentopf auf den Unterarm hatte tätowieren lassen, begann sich dieser gigantische Scherbenhaufen auf magische Weise plötzlich wieder zusammenzufügen? War diese Dewi etwa sowas wie eine gute Fee?

Das Leben ist schon schräg, dachte er, während er die Straße hinunterblickte und die milde Abendluft einatmete.

Zum ersten Mal seit Langem bewegte sich wieder etwas in die richtige Richtung.

»Tätowierer«, murmelte er. »Keine schlechte Idee.«

Der Ruf der Sterne 2

Nejla saß am Schreibtisch und ging noch einmal ihre Präsentation zu *Unwish Mechanics* durch. Morgen Abend war die Vernissage. Gemeinsam mit anderen jungen lokalen Künstlern und Künstlerinnen stellte sie im Marta Herford ihre Arbeit aus. Und ausgerechnet jetzt war sie krank geworden. Neben ihrem Laptop türmten sich zusammengeknüllte Taschentücher zu einer eigenwilligen Skulptur.

»Joj bože, a što sad'?!«, fluchte Nejla und putzte sich abermals die laufende Nase.

Als sie gerade in die Küche gehen wollte, um sich einen Salbeitee zu machen, klingelte es plötzlich an der Tür.

»Häh, wer ist das denn jetzt?«, murmelte sie und betätigte den Türöffner.

Vielleicht Tengis? Seit dem Abend, als sie spontan auf der Arbeit eingesprungen war und ihn mit Kazim in ihrer Wohnung zurückgelassen hatte, war er wie vom Erdboden verschwunden. Sie hatte ihn weder in der FH gesehen, noch ging er an sein Handy. Manchmal hatte er solche Phasen, aber trotzdem war das seltsam. Eigentlich hatten sie morgen zusammen zur Vernissage ins Marta fahren wollen. Immerhin wurde dort auch ein Video von ihm gezeigt. Kazim schien ihr in den letzten Tagen ebenfalls aus dem Weg zu gehen. War an jenem Abend irgendwas zwischen den beiden passiert?

»Hallo?«, rief sie verwundert, als es im Treppenhaus still blieb.

Keine Antwort.

Vielleicht ein Paketdienst, dachte sie sich. Die kommen mittlerweile ja zu den verrücktesten Zeiten.

Nejla schloss die Tür und ging in die Küche, um sich ihren Tee zu kochen. Als sie wieder am Schreibtisch saß, klingelte es erneut.

»Hallo?«, rief Nejla in die Gegensprechanlage.

Stille.

»Hallo-ho?«

Dieses Mal überkam sie ein mulmiges Gefühl. Anstatt die Wohnungstür zu öffnen, spähte sie durch den Türspion. Im Treppenhaus war es dunkel.

Was soll das?, fragte sie sich. Will mir jemand einen Streich spielen? Oder mich einschüchtern?

Aufmerksam lauschte sie an der Tür.

Im Treppenhaus blieb es totenstill. Keine Schritte, keine Stimmen, nichts.

Eigentlich war sie nie ängstlich gewesen. Aber seitdem damals diese albanische Gangsterbande auf der Suche nach der gestohlenen Diebesbeute bei ihr eingebrochen war, drehte sie sich nachts manchmal auf der Straße um und schloss vor dem Schlafengehen ihre Wohnungstür ab. Abgesehen von ihrer Dachgeschosswohnung befanden sich nur Arztpraxen und Kanzleien im Haus, was bedeutete, dass sie abends und am Wochenende oft die einzige Person im Gebäude war. Stieß ihr etwas zu, würde ihr niemand zur Hilfe kommen.

Kurac, dachte sie. Wahrscheinlich sind das nur irgendwelche Kinder, die sich einen Scherz erlauben. Und ich mach mir hier voll in die Hose.

Doch bevor sie im Treppenhaus nachsah, holte sie sich aus der Küche ein Messer.

In ihrem Kopf lief ein aberwitziger Film ab: Artur war gar nicht gestorben, sondern hatte bloß sein Gedächtnis verloren. Und jetzt fand er nach einer monatelangen Odyssee und zahlreichen Strapazen endlich zurück nach Hause. Doch während er ihr glücklich entgegeneilte, um sie in die Arme zu schließen, verwechselte sie ihn mit einem verrückten Triebtäter, der versuchte, sie zu erwürgen. Panisch stach sie auf ihn ein, bis er zu Boden ging. Schließlich erkannte sie ihren Irrtum, doch da war es bereits zu spät und Artur verblutete in ihren Armen.

Das Messer in der Hand öffnete sie die Wohnungstür. Niemand. Sie betätigte den Lichtschalter für das Treppenhaus und sah sich um. Der Flur war leer.

Plötzlich stieß ihr Fuß gegen einen Gegenstand. Erschrocken fuhr sie zusammen.

Auf ihrer Fußmatte lag ein Schuhkarton. Darauf stand ihr Name in Großbuchstaben, mit schwarzem Edding geschrieben. Die Handschrift kam ihr vertraut vor.

»Tengis?«, rief sie und spähte das Treppenhaus hinunter. »Was machst du da? Komm rauf!«

Doch der Überbringer der Schachtel schien das Haus bereits verlassen zu haben. Sie hob den Karton auf und trug ihn vorsichtig zum Schreibtisch. Er war ziemlich schwer.

Was ist nur mit ihm los?, wunderte sie sich. Wieso will er mich nicht sehen? Und wieso bringt er mir diesen Karton vorbei?

Neugierig hob sie den Deckel von der Schachtel.

In dem Karton stapelten sich Dutzende selbstgebrannter CDs und DVDs. Alles war säuberlich beschriftet. Auf der obersten Hülle klebte ein gelber Notizzettel. Darauf stand:

Du bist eine wahre Künstlerin!
Vergiss das nie.
Tengis

Die DVD, an der die Notiz haftete, hatte den Titel: *Final Version AK602 – Herbst*. Auf einer anderen DVD befand sich die Videodokumentation von *Unwish Mechanics*. Außerdem lagen verschiedenste Videoaufnahmen und Projekte, an denen Tengis gearbeitet hatte, im Karton. Von manchen hatte Nejla schon gehört, andere kannte sie nicht und einige Beschriftungen waren auf Mongolisch. Und dann waren da auch noch zwei externe Festplatten samt Verbindungskabel.

»Was soll das?«, murmelte sie.

In der Hoffnung, irgendwas übersehen zu haben, ging sie nochmals den gesamten Inhalt der Schachtel durch. Doch da war kein Brief, keine Erklärung, nichts. Nur diese knappe Notiz. War das seine Art, von ihr Abschied zu nehmen? Aber warum? Was hatte er vor?

Ihr Blick fiel auf das Foto über ihrem Schreibtisch. Tengis hatte die Arbeit *Der Ruf der Sterne* genannt und ihr letztes Jahr nach Arturs Unfall einen Abzug geschenkt. Auf andere mochte das Bild, auf dem ihr Kumpel sich mit schmerzverzerrtem Gesicht die Ohren zuhielt, eher verstörend wirken. Aber Nejla hatte es stets ein wenig getröstet, denn es drückte genau den Schmerz und die Einsamkeit aus, die sie in gewissen Momenten empfand.

Doch nun, da sie Tengis' Notiz in der Hand hielt, überkam sie bei seinem Anblick eine fürchterliche Vorahnung.

»Nein«, murmelte sie, »das würdest du nicht tun!«

In ihrem Kopf hörte sie deutlich seine Worte von damals: *Der Ruf der Sterne. Manchmal rufen sie so laut, dass ich es kaum aushalte und kurz davor bin, ihrem Ruf zu folgen.*

Als sie ihr Handy hervorholte und seine Nummer wählte, zitterte ihre Hand.

»Bože, geh ran, molim te«, murmelte sie und presste das Handy ans Ohr.

Das Freizeichen ertönte, aber es meldete sich niemand.

Immerhin ist sein Telefon an, sagte sie sich und rief direkt noch einmal an.

Sie ließ es so lange klingeln, bis sich die automatische Ansage der Telekom meldete, dann versuchte sie es noch ein drittes Mal.

Scheiße, sagte sie sich. Der Ruf der Sterne ist so laut, dass er sein Handy nicht mehr hört. Ich darf keine Zeit verschwenden.

Ohne lange zu überlegen, zog sie ihre Schuhe an, streifte eine Regenjacke über und lief los. Auf dem Weg zur Straßenbahnhaltestelle rief sie Kazim an.

»Yo, was geht«, meldete er sich.

Wenigstens ging er ans Telefon. Nejla kam direkt zur Sache.

»Alter, ich habe ein ganz komisches Paket von Tengis bekommen!«, rief sie außer Atem. »Da sind all seine Videos drin und auch zwei Festplatten. Und dann noch so 'ne seltsame Abschiedsnotiz!«

»Häh, wie?«, wunderte sich Kazim.

»Scheiße, Mann, ich habe ein ganz beschissenes Gefühl. Ich glaube, der will sich was antun!«

»Was?! Warum das denn?«, rief Kazim, wobei seine Stimme plötzlich seltsam belegt klang.

»Ey, Kazim, sag mir die Wahrheit, ich schwöre!«, rief Nejla. Ihre Stimme war so laut, dass sich die Leute an der Straßenbahnhaltestelle verwundert nach ihr umsahen. »An diesem Abend letztens, was ist da passiert, Mann?! Tengis hat sich seitdem nicht mehr gemeldet!«

»Junge, keine Ahnung«, entgegnete Kazim nun ebenfalls aufgebracht. »Das musst du deinen komischen Freund fragen. Ich hab nix gemacht, Alter. Und auf einmal meint er, ich wäre schwul und versucht mich zu küssen! Voll der Film. Da hab ich ihn weggeschubst. Aber das ist auch alles. Der ist beleidigt abgehauen und ich bin dann auch gegangen.«

»Hast du ihn geschlagen?!«

»Nein, Tausî Melek, ich schwör bei meinem toten Onkel!«, beteuerte Kazim. »Ich hab doch nix gegen Schwule, aber der hat mich voll überrascht!«

»Ich dachte, ihr habt euch ganz gut verstanden.«

»Ja schon, aber als du abgehauen bist und wir allein waren, wurde er plötzlich voll komisch. Was der mir für Fragen gestellt hat, ich schwöre.«

»Hmm«, machte Nejla. Sie war sich nicht sicher, ob Kazim ihr nicht etwas verschwieg. »Kein' Plan, was da bei euch abging. Aber irgendwas stimmt nicht. Ich fahr jetzt zu ihm. Kommst du mit?«

Kazim war anzuhören, dass er nicht unbedingt Lust hatte, aber er willigte ein.

Zwanzig Minuten später trafen sie sich am Hauptbahnhof und fuhren mit der Linie 2 zur Deciusstraße.

Nejla war bisher nur ein einziges Mal bei Tengis gewesen und erinnerte sich nicht mehr genau an seine Adresse.

»Bist du sicher, dass es hier ist?«, erkundigte sich Kazim vorsichtig, als Nejla unschlüssig von einem Hauseingang zum nächsten ging.

»Es war auf jeden Fall vor der Sparkasse«, beteuerte sie und inspizierte die Klingelschilder. »Hier, Battulgiin, das isser!«

Sie klingelten, aber Tengis machte nicht auf.

Nejla drückte auf die anderen Knöpfe, bis schließlich jemand den Türöffner betätigte.

»Komm«, rief sie.

Seufzend schnippte Kazim seine Kippe weg und folgte ihr.

Den Spruchfußmatten, Schuhen und Türdekorationen nach zu urteilen, lebte in diesem dreistöckigen Reihenhaus ein bunter Mix aus Alleinstehenden und Familien unterschiedlichster Herkunft.

Wieso hat er sich gerade für diese Gegend entschieden, wunderte sich Nejla, als sie vor der schmucklosen Tür stehen blieb, an der sein Name stand.

Die Lage war nicht besonders gut und das Haus strahlte eine spießige Kleinbürgerlichkeit aus, die nicht zu einem jungen Fotografiestudenten passte. Aber wer weiß, vielleicht war diese Art idyllischer Tristesse ja genau sein Ding.

Nejla klopfte mehrmals und legte ihr Ohr an die Tür.

»Hörst du was?«, wollte Kazim wissen.

»Nee«, murmelte Nejla. »Mach du mal.«

Kazim tat es ihr gleich und schüttelte den Kopf.

»Scheiße!«, rief Nejla besorgt.

»Vielleicht ist er einfach nicht zuhause«, versuchte Kazim, sie zu beruhigen.

»Kannst du die Tür mit 'ner Karte aufbrechen?«

»Du willst wohl, dass ich wieder im Knast lande!«, erwiderte Kazim.

»Ich hab das mal bei 'ner Freundin gemacht, als sie sich ausgesperrt hatte. Das ging voll«, meinte Nejla unbeirrt und zog eine Plastikkarte aus ihrem Portemonnaie.

»Du bist verrückt, ich schwöre.«

Kopfschüttelnd sah Kazim ihr dabei zu, wie sie die Karte im Türspalt hin und her schob.

»Was treiben Sie hier?«, ertönte hinter ihnen plötzlich die Stimme einer älteren Frau.

Überrascht sah Nejla auf. *Hereingedackelt!!!* stand auf dem Fußabtreter vor der Wohnung. Im Türspalt schwebte das Gesicht einer Frau um die siebzig.

»K-keine Dummheiten, ich hol' die Polizei!«, stotterte sie und schlug die Tür wieder zu.

»Oh, hallo«, rief Nejla und ließ die Karte in ihrer Hosentasche verschwinden. »Es ist nicht so, wie sie denken, Frau, äh … Gruschinski. Wir sind Freunde von Herrn Battulgiin.«

Hinter der Tür blieb es still.

Nejla überlegte kurz, dann holte sie ihren Studentenausweis aus dem Portemonnaie und hielt ihn Frau Gruschinski vor den Türspion.

»Bist du Eddie Murphy in *Beverly Hills Cop*, oder was«, murmelte Kazim.

»Ich bin eine Kommilitonin von Herrn Battulgiin«, rief Nejla unbeirrt. »Hier ist mein Studentenausweis von der Fachhochschule. Wir machen uns Sorgen, weil er sich nicht meldet und auch nicht mehr ans Handy geht! Haben Sie ihn vielleicht gesehen?«

Nejla trat einen Schritt von der Tür zurück und wartete ab. Zunächst passierte nichts, doch plötzlich öffnete sie sich wieder einen Spalt.

»Herr Battulgiin ist vor zwei Stunden aus dem Haus gegangen«, verkündete Frau Gruschinski. »Ich bin gerade vom Einkaufen gekommen und hab ihn im Treppenaufgang gesehen. Er war so nett, mir noch die Einkäufe hochzutragen.«

»Ah, okay«, sagte Nejla. »Und er ist nicht wieder zurückgekommen?«

»Nein, ich kriege immer mit, wenn jemand kommt oder geht.«

»Hmm«, murmelte Nejla stirnrunzelnd. »Vielleicht sollten wir die Polizei anrufen und eine Vermisstenanzeige aufgeben.«

Sowohl Frau Gruschinski als auch Kazim sahen sie überrascht an.

»Ich weiß nicht …«, wandte Kazim ein, doch Nejla ignorierte seine Bedenken.

Der Anruf bei der Polizei brachte sie nicht weiter. Der Beamte, dem sie die Sachlage erklärte, empfahl ihr, bis morgen abzuwarten. Nejla schrieb Frau Gruschinski ihre Nummer auf und bat sie darum, sich im Falle von Tengis' Rückkehr sofort bei ihr zu melden. Dann verabschiedeten sie sich von ihr und gingen zurück zur Straßenbahn.

»Was genau hat Tengis an dem Abend eigentlich zu dir gesagt?«, fragte Nejla, während sie die Straße hinuntergingen. »Warum war er komisch?«

»Weiß ich nicht mehr genau«, antworte Kazim.

Doch die Art, wie er ihren Blick vermied, kam Nejla seltsam vor.

»Hey, komm schon«, insistierte sie, »denk mal nach. Das ist vielleicht wichtig.«

»Ich hab doch schon erzählt, was passiert ist«, entgegnete Kazim. Es klang nicht nur aufgebracht, sondern auch ein wenig verzweifelt. »Er hat versucht, mich zu küssen und ich hab ihn weggeschubst! Aber deswegen killt sich doch niemand!«

»Du hast gesagt, er hätte auch vorher schon komisches Zeug geredet.«

»Ja, aber nichts, was uns weiterhilft.«

»Was denn?«

»Ist nicht wichtig.«

»Joj, bože, was soll das?!«, rief Nejla.

Kazims eigenartiges Verhalten regte sie auf.

Wenn es nichts Wichtiges ist, warum sagt er dann nichts und druckst so herum, dachte sie misstrauisch.

Das war eindeutig der falsche Moment, etwas zurückzuhalten.

»Es geht hier vielleicht um ein Menschenleben!«, rief sie erbost und blieb stehen. »Wenn du willst, dass ich weiterhin mit dir rede, dann sag mir jetzt sofort, was genau los war!«

Kazim drehte sich zu ihr um. Seine Augen funkelten wütend.

»Ich schwöre, du bist gerade fast so psycho wie Tengis!«, fauchte er. »Du willst wissen, was er gesagt hat?! Er hat mich gefragt, ob ich auf dich stehe und so 'n Scheiß.«

Mit offenem Mund starrte Nejla ihn an. Damit hatte sie im Traum nicht gerechnet. Tengis war manchmal echt verrückt. Oder etwa nicht?

»Und?«, fragte sie leise, als sie die Sprache wiedergefunden hatte.

»Wie, und!?«

»Was hast du geantwortet?«

»Was wohl!«, rief Kazim, wobei ihm das Blut ins Gesicht schoss. »Natürlich nicht! Und dann kam er irgendwie auf die Idee, ich wäre schwul.«

»Er meinte, du und ich ...«, murmelte Nejla und stieß ein heiseres Lachen aus. »Tut mir leid ...«

Schweigend gingen sie weiter.

Als ob die Verwirrung um Tengis nicht schon groß genug wäre, dachte sie, während sie versuchte, ihre Gedanken zu sortieren.

Jetzt tat es ihr leid, dass sie Kazim so gelöchert hatte. Andererseits, wenn Kazim nicht auf sie stand, warum hatte er sich dann so aufgeregt und war nicht einfach mit der Sprache herausgerückt? Und wie ging es ihr damit? Kazim und sie? Zuletzt hatten sie wirklich viel Zeit miteinander verbracht.

Sie verstanden sich gut, auch wenn es bei der Arbeit an den Songs immer mal zu Diskussionen gekommen war. Nur war da immer auch Artur im Raum. Ihre Verbindung bestand in ihrer gemeinsamen Liebe zu Artur. Oder etwa nicht? Nein, Kazim war für sie so etwas wie ein Bruder. Außerdem hatte er doch jetzt diese Hevin kennengelernt. Es machte keinen Sinn, sich darüber den Kopf zu zerbrechen.

An der Straßenbahnhaltestelle angekommen, verkündete Kazim, dass er zu Fuß zu seinem Bruder gehen würde. Da gerade die Bahn kam, verabschiedeten sie sich ohne viele Worte. Für einen Moment überlegte sie, am Hauptbahnhof umzusteigen und das FH-Gelände nach Tengis abzusuchen.

Doch als sie aufstehen wollte, fühlte sie sich so schwach, dass sie sich wieder hinsetzte und auf direktem Weg nach Hause fuhr. Dort viel sie sofort ins Bett.

Am Morgen riss sie das Klingeln ihres Weckers aus dem Schlaf. Ihr Kopf war so schwer, als hätte sie am Vorabend getrunken. Seufzend tastete sie auf dem Nachtisch nach der unliebsamen Geräuschquelle.

Die meisten Menschen benutzten mittlerweile ihren Handyalarm, aber Nejla hing noch an diesem alten Wecker. Er war ihr erstes Geschenk nach ihrer Ankunft in Deutschland gewesen. Ihre Mutter hatte ihn ihr gekauft, damit sie immer rechtzeitig zur Schule käme. Echte deutsche Wertarbeit von Braun. Der Wecker sah so aus, als hätte man ihn aus einem alten Autoarmaturenbrett ausgebaut. Ein kleiner Kasten mit schwarzem Ziffernblatt und weißen Ziffern. Stunden- und Minutenzeiger enthielten phosphoreszierende Farbe, sodass sie nachts leuchteten. Der gelbe Sekundenzeiger hatte die Form einer Tanknadel und wenn man die Ohren spitzte, konnte man hören, wie er leise tickend die Stille zerteilte.

Nejla stellte den Wecker aus und wollte sich gerade auf die andere Seite drehen, da kamen die Ereignisse des letzten Abends zurück. Ruckartig fuhr sie hoch und griff nach ihrem Handy.

Weder Anrufe noch Nachrichten. Kein Tengis, kein Kazim und auch keine Frau Gruschinski.

Während sie auf den Bildschirm starrte, befiel sie ein unangenehmes Schwindelgefühl.

Polako, Nejla polako, ermahnte sie sich.

Seufzend ging sie ins Bad, um eine heiße Dusche zu nehmen.

Nachdem sie eine Aspirin genommen und sich Tee gemacht hatte, versuchte sie noch mal, Tengis zu erreichen, doch sein Telefon war aus. Daraufhin rief sie bei Frau Gruschinski an, die ihr bestätigte, dass er immer noch nicht nach Hause gekommen war. Da sie erst am frühen Nachmittag nach Herford fahren musste, beschloss sie, nach dem Frühstück auf die Polizeiwache am Kesselbrink zu gehen und dort eine Vermisstenanzeige aufzugeben.

Tatsächlich wurde ihr Anliegen dieses Mal ernst genommen. Nachdem sie dem diensthabenden Beamten Tengis' Zustand und die gestrigen Ereignisse geschildert hatte, füllte er mit ihr die Vermisstenanzeige aus und versicherte, dass man ihn umgehend zur Fahndung ausschreiben würde.

»Sobald etwas reinkommt, melden wir uns bei Ihnen, Frau Zlatar«, sagte der Polizist und lächelte ihr ermutigend zu. »Und wer weiß, vielleicht meldet er sich ja selber. Fünfzig Prozent aller Vermisstenfälle klären sich innerhalb der ersten Woche auf.«

Nejla bedankte sich und verließ das Polizeirevier. Draußen holte sie ihr Handy heraus und wählte Kazims Nummer. Doch als sie die Anruftaste drücken wollte, zögerte sie plötzlich. Ihre gestrige Auseinandersetzung kam ihr wieder in den Sinn und sie beschloss, ihn erst mal in Ruhe zu lassen.

Der Himmel war grau und es begann zu nieseln. Auf dem Skatepark gegenüber der Polizeiwache sprangen die Skater von ihren Boards und schleppten ihre Rucksäcke unter das Parkplatzvordach. Einer von ihnen hatte Ähnlichkeit mit Arturs altem Kumpel Bones. Doch sie war sich nicht sicher und selbst wenn er es war, brachte sie es nicht übers Herz, zu ihm rüberzugehen. Der Anblick des Platzes, wo Artur immer rumgehangen und sie ihn oft abgeholt hatte, war bereits schmerzhaft genug. Mit Bones zu reden, würde es bloß schlimmer machen.

Obwohl ihr Zug nach Herford erst in eineinhalb Stunden fuhr, spannte sie den Regenschirm auf und lief die August-Bebel-Straße hinunter Richtung Hauptbahnhof.

Dass sie als junge Nachwuchskünstlerin im MARTa Museum ausstellen durfte, war außergewöhnlich, das war Nejla durchaus bewusst. Der Großteil aller Künstler aus dieser Region träumte vergebens von solch einer Gelegenheit. Für eine mittelgroße ostwestfälische Kreisstadt wie Herford stellte das vor ein paar Jahren eröffnete Museum ein ungewöhnlich prestigeträchtiges Vorhaben dar. Zum einen war das Gebäude selbst ziemlich außergewöhnlich. Frank Gehry, der Architekt des Guggenheim-Museums in Bilbao, hatte es entworfen. Mit seinen ungewöhnlichen Winkeln und Proportionen erinnerte es an die surreale Kulisse eines Tim-Burton-Films. Zum anderen hatte man mit dem belgischen Kurator Jan Hoet eine prominente Persönlichkeit aus der internationalen Kunstszene als Museumsdirektor engagiert, wovon die Bekanntheit des Museums ebenfalls profitierte.

Trotzdem verspürte Nejla beim Gedanken an diese Auszeichnung kaum Freude. Seit Arturs Tod erschien ihr ohnehin vieles belanglos und jetzt, da auch noch Tengis verschwunden war, wurde der Abend noch mehr zu einer anstrengenden Pflichtveranstaltung mit hochtrabenden Gesprächen über zeitgenössische Kunst und pseudogeistreichem Kennenlern-Smalltalk. Allein die kleine Hoffnung, dass Tengis vielleicht ebenfalls dorthin käme, gab ihr ein wenig Motivation.

Zweieinhalb Stunden später stand Nejla mit einem Sektglas an einem der Stehtische im Eingangsbereich des Marta und nickte geistesabwesend ihren

Gesprächspartnern zu, einer Galeristin aus Osnabrück und einem vermögenden Unternehmerpaar aus dem Förderverein. Immer wieder glitt ihr Blick verstohlen durch die Gegend, doch Tengis war nirgendwo zu entdecken.

Nach einer Weile nahm sie jemand an der Hand und führte sie zu einem anderen Grüppchen. Leute stellten sich vor, deren Namen sie im nächsten Moment schon wieder vergessen hatte.

Ist das der Sekt oder Fieber?, fragte sie sich, als sie spürte, wie ihr schwindelig wurde.

Als wäre sie aus ihrem eigenen Körper getreten, beobachtete sie sich dabei, wie sie im Autopilotmodus von Tisch zu Tisch steuerte. Wie bei den Sims. Hauptsache, sie stieß nirgendwo gegen und fiel nicht auf.

Von Tengis fehlte jede Spur. Mit halbem Ohr lauschte sie der Eröffnungsrede des Museumsdirektors. Ein Künstler und eine Künstlerin kamen auf das Podium und stellten etwas vor. Dann war sie an der Reihe.

Normalerweise hatte sie keine Probleme damit, vor vielen Menschen zu sprechen, aber heute fühlte es sich schrecklich an. Ihre Hände waren feucht und zitterten. Wie in Trance trat sie an das Mikrofon. Während sie sprach wurde ihre Brust immer enger und ihre Stimme immer dünner, sodass sie oft innehielt und zum Wasserglas griff.

Komm schon Nejla, drž' se, ermahnte sie sich.

Ihre Arbeit *Unwish Mechanics* spiegelte auf absurd tragische Weise ihr eigenes Leben wider. Vor gut einem Jahr war es noch voll an Wünschen, Träumen und Hoffnung gewesen und nun präsentierte sie ein lebloses, leeres Becken mit wertlosen Wunschmünzen. Darüber hing dieser perfekt funktionierende, aber sinnlose Greifarm, ein Symbol der Unfähigkeit des Menschen, ungeachtet allen Fortschritts, auch nur das kleinste Bisschen an seinem erbärmlichen Schicksal ändern zu können.

Ein Laserbeamer projizierte Ausschnitte aus Tengis' Videodokumentation an die Wand hinter ihr. Als sie seinen Namen erwähnte, machte sie eine Pause und spähte ins Publikum. Doch er schien nicht da zu sein.

Nach einer gefühlten Ewigkeit war es endlich überstanden. Unter Beifall verließ sie das Rednerpult und stieg von der Bühne. Sofort holte sie ihr Handy aus ihrer Handtasche, um zu nachzusehen, ob sich in der Zwischenzeit jemand bei ihr gemeldet hatte.

Zwei Anrufe in Abwesenheit, Nummer unbekannt.

»Nejla Zlatar«, rief jemand hinter ihr.

Irritiert drehte Nejla sich um.

Der Museumsdirektor streckte ihr lächelnd die Arme entgegen. Nejla schätze Jan Hoet auf um die siebzig. Als junger Mann hatte er vermutlich ziemlich gut ausgesehen. Er hatte graues zerzaustes Haar, eine ausdrucksstarke Stirn und eine etwas schiefe Boxernase. Das Faszinierendste an seiner Erscheinung waren jedoch zweifellos die Augen. Jetzt, da Nejla ihn aus der Nähe sah, fiel ihr auf, dass seine Pupillen verschiedenfarbig waren. Während die linke Iris braun marmoriert war, leuchtete seine rechte blau, was ihm ein raubkatzenhaftes, wenn nicht sogar dämonisches Aussehen verlieh.

»Ich bin jetzt schon ein Fan von Ihnen«, verkündete er. »Ihre Installation ist mein Favorit.«

»Oh, vielen Dank«, erwiderte sie überrascht. »Es ist mir eine große Ehre.«

»Darf ich Sie für ein paar Minuten entführen?«

Nejla sah auf das Display ihres Handys. Die unbekannte Nummer hatte eine Bielefelder Vorwahl. Eigentlich konnte das nur die Polizei sein.

»Es tut mir schrecklich leid«, murmelte sie. »Aber ich muss kurz raus telefonieren. Es geht um eine dringende Familienangelegenheit!«

Kurz darauf befand sie sich vor dem Eingang. Hier und dort standen ein paar Gäste der Vernissage herum, die zum Rauchen nach draußen gegangen waren. Der Asphalt war getrocknet, doch der Himmel hatte eine dunkelgraue Farbe und die Luft roch immer noch nach Regen. Da Nejla nicht wollte, dass jemand ihr Gespräch mithörte, entfernte sie sich ein paar Schritte und stellte sich unter eine große Betonskulptur.

Aufgeregt drückte sie die Anruftaste.

»Bezirksdienst Polizeiwache Ost«, meldete sich eine Stimme.

Sie hatte richtig vermutet.

»Nejla Zlatar hier«, murmelte sie mit brüchiger Stimme. »Sie ... sie haben mich angerufen. Es geht wahrscheinlich um meine Vermisstenanzeige von Herrn Battulgiin.«

»Einen Augenblick ...«, meinte der Beamte.

Nejla wurde vor Aufregung ganz übel. Sie lehnte sich gegen den zylindrischen Betonsockel und versuchte tief durchzuatmen.

Die Stimme, die sich kurz darauf meldete, gehörte dem Polizisten, mit dem sie am Vormittag gesprochen hatte.

»Hallo Frau Zlatar. Es tut mir sehr leid, Sie darüber informieren zu müssen, dass Herrn Battulgiin verstorben ist.«

»Was, wie ...?«

Nejla konnte nicht mehr weitersprechen.

Die Stimme des Polizisten hörte sich plötzlich fürchterlich weit weg an, als spräche er in einen langen metallischen Trichter.

»Den Kollegen in Bethel wurde heute Nachmittag ein Leichenfund gemeldet. Im Teutoburger Wald oberhalb des Botanischen Gartens. Die Person hat sich dort vermutlich letzte Nacht erhängt. Den Ausweispapieren nach handelt es sich um Herrn Battulgiin.«

»Nein, nein!«, schluchzte Nejla und schnappte nach Luft.

Das Handy glitt ihr aus der Hand und fiel zu Boden. Ihre Sicht, die Geräusche um sie herum, alles verschwamm, so als läge sie plötzlich auf dem Grund des Wasserbeckens ihrer Kunstinstallation.

»Hallo«, hörte sie jemanden rufen. »Hallo, können Sie mich hören?«

Sie blickte auf. Von dem riesigen Betonsockel schaute eine steinerne Gestalt mit nacktem Oberkörper und Kopftuch auf sie herab.

Tupac?, wunderte sie sich.

Dann wurde alles um sie herum schwarz.

TEIL 3

1 Ljubov Demo

Bobby lag auf Arturs Bett und starrte auf die Wand, an der früher der Schreibtisch gestanden hatte. Noch immer hingen dort Fotos und Postkarten. Ein Schwarzweiß-Portrait von Dr. Dre mit Knarre an der Schläfe, eine Karte von Cypress Hill *I ain't goin' out like that* mit Cannabisblatt und dazu ein paar russische Neujahrsgrüße. Außerdem alte Aufnahmen von Artur, Bones, Jomi und ihm beim Skaten und auf irgendwelchen Hauspartys.

Auf der Kommode am Fußende des Bettes lag ein weißes Spitzendeckchen und darauf stand ein großes schwarzgerahmtes Portrait von Artur. Es sah aus, als sei es anlässlich seines Abiturs gemacht worden. Daneben standen eine Kerze und eine kleine aufklappbare russische Holzikone mit Maria und Baby Jesus.

Vera hatte Bobby bei seinem Einzug gefragt, ob sie die Sachen woanders aufstellen sollte, doch er hatte verneint. Immerhin kam er mietfrei bei ihr unter und wollte nicht undankbar erscheinen. Nur manchmal, wenn er wie jetzt auf dem Bett lag und das Gefühl hatte, dass Artur ihn die ganze Zeit anstarrte, drehte er sein Bild um.

Auf Arturs ramponiertem Ghettoblaster lief ein Mixtape, das Bobby in der Kiste gefunden hatte, in der Vera einen Teil seiner Sachen aufbewahrte. Auf dem Tape hatte Bobby einen Song entdeckt, den Artur ihm niemals zuvor vorgespielt hatte. Sein Kumpel rappte darauf allein und eine Sängerin sang den Refrain. Wahrscheinlich handelte es sich bloß um eine Demo, die er wieder verworfen und nicht weiter ausgearbeitet hatte. Doch Bobby gefiel sie so gut, dass er immer wieder zurückspulte, um sie noch einmal zu hören:

Alles kommt wieder, nichts bleibt, wie es ist.
Vielleicht bringt mir die Zukunft, was ich heute vermiss'.
Und oft kommt es anders und nicht wie wir plan',
ja, wir sind nicht mehr dieselben, die wir früher einmal war'n.

Ich lieg wie Snoopy nachts aufm Hausdach,
frage mich, ist sie vielleicht heute Nacht auch wach?
Große Träume, großer Hunger,
Schicksalslos, große Nummer,
Großer Kummer, Paps zog für immer aus,
im Nachbarhaus gehen die letzten Lichter aus.
Meine Träume halten mich ab vom Schlafen,
ich renne sicher nicht mit den ganzen Schafen.
Ich bin so high, ich bin so down,
was bringt der Morgen, wir werden schau'n.
Ich calle bei dir durch, kommst du mit mein Bru?
Wird das Wetter gut, dann roll ich mit der Crew.

Alles kommt wieder ...

Raps ausm Banlieue im Suzuki-Jeep,
kann kein Französisch, doch ich fühl den Beat.
Vieles, was ich fühle, so chaotisch,
Chaos in meinem Kopf, was da los is'?
Mach das Fenster runter, den Kopf raus,
Augen zu, hör' nur wie der Wind rauscht.
Lass ma' Tanke gehen und dann zu mir,
wieder Freestyle-Session bis um vier.
Ich schreib 'nen 16er, check ma' meinen Part,
die Bros chillen ab und zocken GTA,
haste noch 'ne Kippe, lass ma' vor die Tür,
Meine Mom schimpft, ey, was kann ich dafür.

Alles kommt wieder ...

Typisch Artur, dachte Bobby. Er hat immer nur dieses melancholische Zeug gehört.

Doch obwohl er eigentlich eher auf Musik stand, die Energie hatte und nach vorn ging, sprach ihm dieses Lied direkt aus der Seele. Seitdem er vor einer Woche nach Bielefeld zurückgekehrt war, empfand Bobby eine seltsame Mischung aus nostalgischer Freude und Traurigkeit. Alles war wie früher und doch total anders.

Seit er aus Bielefeld fortgezogen war, hatte es sich für ihn nicht mehr verändert. Als wäre die Stadt eingefroren und die Sonne ein Kühlschranklicht, das nur aufleuchtete, wenn er Bielefeld wieder betrat. Natürlich war diese Vorstellung egozentrisch, aber wenn Bobby darüber nachdachte, enthielt sie eine gewisse Einsicht. Denn wenn man erst einmal aufgehört hatte, an einem Ort zu leben, dann bestand die Rückkehr dorthin eigentlich nur aus einem Besuch der eigenen Erinnerungen, die ihm anhafteten. Eine wahrhaftige Rückkehr bedeutete hingegen, dass man diesen Ort wieder zu seinem Zuhause machte, indem man ihn mit neuem Leben und neuen Erinnerungen füllte.

Was sein Verhältnis zu Bielefeld betraf, befand Bobby sich noch immer in einer schwerelosen Zwischenphase, einer Art Vakuum, irgendwo zwischen dem Ort seiner Erinnerung und einer möglichen Zukunft. Er war sich nicht sicher, an welche Enden er wieder anknüpfen und welche er besser nicht mehr anrühren sollte.

Seine Familie hatte er bisher nicht kontaktiert, weder seine Mutter noch die Oma geschweige denn seine Schwestern. Was seine versoffene Mutter betraf, sie konnte ihm gern gestohlen bleiben. Aber wenn er ihr aus dem Weg gehen wollte, dann musste er auch auf ein Wiedersehen mit den anderen verzichten. Denn selbst wenn er seine Mutter nicht bei seiner Oma anträfe, würde sie früher oder später erfahren, dass er zu Besuch kam. Und was dann passierte, wollte er sich gar nicht ausmalen. Er traute ihr sogar zu, dass sie besoffen in ihren alten VW Jetta stieg und kreuz und quer durch Bielefeld donnerte, um ihn zur Rede zu stellen und mit Vorwürfen zu überschütten. Oma kam schon irgendwie zurecht, doch wegen seiner drei jüngeren Schwestern plagte ihn ein schlechtes Gewissen. Als er in Berlin war, hatte er sich immer wieder vorgenommen, bei Inga, der ältesten, anzurufen. Doch je länger er es vor sich hergeschoben hatte, desto größer waren seine Hemmungen und Schuldgefühle geworden, und mittlerweile war es so schlimm, dass er jeden Kontakt zu ihr vermied.

Und dann war da noch Nejla. Dass er sich noch nicht bei ihr gemeldet hatte, tat besonders weh. Einerseits fühlte er sich schlecht, dass er in dieser schweren Zeit nicht für sie da war, und andererseits vermisste er ihre Freundschaft. Natürlich lag es auch ein wenig daran, dass sie Dileks beste Freundin war. Nejla hatte sich ihm gegenüber zwar nie voreingenommen verhalten, aber ihn wurmte allein die Tatsache, dass sie genau wusste, was in Dileks Leben gerade passierte. Er hatte Angst davor, etwas über seine Ex zu erfahren, brannte aber insgeheim darauf, Nejla über sie auszufragen. Redeten sie manchmal noch über ihn? Spielte er in Dileks Leben noch irgendeine Rolle oder hatte sie ihn mit chirurgischer Präzision komplett daraus entfernt?

Ich frage heute mal Kazim, was Nejla so treibt, nahm er sich vor. Der macht mit ihr doch gerade die alten AK602-Songs fertig.

Was das Wiedersehen mit Kazim betraf, war es eher andersherum gewesen. Bobby hatte sich sofort nach seiner Ankunft in Bielefeld bei ihm gemeldet. Aber sein Kumpel war die ganze Woche beschäftigt gewesen und hatte keine Zeit für ihn gehabt. Heute hatte es dann endlich geklappt und sie trafen sich.

Schon komisch, dachte Bobby und starrte auf sein Skateboard, das an der Wand lehnte. Warum ist es so schwer, die Leute wiederzusehen, mit denen ich am engsten bin? Gestern mit Bones, Jomi und Milhouse am Kesselbrink herumzuhängen war gar kein Ding. Dabei habe ich mich damals nicht mal von denen verabschiedet, als ich nach Berlin abgehauen bin. Und gemeldet habe ich mich auch nie. Für die bin ich plötzlich einfach wieder da.

Dafür hatte sich bei den dreien auch wirklich kaum etwas verändert. Der eine jobbte, der andere harzte und gemeinsam wurde gefeiert, gekifft und geskatet. Nicht dass Bobby in den anderthalb Jahren, die er weggewesen war, eine steile Karriere hingelegt hätte, ganz im Gegenteil. Aber zumindest war ein wenig Bewegung in sein Leben gekommen. Er hatte neue Erfahrungen gemacht und war jemand anderes geworden. Ja, jetzt wo er wieder zurück war, spürte er diese Veränderung deutlich.

Ein Klopfen an der Zimmertür riss ihn aus seinen Gedanken.

»Bobby«, rief Arturs Mutter und stand auch schon mitten im Zimmer. »Hier bist du. Ich habe Piroschki gemacht. Für dich ohne Fleisch, nur mit Kartoffeln. Komm, Anton ist auch da.«

»Oh, danke, ich komme«, antwortete Bobby und kletterte vom Bett.

Auf dem Küchentisch standen zwei mit Küchentüchern zugedeckte Schüsseln. Arturs kleiner Bruder Anton saß am Tisch und knabberte gedankenverloren an seiner Pirogge.

»Hallo Bobby«, begrüßte Anton ihn, als Bobby hinter Vera in die Küche kam.

»Hey Anton«, sagte Bobby. »Wie läuft's so?«

»Spielst du später mit mir Playsi?«, erwiderte Anton. »Ich hab mir in der Schule heute *Spider-Man 3* von Hayrullah ausgeliehen!«

»Cool«, sagte Bobby. »Aber leider habe ich keine Zeit. Ich treffe gleich Kazim. Wir wollen zusammen deinen Bruder auf dem Friedhof besuchen.«

»Schade«, meinte Anton. »Wenn du bei Artur bist, sag ihm, dass ich jetzt voll die krassen Spiele hab. Und dass ich gut auf seine Playstation aufpasse.«

»Mach ich.«

Vera schenkte ihm ein trauriges Lächeln. Als sie sich abwendete und zum Samowar ging, um Tee einzugießen, hatte sie Tränen in den Augen.

»Hmm, die sind echt lecker. Ich glaube, das ist mein Lieblingsessen«, sagte Bobby, um sie ein wenig aufzumuntern.

»Wirklich?«, sagte Vera und wischte sich mit dem Ärmel ihrer Bluse die Tränen aus den Augen. »Das freut mich.«

»Danke«, sagte Bobby. Nach einer kurzen Pause fügte er hinzu: »Ich meine nicht nur fürs Essen, sondern für alles.«

Vera sah überrascht auf.

»Ach Bobby, schon gut«, sagte sie und winkte ab. »Du bist doch wie Familie.«

Bobby lächelte beschämt und senkte den Blick. Als er vor zwei Wochen bei Arturs Mutter angerufen hatte, hatte er eigentlich nur fragen wollen, ob er am Wochenende bei ihr unterkommen könnte, um sich ein WG-Zimmer zu suchen. Doch Vera hatte sofort angeboten, dass er bis auf Weiteres in Arturs altem Zimmer wohnen könne. Natürlich hatte er nicht vor, dauerhaft bei der Mutter seines verstorbenen Kumpels zu wohnen. Aber solange er keinen Job hatte, konnte er sich nichts Besseres wünschen. Nicht nur, dass Vera sich weigerte, von ihm Geld für die Miete anzunehmen, sie bekochte ihn auch noch und lieh ihm ihren alten silbernen Passat. Als Gegenleistung verlangte sie lediglich, dass er ihr ein wenig zur Hand ging und ab und zu etwas im Haus reparierte, was für Bobby mit seinem handwerklichen Geschick eine Kleinigkeit war. Eine Win-win-Situation für beide. Obwohl Bobby Vera nicht den verstorbenen Sohn ersetzte, brachte er doch wieder Leben ins Haus. Anton, der bereits seit der Trennung der Eltern und dem Auszug seines Bruders unter der mitunter recht depressiven Stimmung seiner Mutter gelitten hatte, schien Bobbys Gesellschaft ebenfalls zu genießen.

»Bin fertig«, verkündete Arturs kleiner Bruder und sprang von seinem Stuhl auf.

»Toscha, ne speschi!«, rief Vera kopfschüttelnd.

Als Anton weg war, wandte sie sich an Bobby.

»Ich habe heute mit Antons Vater gesprochen«, sagte Vera. »Sie haben Urne gefunden.«

»Arturs Urne?!« Bobby horchte auf.

»Ja«, bestätigte Vera. »Aber es ist wie ein Fluch. Urne ist da, aber Asche von Artur ist weg.«

»Wie?«

»Sie haben geschnappt einen Mann im Flughafen von Sarajevo. In Gepäcktransport hat gearbeitet. Er hat immer wieder Sachen geklaut, die er dachte, dass sie sind viel wert. Er hat auch unsere Urne genommen. Ich glaube, er wusste nicht, was das ist. Als er sie verkaufen wollte, er hat Asche weggeschüttet. Was ist das für ein Mensch?!«

»Was für ein Penner!«

»Ich kann auch nicht glauben«, murmelte Vera und vergrub das Gesicht in ihren Händen.

»Aber er ist für immer bei uns«, sagte Bobby tröstend und legte ihr den Arm um die Schulter.

Eine gute halbe Stunde später saßen Kazim und er in Veras silbernem Passat. Erst vorgestern hatte Bobby neue Lautsprecher und ein CD-Radio in das Auto eingebaut. Obwohl Arturs Mutter fast nur Klassik hörte, hatte er zum Gedenken an ihren Kumpel heimlich eine Anlage mit viel Bass ausgesucht. Denn wenn sie früher mit der Karre unterwegs gewesen waren, hatte es für Artur nichts Wichtigeres gegeben als die richtige Musik und einen guten Sound.

»Klingt nicht übel, oder?«, meinte Bobby.

»Ja, Mann. Artur hätte sich gefreut«, bestätigte Kazim.

Am Friedhofsparkplatz stiegen sie aus und liefen zum Eingang. Die Sonne stand bereits tief am klaren, blassblauen Winterhimmel. Bisher war noch kein Schnee gefallen, aber die Temperaturen sanken in der Nacht schon unter null und auch tagsüber blieb es kalt. Schweigend betrachtete Bobby die weißen Atemwolken vor ihren Mündern.

Vor dem Grabkerzenautomat blieben sie stehen. Bobby fischte ein paar Münzen aus der Hosentasche und steckte sie in den Münzschlitz. Vor der Kapelle befand sich ein großes Wasserbecken. In der modrigen Brühe spiegelten sich der Himmel und die zerzausten Wipfel der windschiefen Kiefern. Bobby kam es vor, als befände sich dort eine auf dem Kopf stehende Postkartenversion der Welt in Sepia.

Er seufzte. Friedhöfe waren überhaupt nicht sein Ding. Die Stimmung zog ihn unweigerlich runter. Im Gegensatz zu Dilek. Die hatte die Atmosphäre immer gemocht, die Inschriften auf den Gräbern studiert und sich vorgestellt, wie das Leben der Verstorbenen wohl ausgesehen hatte.

»Wieso biste eigentlich aus Berlin zurückgekommen?«, unterbrach Kazim ihr Schweigen. »Ich dachte, die Arbeit in dem Tattoostudio war okay?«

»Schon«, antwortete Bobby. »Hab viel gelernt. Und ich hatte echt 'ne süße Kollegin. Am Anfang war ich sogar 'n bisschen in sie verknallt. Aber da lief nichts.«

»Ja, und?«

»Na ja, daran lag es nicht«, sagte Bobby und machte ein nachdenkliches Gesicht. »Ich weiß nicht, wie ich es ausdrücken soll. Ich hatte einfach keinen Bock mehr auf Berlin. Mich hat da alles nur noch an meinen eigenen Abfuck erinnert. Und an Dilek. Klar, die Stadt ist riesig und es gibt tausend Ecken dort, aber irgendwie wollte ich nur noch weg.«

»Ging es dir damals in Bielefeld nicht genauso?«

»Hmm, einerseits ja«, gab Bobby zu. »Aber andererseits auch nicht. Ich bin heute anders drauf. Damals war ich total verloren und wusste überhaupt nicht, was ich will. Heute habe ich zumindest eine grobe Vorstellung davon.«

»Und was ist dein Plan?«

»Ich will tätowieren. Besser werden. Vielleicht irgendwann mal 'n eigenes Studio aufmachen.«

»Hast du denn schon wen tätowiert?«

»Yo, ich hab erst bisschen auf Orangenhaut geübt und so. Nach 'ner Weile hab ich bei mir selbst angefangen und kurz bevor ich aus Berlin abgehauen bin, hab ich noch ein, zwei kleinere Sachen für Kollegen gemacht.«

»Krass, Alter«, meinte Kazim anerkennend. »Zeig mal!«

Bobby blieb stehen und löste seine Gürtelschnalle.

»Junge, was machst du da?!«, rief Kazim irritiert.

Bobby zog seine Hose runter und zeigte auf seine volltätowierten Oberschenkel.

Kazim machte große Augen.

»Haiba, bist du verrückt?!«, rief er. »Zieh dir die Hose wieder an! Wir sind hier auf 'nem Friedhof.«

»*Du* wolltest es doch sehen«, erwiderte Bobby grinsend und zog seine Hose wieder hoch.

Ein Eichhörnchen huschte über den Weg und kletterte flink einen Baumstamm hinauf.

»Ich wette, in Wirklichkeit hast du Berlinverbot«, sagte Kazim. »Dieser Eichhörnchen-Club hat ein Kopfgeld auf dich ausgesetzt, weil du ihnen die Karre gezockt hast.«

Bobby musste lachen.

»Ja, Mann, da könntest du recht haben.«

An Arturs Grab angekommen wurden sie ernst. Bobby war seit der Trauerfeier letztes Jahr nicht mehr hier gewesen. Das Holzkreuz war noch nicht durch einen Grabstein ausgetauscht worden, aber Arturs Mutter schien es regelmäßig zu pflegen. In der Blumenschale standen Töpfe mit winterfesten Blümchen und der Rest war mit graugrünem Kraut bepflanzt. Neben dem

Kreuz befand sich eine Steckvase mit einer vertrockneten dunkelroten Rose darin. Bobby ahnte, dass sie von Nejla stammte.

Während Bobby die Grabkerze anzündete, steckte sich Kazim eine Kippe an und hockte sich ans Fußende des Grabes.

»Hey Bıra, wie geht's so«, sagte er. »Schau mal, wen ich mitgebracht habe! Dieser verrückte Hund hier ist auch wieder in Bielefeld.«

Bobby brauchte einen Moment, bevor er begriff, dass Kazim mit Artur sprach.

Kazim nahm einen tiefen Zug von seiner Zigarette und atmete langsam den Rauch aus. Als er weitersprach, klang seine Stimme rau und gedämpft.

»Du fehlst uns ... jeden Tag, ich schwöre. Ohne dich ist alles anders. Nichts ist mehr wie früher. Aber wenigstens sind wir heute zusammen hier.«

Kazim machte eine Pause und vergewisserte sich, dass Bobby zuhörte. Bobby nickte ihm ermunternd zu, obwohl ihn Kazims spontane Grabrede ein wenig irritierte.

»Ihr seid meine besten Freunde«, fuhr Kazim fort. »Deswegen wollte ich es euch beiden zusammen sagen: Ich heirate. Hevin heißt sie. Hab sie in Celle auf der Hochzeit eines Cousins kennengelernt. Ist ein cooles Mädchen und wie ich Jesidin. Du würdest sie auch mögen, Bıra.«

Bobby starrte ihn ungläubig an. Die verschiedensten Fragen schossen ihm durch den Kopf, doch er hielt sich zurück und wartete auf das Ende von Kazims Rede.

»Unsere Familien haben sich schon geeinigt. Die Hochzeit ist im Februar«, sagte Kazim und zog an seiner Kippe. »Es tut mir leid, dass du nicht dabei bist. Und es tut mir leid, dass ich mich deswegen gerade nicht um unsere Mucke kümmern kann. Aber ich muss zusehen, dass ich bisschen Para mache. Du weißt schon, 'ne Wohnung, Möbel, der ganze Shit, das kostet alles Geld. Und Kinder kommen sicher bald auch noch dazu. Was soll ich sagen? Du und Nejla, ihr hättet irgendwann bestimmt das Gleiche gemacht. Tut mir echt leid, dass es nicht so gekommen ist. Ich hoffe, du verstehst das und gibst uns deinen Segen, Bıra ...«

Bobby konnte sich nicht länger zurückhalten.

»Bro!«, rief er. »Ist das dein Ernst? Du heiratest?«

»Ja, Mann.«

»Krass.« Bobby schüttelte ungläubig den Kopf. »Das haut mich gerade echt um. Kann ich auch zur Hochzeit kommen?«

»Was laberst du? Natürlich kommst du!«

»Weiß Nejla auch schon davon?«

Bis jetzt hatte Bobby gezögert, sich nach ihr zu erkundigen, aber angesichts dieser Neuigkeiten konnte er sich nicht länger zurückhalten.

»Nicht wirklich«, murmelte Kazim. »Hab sie in letzter Zeit so gut wie nicht gesehen.«

»Häh«, wunderte sich Bobby. »Ich dachte, ihr habt die ganze Zeit zusammen an dem Album gearbeitet.«

»Ja, schon. Aber dann hat sich dieser Kumpel von ihr umgebracht, dieser Tengis, rehma xwedê lê be. Das war einfach zu viel. Seitdem ist sie irgendwie komisch.«

»Ach, fuck«, rief Bobby und seufzte. »Das tut mir leid. Was meinst du denn mit *komisch*?«

»Keine Ahnung, Bıra«, antwortete Kazim. »Weiß nicht, wie ich's dir erklären soll. Besuch sie halt mal. Ich hab dafür gerade keinen Kopf. Außerdem, was soll Hevin denken, wenn ich die ganze Zeit mit 'ner anderen Frau rumhänge?!«

»Ja, ja, schon klar, mach ich«, meinte Bobby.

Trotzdem verstand er nicht, wieso Kazim so empfindlich reagierte. Normalerweise kümmerte er sich immer um seine Freunde, egal was los war. Und hatte er damals auf der Zugfahrt von Sarajevo nach Zagreb nicht feierlich versprochen, dass er Artur zuliebe immer auf Nejla aufpassen würde?

»Sie wohnt immer noch da in der Altstadt, oder?«, fragte Bobby.

»Yo, ich denk schon.«

Die Sonne war bereits hinter den Kiefern verschwunden und es wurde immer kälter. Kazim hauchte in seine Hände und trat von einem Bein aufs andere.

»Lass uns langsam zurück, oder?«, schlug er vor.

Bobby nickte.

Schweigend liefen sie durch die graublaue Dämmerung. Auf dem Weg zum Ausgang vibrierte Bobbys Handy, aber er hatte keine Lust ranzugehen.

Eine halbe Stunde später setzte Bobby Kazim zuhause ab.

»Lass doch mal wieder zusammen malen gehen«, schlug er bei ihrer Verabschiedung vor. »Nichts Krasses. So ganz gemütlich mit der Karre rausfahren nach Werther zur Hall of Fame und da 'n schönes Piece hinklatschen.«

»Ist noch bisschen kalt dafür, oder?«

»Ach, das geht schon.«

»Yo, ich meld mich die Tage mal«, versprach Kazim.

»Mach das«, sagte Bobby, doch sein Bauchgefühl sagte ihm, dass er lange auf Kazims Anruf warten würde.

Der Refrain des Lieds von Arturs Kassette kam ihm wieder in den Sinn: *Wir sind nicht mehr dieselben, die wir früher einmal waren ...*

Plötzlich stiegen ihm Tränen in die Augen.

Was ist bloß mit mir los?, fragte er sich und verbarg sein Gesicht in den Händen. Dass die Welt sich verändert, ist doch nichts Neues. Das Universum dehnt sich aus, Sterne driften auseinander und Menschen verlieren sich aus den Augen. Meine Mutter hat mich mal in ihrem Bauch getragen und jetzt ist sie für mich wie eine Fremde. Eine abgefuckte Alkoholikerin, die alle um sich herum runterzieht. Für Dilek war ich mal der wichtigste Mensch auf der ganzen Welt. Und jetzt spiele ich überhaupt keine Rolle mehr für sie. So wie ihr verhasster Vater bin ich nur noch ein Gespenst, ein Schatten aus ihrer Vergangenheit. Jeder macht seine Moves. Kazim hat sich eine Frau gesucht und gründet bald eine Familie. Wenn diese Hevin cool ist, warum nicht? Anstatt beleidigt zu sein, dass er keinen Bock hat, mit mir malen zu gehen, sollte ich mich für ihn freuen. Scheiß Selbstmitleid, Alter.

Bobby wischte sich die Tränen aus dem Gesicht und holte sein Handy raus, um nachzusehen, wer ihn auf dem Friedhof angerufen hatte. Seine Hoffnung, dass es Nejla gewesen war, wurde enttäuscht. Der verpasste Anruf stammte von Bones.

Was kann der schon wollen, dachte er sich und öffnete die SMS, die dem Anrufversuch gefolgt war. Sicher entweder rumhängen oder in irgendeine Skatehalle fahren.

Doch dieses Mal lag er falsch.

Yo Bobby, was geht?
War heute bei Tätowiersucht.
Bartosz vom Kesselbrink arbeitet jetzt da.
Er meinte, du sollst dich bei denen mal melden.
Schick dir die Nummer ;-P

»Ach krass«, murmelte er, »das ist ja nice.«

Alles war in Bewegung, nicht nur im Schlechten, sondern auch im Guten. Warum sich also immer nur auf das konzentrieren, was man verloren hatte.

Mit neuer Zuversicht startete er den Passat und fuhr die Arndtstraße hinunter Richtung Innenstadt. Mittlerweile war es dunkel geworden. Am Jahnplatz war bereits der große Christbaum aufgestellt worden, die Fußgängerzone war festlich geschmückt und die Leute drängten sich um die Bratwurstbuden und Glühweinstände.

Während er an der Ampel wartete und dem bunten Treiben zusah, spürte er wie sein Magen knurrte. Der Friedhofsspaziergang in der Kälte hatte ihn echt hungrig gemacht.

Ob Vera wohl noch ein paar Piroggen übrig hat, fragte er sich.

Allein beim Gedanken daran lief ihm das Wasser im Mund zusammen. Der Verkehr kam wieder in Bewegung und er drückte aufs Gas.

Der Ruf der Sterne 3 – Wintersonne

Nejla rieb sich den Schlafsand aus den Augen und streckte sich. Im gleißenden Licht der Wintersonne, das in einer breiten Bahn durch das Dachfenster fiel, tanzten winzige Staubpartikel. Auf den Holzdielen vor dem Bett lagen ihre Klamotten vom Vorabend.

Nejla konnte sich nicht erinnern, wann sie das letzte Mal so gut geschlafen hatte. Sie schlug die Decke zur Seite und setzte sich auf. Zum ersten Mal seit Wochen fühlte sie sich lebendig. Nejla schlüpfte in ihre Jogginghose und trat ans Fenster. Mit jedem Schritt spürte sie, wie neue Kraft ihren Körper durchströmte.

Die Sonne stand hoch am klaren Himmel. Auf den Dächern der Nachbarhäuser lag eine hauchdünne glitzernde Schneespur, so als hätte ein Juwelendieb auf der Flucht versehentlich einen Sack winziger Diamanten verstreut.

Nejla öffnete das Fenster und ließ die eisige Winterluft ins Zimmer strömen. Die Wochen nach Tengis' Selbstmord waren die Hölle gewesen: Nachdem sie vor dem Marta Museum neben der Tupac-Shakur-Statue umgekippt war, hatte man sie mit Blaulicht in die Notaufnahme gebracht, wo man ihr eine akute Panikattacke und extreme psychische Erschöpfung diagnostiziert hatte. Und als ob es damit noch nicht genug gewesen wäre, hatte sich ihre Erkältung innerhalb der nächsten Tage in eine schwere Lungenentzündung verwandelt. Ihr Zustand war so schlimm gewesen, dass ihr Hausarzt sie ins Krankenhaus einwies und ihre Mutter umgehend aus Sarajevo herflog. Geplagt von Fieberträumen und Schuldgefühlen schwitzte sie jede Nacht ein oder zwei T-Shirts durch, hustete sich Lunge und Seele aus dem Leib und dämmerte vor sich hin. Als die Antibiotika nach zehn Tagen endlich anschlugen, das Fieber sank und sie endlich nach Hause geschickt wurde, war sie fast fünf Kilo leichter und fühlte sich um ebenso viele Jahre gealtert.

Die darauffolgenden Wochen ging es ihr kaum besser. Zwar hatte sie die Lungenentzündung überwunden, doch sie war fürchterlich schlapp und antriebslos, hatte keinen Appetit und ließ den Großteil ihrer Kurse an der Fachhochschule ausfallen. Natürlich lag das nicht nur an ihrer schlechten körperlichen Verfassung, sondern auch daran, dass sie nicht bereit war, von ihren Kommilitoninnen und Kommilitonen über Tengis ausgefragt zu werden.

Nejla schloss das Fenster und sah auf die Uhr. Bis zu dem Treffen mit Tengis' Schwester blieb ihr noch eine Stunde. Umay hatte sich neulich überraschend bei ihr gemeldet. Sie wollte Nejla treffen und hatte ihr erzählt, dass Tengis oft von ihr gesprochen habe. Da Nejla die letzte Person war, mit der ihr Bruder regelmäßig in Kontakt gestanden hatte, war ihr Anliegen nur allzu verständlich.

Umay lebte in Wien und war Anfang der Woche angereist, um einige Formalitäten zu erledigen und Tengis' Wohnung aufzulösen.

Wie seine Schwester wohl drauf ist, fragte sich Nejla, während sie ins Bad ging. Sind Tengis und sie sich wohl ähnlich?

Nachdem sie geduscht hatte, stellte sie die Džezva auf den Herd und machte sich einen bosnischen Kaffee. Dazu aß sie ein paar Plazma-Kekse, die Lieblingskekse ihrer Kindheit, die ihre Mutter aus Sarajevo mitgebracht hatte. Dann zog sie sich Mütze, Schal und Wintermantel an und schulterte den Jutebeutel mit Tengis' Vermächtnis.

Am Vorabend hatte sie alle DVDs und Festplatten kopiert und die Originale für Umay zusammengepackt, da sie der Meinung war, dass Tengis' Vermächtnis vor allem seiner Familie zustand. Außerdem hatte sie im Copyshop um die Ecke eine Farbkopie von *Ruf der Sterne* angefertigt und dazugelegt.

Da das Wetter so gut war und Nejla zum ersten Mal seit Tagen wieder richtig Lust hatte, sich zu bewegen, stieg sie zwei Stationen früher aus der Straßenbahn aus und lief den Rest des Wegs zu Fuß. Seit Tengis' Selbstmord war sie nicht mehr in dieser Gegend gewesen. Im Licht der Wintersonne erschienen ihr die kleinbürgerlichen Reihenhäuser und Vorgärten nicht ganz so trist wie zuvor.

Hier hab ich auch zum letzten Mal Kazim gesehen, dachte Nejla, als sie sich auf Höhe der Deciusstraße befand, wo sie an jenem Abend nach ihrem seltsamen Streit auseinandergegangen waren.

Kurz nach ihrem Zusammenbruch vor dem MARTa Museum hatte sie ihn angerufen, aber trotz seiner Beileidsbekundungen hatte er irgendwie verhalten gewirkt. Und als sie im Krankenhaus war, hatte er sich zwar gemeldet und gefragt, wie es ihr gehe, aber zu Besuch gekommen war er nicht. Inzwischen war mehr als ein Monat vergangen und zwischen ihnen herrschte Funkstille.

Hmm, überlegte Nejla. Ich glaube, ich rufe ihn nach meinem Treffen mit Umay mal an.

Fünf Minuten später stand sie vor Tengis' Haustür. Sein Name war bereits entfernt worden. Nejla drückte den Knopf neben dem leeren Namensfeld.

Als sie die Wohnung betrat, stellte sie enttäuscht fest, dass sie schon komplett ausgeräumt worden war. Von einem kleinen Flur gingen rechts und links jeweils eine winzige Küche und ein kleines Bad ab. Das dunkle Holzimitat der Küchenzeile und die gelbgrünen Badezimmerfliesen stammten wohl noch von Tengis' Vormieter, aber er hatte sich offenbar nicht an ihrer Hässlichkeit gestört. Der Flur führte in ein großes lichtdurchflutetes Wohnzimmer.

Umay stand am Fenster. Da Nejla die Sonne entgegenschien, erkannte sie zunächst nur undeutlich die Konturen einer zierlichen Frau.

»Hey, oh, Entschuldigung«, besann sie sich und schirmte mit der Hand ihre Augen ab. »Ich hab ganz vergessen, meine Schuhe auszuziehen.«

»Kein Problem«, sagte Umay. Ihre Stimme hatte einen angenehmen dunklen Klang. »Ich werde sowieso noch einmal durchwischen.«

Nejlas Blick schweifte flüchtig durch den Raum. An der linken Seite gab es eine weitere Tür, vermutlich zu einem Schlafzimmer. In der gegenüberliegenden Ecke befanden sich ein Eimer, Putzzeug und ein kleines Radio mit CD-Player. Zwei Sitzkissen lagen vor Umay auf dem Boden, daneben standen Kerzen und eine Schale mit Räucherstäbchen. Im Raum war es angenehm warm.

»Bitte setz dich doch, Nejla«, sagte Umay und deutete auf eines der Kissen. »Schön, dass du gekommen bist.«

»Danke«, sagte Nejla und folgte ihrer Aufforderung.

Eigentlich hätte sie Umay zur Begrüßung gern umarmt, aber die lichtgerahmte Gestalt am Fenster wirkte auf eine eigenartig erhabene Weise unberührbar.

Außerdem ist sie Tengis' Schwester, dachte Nejla. Vielleicht mag sie körperliche Nähe ebenso wenig wie er.

Umay nahm ihr gegenüber auf dem zweiten Sitzkissen Platz. Zum ersten Mal konnte Nejla sie richtig betrachten.

Freundlich lächelnd erwiderte Umay ihren Blick. In Form und Farbe ähnelten sich die Augen der beiden Geschwister, doch ihre Wirkung war vollkommen gegensätzlich. Das Leuchten und die Präsenz, die von Umays Augen ausging, hatte Nejla bei ihrem Bruder nur in sehr seltenen Momenten wahrgenommen. Meistens hatte er eher entrückt und abwesend gewirkt. Umays Blick hingegen war klar und durchdringend, sie schien einem geradezu auf den Grund der Seele zu schauen. Ihr schwarzes Haar war zu einem kunstvollen langen Zopf geflochten, der ihr vorne auf der rechten Seite über die Schulter fiel. Die große Stirn und ihre hohen Wangenknochen erinnerten Nejla an Tengis. Aber ihr Mund war klein, die Lippen spröde und ihre Haut wies im Gegensatz zu Tengis' blassem Teint einen intensiven Rotstich auf, wie bei einem Menschen, dessen Körper in hohem Maße der Natur und dem Wetter ausgesetzt ist.

Eigentlich weiß ich überhaupt nichts über sie, dachte Nejla. Ich habe keine Ahnung, was sie macht. Ich weiß nicht mal, ob sie seine ältere oder jüngere Schwester ist.

Einerseits hatten ihr Körper und die rundlichen Gesichtszüge etwas Kindliches an sich, andererseits wirkte Umay mit ihrer tiefen, warmen Stimme und diesen alles durchdringenden klugen Augen wie eine alte, lebenserfahrene Frau, die Vieles gesehen und durchgemacht hatte.

Sie ist seine ältere Schwester, entschied Nejla, während sie zusah, wie Umay mit ruhigen, gemessenen Bewegungen zwei Räucherstäbchen anzündete und sie in die Halterung steckte.

»Du bist die letzte Person, die Tengis in diesem Leben besucht hat«, sagte Umay, »und ich glaube, du hast das Gefühl, dass du dich nicht richtig von ihm verabschieden konntest. Deshalb dachte ich, wir machen heute zusammen eine kleine Abschiedszeremonie für ihn. Was meinst du?«

»Ja, gerne«, sagte Nejla überrascht. Mit so etwas hatte sie nicht gerechnet.

»Gut«, bekräftigte Umay mit einem sanften Nicken. »Ich werde jetzt in unserer Sprache ein paar Gebete für Tengis sprechen. Diese Gebete sollen ihn auf seinem Weg ins nächste Leben begleiten. Du kannst ihm auch deine Gedanken schicken und ihm mitteilen, was du sagen möchtest. Schließ dabei gern deine Augen und versuche, ruhig und gleichmäßig im Rhythmus meiner Worte zu atmen.«

»Seid ihr Buddhisten?«, erkundigte sich Nejla.

»Ja«, bestätigte Umay, »aber wir pflegen auch noch unsere schamanistischen Traditionen.«

»Oh, okay.«

Ist Tengis' Schwester vielleicht eine Schamanin?, wunderte sich Nejla, während sie die Augen schloss.

Als Kind überzeugter Kommunisten hatte Religion in ihrem Leben bisher kaum eine Rolle gespielt, sodass derartige Zeremonien für sie ziemlich ungewohnt waren. Wie auch bei Arturs Trauerfeier brauchte es eine Weile, bis sie sich an das Setting gewöhnt hatte.

Umay stimmte einen fremd klingenden, rhythmischen Sprechgesang an. Wie geheißen versuchte Nejla sich zu entspannen und ihre Atmung darauf zu konzentrieren. Tatsächlich funktionierte es recht gut. Eingehüllt vom Duft der Räucherstäbchen und Umays Stimme leerte sich ihr Verstand. Bald erfüllten sie eine außergewöhnliche Klarheit und innere Ruhe.

Ich hoffe, dass die Sterne jetzt schweigen und ihr Licht dir den Weg in ein neues Leben weist, dachte sie an Tengis gerichtet. Und ich wünsche dir, dass dein neues Leben weniger schmerzvoll ist als dieses.

Neben Tengis erschien in ihren Gedanken immer wieder Artur und ihre Wünsche galten zunehmend auch ihm.

»Du bist sehr empfänglich für Meditation«, sagte Umay, als Nejla schließlich wieder die Augen öffnete und ins Sonnenlicht blinzelte.

Offenbar hatte Umay sie schon eine ganze Weile aufmerksam betrachtet. Umay nahm eine der Kerzen, die neben ihr standen und entzündete sie.

»Wenn du möchtest, kannst du mir jetzt von deiner letzten Begegnung mit meinem Bruder erzählen«, sagte sie.

Nejla nickte. Da sie sich nicht sicher war, wie viel Umay von ihrer Beziehung zu Tengis wusste, erzählte sie ihr zunächst, wie sie sich an der Fachhochschule kennengelernt hatten, von ihrer Freundschaft, ihren gemeinsamen Projekten, von Arturs Tod und Tengis' Angebot, ihr bei der Arbeit an den Musikvideos zu helfen. Nach kurzem Zögern beschloss sie, Umay nichts vorzuenthalten, und erwähnte auch die Missverständnisse zwischen ihr, Tengis und Kazim. Dann schilderte sie in allen Einzelheiten den seltsamen Abend, an dem Tengis ihr heimlich die Schachtel vor die Tür gestellt hatte, sowie ihre erfolglosen Versuche, ihn danach zu kontaktieren und aufzuspüren. Am Ende konnte sie sich nicht länger zurückhalten und brach in Tränen aus.

»Ich Idiotin!«, rief sie. »Ich war so krass in meiner eigenen Trauer gefangen, dass ich nicht gecheckt habe, wie es ihm ging. Dabei hat er schon damals, als er mir das Foto mit den Sternen geschenkt hat, so eine seltsame Andeutung gemacht.«

Umay hatte die ganze Zeit aufmerksam zugehört und sie nicht unterbrochen. Wortlos reichte sie ihr ein Taschentuch und wartete ab, bis Nejla sich wieder etwas beruhigt hatte.

»Weine nicht«, sagte sie schließlich in sanftem, aber entschiedenem Ton. »Tengis ist gegangen, weil er gehen wollte. Er hat in diesem Leben keine Möglichkeit mehr gesehen, seine Aufgaben zu lösen. Jetzt ist er auf dem Weg in sein nächstes Leben. Dort wird er es schaffen. Unsere Wünsche und Gebete sind wie Lichter. Sie helfen ihm dabei, seinen Weg durch die Dunkelheit und in sein nächstes Leben zu finden. Aber unsere Tränen löschen diese Lichter und wir wollen nicht, dass er durch die Dunkelheit irrt.«

»Meinst du nicht, wir hätten es verhindern können?«, fragte Nejla, während sie sich ihre Augen trocknete.

»Nein«, sagte Umay. »Weder du noch dieser Kazim hattet einen Einfluss darauf. Das, was er für dich getan hat, war ohne Gegenleistung. Er hat dir geholfen, deinen Weg im Leben weiterzugehen. Das ist gut. Und vielleicht hat er bei deinem Freund etwas im Herzen gesehen und ausgesprochen, was ihn verstört hat. Das ist sein Problem. Aber es hat nichts mit der Entscheidung meines Bruders zu tun. Tengis wollte dieses Leben schon viel früher verlassen.«

Sie machte eine kurze Pause und betrachtete die Kerze, welche ohne offensichtlichen Grund plötzlich heftig flackerte und rußte.

»Unser Vater war kein guter Mensch. Tengis hat das damals am härtesten zu spüren bekommen. Die Aufgaben, die ihm das Leben während seiner Kindheit gegeben hat, waren sehr schwer. Nur wenige Menschen wären damit fertiggeworden. Er hat es zum Teil geschafft, aber zum Teil nicht. Es war zu viel für ein Leben. Deswegen löst er den Rest dieser Aufgaben in seinem neuen Leben. Die Sterne haben ihn gerufen und gesagt, es ist okay so.«

»Hat er dir auch vom Ruf der Sterne erzählt?«, sagte Nejla und zeigte ihr die Kopie von Tengis' Foto.

Umay lächelte.

»Ich habe ihn selbst schon einmal gehört«, sagte sie, ohne dass das Lächeln aus ihrem alterslos wirkenden Gesicht verschwand. »Aber dann haben die Menschen lauter gerufen. Und ich habe verstanden, dass ich in diesem Leben noch vielen Leuten helfen kann. Ich glaube du verstehst das, oder?«

»Hmm, ja vielleicht«, antwortete Nejla nachdenklich.

»Ich sehe ein helles Licht in dir«, sagte Umay und blickte ihr dabei fest in die Augen. »Aber auch Dunkelheit. Und es fällt dir schwer, das zu akzeptieren. Hüte diese Dunkelheit wie das Licht, denn sie ist für immer ein Teil von dir. Wenn du das tust, brauchst du keine Angst zu haben, denn das Licht in dir wird immer gewinnen. Du wirst andere Menschen inspirieren und ihnen helfen.«

»Du meinst als Künstlerin?«

»Zum Beispiel. Die Form ist egal. Sie kommt von selbst zu dir, wenn du deinen Verstand leerst.«

»Und wenn er so voll ist, dass ich denke, mir platzt der Kopf?«

»Meditiere. Und fahre ab und zu an einen Ort am Wasser. An einen Fluss, einen See oder ans Meer.«

»Hmm, okay.«

Umay nickte ihr freundlich zu.

Was ist das bloß für eine seltsame Begegnung, dachte Nejla.

Obwohl sie sich heute zum ersten Mal sahen, hatte Nejla das Gefühl, als wüsste Umay ganz genau, wer sie war. Als könne sie direkt in Nejlas Seele blicken. Eigentlich war es beängstigend, zumal es Nejla selbst bei ihren engsten Freunden schwerfiel, sich komplett zu öffnen. Umay hingegen gab ihr ungefragt und mit aller Selbstverständlichkeit Ratschläge, die – wenn sie ehrlich war – sogar auf sie zutrafen und ihr zu denken gaben. Von jemand anderem hätte sie das wahrscheinlich als anmaßend empfunden, aber bei Tengis' Schwester, die die Dinge auf eine ganz andere Weise zu betrachten schien, war es irgendwie okay. Ja, sie fühlte sich von ihr sogar auf unerwartete Weise beschenkt.

Ich wollte Umay doch auch etwas geben, erinnerte sich Nejla.

»Hier«, sagte sie und reichte Umay die Schachtel ihres Bruders. »Das hat Tengis mir gegeben. Da drin sind all seine Videos und Projekte. Ich dachte, bei seiner Familie sind sie besser aufgehoben.«

»Danke, das ist nett von dir«, sagte Umay, »aber Tengis hat sie dir geschenkt und nicht uns. Behalte sie. Er wollte es so.«

Ein wenig irritiert nahm Nejla den Karton und das Foto zurück.

»Na gut«, sagte sie. »Ich werde seine Sachen in Ehren halten.«

»Schön«, sagte Umay und begleitete Nejla zur Tür.

Zur Verabschiedung drückte sie ihr eine Kerze in die Hand.

»Zünde sie zuhause an und erhelle damit Tengis' Weg.«

»Mach ich«, versprach Nejla.

Draußen vor der Haustür gingen ihr tausend Sachen durch den Kopf. Am liebsten wäre sie umgekehrt und hätte Tengis' Schwester noch mehr Fragen gestellt.

Wie kann es sein, dass Umay so gefasst ist?, wunderte sich Nejla. Dabei hat sie ihren Bruder doch offensichtlich sehr geliebt. Ist sie gar nicht traurig? Was soll das mit dem Verbot zu weinen? Wenn sie wüsste, wie viele Tränen ich für Artur vergossen habe. Werde ich ihn auch irgendwann gehen lassen können, so wie sie ihren Bruder? Und dann die Sache mit der Dunkelheit. Was soll das heißen, ich akzeptiere sie nicht? Ich kämpfe schon mein ganzes Leben lang gegen sie an. Wenn ich das nicht tue, dann verschlingt sie mich!

Plötzlich verspürte sie ein starkes Verlangen, eine zu rauchen und so tief zu inhalieren, bis sie diesen süßen Schmerz in der Lunge spürte. Wie von selbst glitt ihre Hand in die Jackentasche, wo sich früher immer ihre Kippenschachtel befunden hatte.

Joj, Nejla, šta radiš, ermahnte sie sich und seufzte. Du hast über einen Monat keine mehr geraucht. Fang jetzt nicht wieder an.

Sie sog die kalte Winterluft ein, nahm ihren Stoffbeutel und machte sich auf den Weg zur Straßenbahn. Da kam ihr Kazim in den Sinn.

Ich muss ihm erzählen, was Umay gesagt hat, dachte sie. Er macht sich bestimmt Vorwürfe.

Sie holte ihr Handy hervor und wählte Kazims Nummer. Aufgeregt presste sie es an ihr Ohr.

»Häh?!«, entfuhr es ihr.

Anstelle des Freizeichens ertönte eine automatische Ansage: Diese Rufnummer ist nicht vergeben …

Ungläubig versuchte sie es erneut. Wieder ertönte die Stimme vom Band.

»Nemoj zajebat'«, rief sie. »Was zur Hölle geht bei ihm?!«

Wenn Kazim seine Handynummer gewechselt hatte, wieso gab er ihr nicht Bescheid? Vielleicht war es in den letzten Wochen irgendwie komisch zwischen ihnen gewesen, aber sie waren doch Freunde! Und hatte er nicht nach Arturs Tod geschworen, dass sie für ihn wie eine Schwester war? Plötzlich befiel sie ein unangenehmer Verdacht. Was, wenn sie selbst der Grund dafür war, dass er sich eine neue Nummer besorgt hatte?

Nein, sagte sie sich, nein, das ist Schwachsinn. Hör auf, so etwas zu denken.

Doch der Gedanke ließ sie nicht mehr los. Je länger sie über Kazims Verhalten nachdachte, desto wütender wurde sie.

Wie kann er nur, ärgerte sie sich, während sie in die fast leere Straßenbahn einstieg. Meldet sich nicht mehr bei mir, obwohl er weiß, dass ich voll krank war. Und was ist mit dem Album? Ist ihm das etwa auch egal?!

Das Vibrieren ihres Handys riss sie aus ihren Gedanken.

Kazim?!, durchfuhr es sie.

Doch auf dem Display erschien *Bobby*. Den hatte sie bestimmt auch schon ein halbes Jahr nicht mehr gesprochen. Das letzte Mal musste irgendwann im Sommer gewesen sein, nachdem Dilek und er sich getrennt hatten.

Als sie seine Stimme hörte, verbesserte sich ihre Laune wieder.

»Wie cool, dass du wieder in Bielefeld bist«, rief sie, als Bobby ihr die letzten Neuigkeiten erzählt hatte. »Und dann auch noch bei Arturs Mama. Ich kann's nicht fassen!«

Tatsächlich hörte er sich gut an. Ganz anders als im Sommer nach der Trennung. Da war er nur noch ein Schatten seiner selbst gewesen und sie hatte sich ernsthafte Sorgen um ihn gemacht.

»Ich habe euch alle voll vermisst, ey«, sagte Bobby nach einer kurzen Pause. »Irgendwie schade, dass wir so lange nicht mehr zusammen abgehangen haben.«

»Ja, finde ich auch«, pflichtete Nejla ihm bei.

»Was hältst du davon, wenn wir uns alle mal wieder treffen? Du weißt schon, du, ich, Kazim, vielleicht noch Bones. So wie früher.«

Nejla erinnerte sich, dass Emir vom Mellow Gold ihr kürzlich erzählt hatte, dass er in diesem Jahr am ersten Weihnachtsfeiertag wieder eine T-Party veranstalten wolle, zusammen mit dem Heimat+Hafen. Das T stand in diesem Fall für Tequila und der wurde an diesem Abend zu Spottpreisen ausgeschenkt. Abgesehen vom Line-up mit vielen lokalen Szene-DJs war die Partyreihe vor allem für den unglaublich hohen Betrunkenheitsgrad ihrer Besucher bekannt. Wahrscheinlich war das Bedürfnis, familiäre Probleme und Liebeskummer wegzusaufen, während der Feiertage noch ausgeprägter als sonst.

Als Bobby von der T-Party hörte, war er sofort dabei und sie verabredeten, zusammen hinzugehen. Anders als bei ihrem letzten Gespräch, wo es ausschließlich um Dilek gegangen war, erwähnte er sie mit keinem Wort. Zuerst war Nejla sich nicht sicher, ob sie von ihr erzählen sollte, doch schließlich entschied sie sich dafür.

»Weißt du übrigens, wer über die Feiertage hier ist?«, fragte sie.

»Dilek?«, sagte Bobby wie aus der Pistole geschossen.

»Ja. Es ist das erste Mal, seit sie weggegangen ist. Anscheinend hat sie wieder Kontakt zu ihrer Mutter und will sie heimlich treffen. Sie übernachtet bei mir.«

»Ach, echt? Krass …«

»Wenn du willst, kann ich sie auch zur T-Party einladen.«

»Ja, klar …« Bobby zögerte. Niedergeschlagen fügte er hinzu: »Aber ich kann mir nicht vorstellen, dass sie mich sehen will.«

»Hmm, wer weiß. Ich frag sie einfach mal.«

»Okay.«

»Sag mal … Hat Kazim 'ne neue Nummer?«, fragte Nejla vorsichtig.

»Ja«, bestätigte Bobby. »Hat er sie dir nicht geschickt?«

»Nee. Irgendwas stimmt nicht mit ihm. Er meldet sich überhaupt nicht mehr bei mir.«

»Hmm. Ich habe ihn auch erst ein, zwei Mal gesehen. Jetzt, wo er heiratet, denkt er nur noch ans Kohle verdienen und ist die ganze Zeit busy.«

»Er heiratet?!«

»Ja. Hat er dir das nicht gesagt?«

»Alter, er erzählt mir gar nix mehr!«, rief Nejla.

»Echt?«, sagte Bobby, wobei er ebenfalls überrascht schien. Dann meinte er beschwichtigend: »Keine Ahnung. Der macht gerade irgendwie seinen eigenen Turn. Wie gesagt, bei mir meldet er sich auch kaum.«

Nachdem sie sich von Bobby verabschiedet hatte, gingen ihr die verschiedensten Dinge durch den Kopf. Die Idee mit dem Wiedersehen war super. Im Gegensatz zu Bobby hatte sie das Gefühl, dass Dilek sich ebenfalls darüber freuen würde. Aber was war nur mit Kazim los? Offensichtlich ging er ihr bewusst aus dem Weg. Hatte das wirklich etwas mit seiner Hochzeit zu tun? An sich hatte sie nichts gegen seine Entscheidung einzuwenden, aber sie beschlich das Gefühl, dass er mit diesem Schritt all das, was sie in den letzten Monaten gemeinsam auf die Beine gestellt hatten, wegwerfen würde: ihre Freundschaft, Arturs Andenken, das Album, Tengis' Musikvideos. Einfach alles.

Ich bin gespannt, ob er überhaupt zur Party kommt, dachte sie.

Ihr Blick schweifte durch den lichtdurchfluteten leeren Waggon. Sie saß in einem der alten Straßenbahnmodelle, die mittlerweile kaum mehr eingesetzt wurden. Die Baureihe besaß noch eine Kunstholzvertäfelung und hatte diese orange, gelb und grau gemusterten Sitzpolster, die an Mode aus den Achtzigern erinnerten. Sie fuhr selten mit der Straßenbahn, aber in so einer hatte sie schon ewig nicht mehr gesessen.

In Sarajevo hatte sie es als Kind geliebt, mit der Tram zu fahren. Gleichzeitig hatte sie immer ein bisschen Angst gehabt. Denn das Schaukeln der Waggons, die klappernden Türen und das bedrohliche Rattern der Schienen gaben einem das Gefühl, als säße man im Bauch eines rasenden eisernen Ungeheuers. Später, in Deutschland, war sie jeden Tag einen Teil des Schulwegs mit der Straßenbahn gefahren. Aber die in Bielefeld war viel zahmer gewesen als die in Sarajevo und damals hatte sie sowieso keine Angst mehr gehabt.

Ihr erster Winter in Deutschland kam ihr wieder in den Sinn. An den ersten richtig kalten Tagen, als die Temperaturen unter null gingen und die Teiche im Park neben ihrer Gesamtschule langsam zufroren, hatten sie, Dilek und Bobby Schollen aus der dünnen Eisschicht herausgebrochen und daran gelutscht. Gratis-Wassereis. Und dann hatten sie größere Stücke herausgeholt und auf den Boden geschmissen, um zu sehen, wie sie in tausende winzige, glitzernde Scherben zerbarsten.

Gern hätte sie jetzt auch so ein Stück in der Hand gehalten und auf dem schmutzig grauen Linoleumboden des Straßenbahnwagens zerschmissen.

Blaues Weihnachtswunder – Energiegesetze

Gespannt verfolgten Bobby und der Rest der Festgesellschaft wie Arturs Mama sich ihre gemusterten Backofenhandschuhe überstreifte und die Ofentür öffnete. Während ein Schwall heißer Luft in den Raum strömte, wuchtete Vera den gusseisernen Bräter auf den Herd und nahm mit einem zufriedenen Lächeln den Deckel ab. Neben Bobby rutschte Anton ungeduldig auf der Küchenbank herum.

»Soll ich beim Schneiden helfen?«, meldete sich Rolf.

Rolf war Gitarrenlehrer und unterrichtete an derselben Musikschule wie Arturs Mutter. Die russisch-orthodoxen Weihnachten wurden eigentlich erst im Januar gefeiert, aber Vera lud am 25. Dezember immer all ihre deutschen Arbeitskollegen und Bekannten, die alleinstehend oder ohne Familie waren, zu einem festlichen Abendessen ein.

»Nee, du hast schon einen Fuß kaputt, wir wollen nicht, dass du noch anderen verletzt!«, erwiderte sie.

»Diese japanischen Küchenmesser sind aber auch echt 'ne Wucht. Sowas von scharf, das habt ihr noch nicht gesehen!«, verkündete Rolf.

Nachdem ihm kürzlich so ein Messer aus der Hand gefallen war und sich in seinen Fuß gebohrt hatte, humpelte Rolf auf tragikomische Weise durch die Gegend. Unversehrt geblieben war seine geradezu shoppingsendertaugliche Begeisterung für das Küchengerät.

»Ich benutze Geflügelschere von Tchibo«, erklärte Vera unbeeindruckt.

Veras Arbeit mit der Schere inspirierte Rolfs neue Flamme Ulrike, gut zwanzig Jahre jünger und ehemalige Gitarrenschülerin, dazu, auf bildhafte Weise von der Entfernung ihrer Gebärmutterzyste zu erzählen.

Alter, was haben die alle, dachte Bobby und leerte sein Weinglas. Die ganze Zeit geht es nur um irgendwelche Gebrechen und Krankheiten.

Vor Rolf und seinem Fuß war Jochen der Klavierstimmer dran gewesen. Jochen plagte ein schweres Nierenleiden, weshalb er in letzter Zeit nur noch lauwarmes Leitungswasser trank und sich ayurvedisch ernährte. Doch nicht genug damit, vor einigen Wochen hatte er sich eine schwere Mittelohrentzündung zugezogen, aufgrund derer er ohnmächtig in seiner Wohnung zusammengebrochen war. Zum Glück hatte ihn noch am selben Tag seine Putzfrau gefunden. Jochen hatte das als himmlisches Zeichen verstanden und ihr direkt nach seinem Krankenhausaufenthalt einen Heiratsantrag gemacht. Wie sich herausstellte, war seine Retterin allerdings schon vergeben, weshalb Jochen nun den Blues hatte.

Schweigend stocherte Arturs kleiner Bruder in seinem Essen herum. Die Stimmung am Tisch schien ihn ebenfalls herunterzuziehen. Bobby konnte ihn nur zu gut verstehen. In Scheidungsfamilien war Weihnachten einfach scheiße. Bobby kannte es nicht anders, seine Familie war immer schon kaputt gewesen, aber für Anton war alles noch ganz frisch: die Scheidung, der Tod seines Bruders und seine mitunter ziemlich depressive Mutter, die während der Feiertage noch launischer war als sonst.

So wie Vera heute Morgen drauf gewesen war, wunderte sich Bobby, dass sie das Abendessen nicht abgesagt hatte. Doch seit der Ankunft ihrer Gäste wirkte sie erstaunlich gefasst. Auch wenn Vera ihren eigenen Kummer kaum erwähnte, baute diese zusammengewürfelte weihnachtliche Selbsthilferunde sie offensichtlich auf.

»Mama, ich bin satt. Kann ich endlich aufstehen?«, quengelte Anton.

»Erst nach Dessert. Ich habe extra für dich Sneschki gemacht!«

»Och Männo«, rief Anton und ließ schmollend den Kopf hängen.

Insgeheim war Bobby mindestens genauso unruhig wie Anton. Denn heute Abend würden sie sich alle wiedersehen: Nejla, Kazim, Dilek und er. Am liebsten wäre er direkt losgezogen. Doch aus Respekt und Dankbarkeit gegenüber Vera ließ er sich nichts anmerken und hielt tapfer bis zum Ende des Essens durch.

Eine knappe Stunde später war er endlich draußen. Die Rohrteichstraße war wie ausgestorben. In den Fenstern leuchtete hier und dort kitschige Feiertagsdeko, doch ansonsten war die Stimmung wenig weihnachtlich. Die Temperatur betrug etwa zehn Grad und es nieselte so fein, dass die Tropfen scheinbar schwerelos in der Luft hingen. Als Bobby die Kreuzung zur August-Bebel-Straße erreichte, waren Gesicht und Kleidung mit einem feuchten Film überzogen.

Alter, was für 'ne Endzeitstimmung, dachte er, während er bei Rot über die Ampel lief.

Die Rohrteichstraße führte pfeilgerade vom städtischen Krankenhaus zum Niederwall. Zusammen mit Artur war er sie unzählige Male rauf und runter gelaufen oder geskatet. Bobby erinnerte sich daran, was Artur einmal zu ihm gesagt hatte, als sie auf ihren Skateboards nebeneinander mit voller Geschwindigkeit der Abendsonne entgegengefahren waren. Mit einem breiten Grinsen im Gesicht hatte er ihn angesehen und gesagt: Die Rohrteichstraße ist meine Happy-End-Straße. Die führt direkt in den Sonnenuntergang. So wie in diesen alten Cowboyfilmen auf Kabel Eins. Richtig episch, Alter.

Hoffentlich hast du recht, Bro, dachte Bobby.

Mit jedem Schritt wuchs seine Anspannung. Was würde dieser Abend bringen? Was würde er Dilek sagen, wenn sie tatsächlich käme?

Bobby leerte den Rest seines Wegbiers und lief den Niederwall hinunter. Am Rathaus ging es bereits lebendiger zu. Es waren hauptsächlich junge Leute unterwegs. Bobby spürte, dass alle es kaum erwarten konnten, den ganzen Druck, der sich zuhause während der Feiertage angestaut hatte, abzulassen und mal wieder richtig aufzudrehen.

Kurz nachdem er in die Altstadt abgebogen war, kam ihm auch schon Nejla entgegen. Sie trug eine dunkelblaue Winterjacke, schwarze Jeans und Winterboots. Unter der weinroten Fischermütze quoll ihr schwarzes Haar hervor und an ihren Ohren glänzten goldene Creolen.

»Hey, Bobby«, rief sie und drückte ihn fest an sich.

Während er sie umarmte, wurde ihm bewusst, dass sie sich seit Arturs Trauerfeier im letzten Herbst nicht mehr gesehen hatten. Zu seiner Erleichterung fühlte es sich an wie eh und je und als er sah, wie sehr sie sich freute, entspannte er sich augenblicklich.

Nejla hatte noch immer dieselbe einnehmende Art, dieses besondere Strahlen. Allerdings entdeckte er in ihren Augenwinkeln, selbst wenn sie lächelte, zum ersten Mal eine gewisse Traurigkeit. Außerdem fiel ihm auf, dass sie ein wenig blass und abgemagert aussah.

»Ein Willkommenstrunk«, sagte Nejla und bot ihm einen Flachmann an. »Auf den verlorenen Sohn und seine Rückkehr nach Bielefeld.«

»Du weißt schon, dass wir auf eine Tequila-Party gehen?«, gab Bobby zu Bedenken, während er den Flachmann entgegennahm.

»Šljivovica geht immer«, erwiderte Nejla grinsend.

Bobby nahm einen Schluck und schüttelt sich. Der Schnaps trieb ihm Tränen in die Augen.

»Diese Sache mit deinem Studikollegen tut mir übrigens echt leid«, meinte Bobby, als sie durch die Altstadt in Richtung Mellow Gold schlenderten. »Echt krass, dass dir nach Arturs Tod direkt noch sowas passieren musste.«

»Hmm, das Leben ist schon verrückt«, sagte Nejla und presste die Lippen zusammen. »'ne Zeitlang war ich richtig fertig, auch gesundheitlich. Aber jetzt geht's mir wieder besser. Hab Tengis' Schwester getroffen. Das war 'ne krasse Begegnung. Die ist 'ne Schamanin oder sowas in der Art. Über das, was sie zu mir gesagt hat, muss ich immer noch nachdenken.«

»Ich war nach der Trennung von Dilek auch echt am Arsch«, sagte Bobby. »Hätte ich nicht durch Zufall diese Leute vom Tattoostudio kennengelernt – keine Ahnung, wo ich gelandet wäre. Das hat mich echt gerettet.«

»Sowas ist Schicksal.«

»Kann sein«, murmelte Bobby.

Was das Schicksal anging, hatte er so seine Zweifel. Doch da Nejla offenbar sehr davon überzeugt war, behielt er sie für sich.

»Alle Begegnungen im Leben haben eine gewisse Bedeutung«, erklärte sie. »Ich denke, es ist wie in einem Computerspiel. Du triffst Menschen und du bekommst gewisse Aufgaben gestellt. Ob du sie annimmst oder nicht, ist deine Sache. Aber am Ende bringt dich jede Aufgabe etwas weiter. Du tust was für dein Karma und beginnst, die Welt, in der wir leben, besser zu verstehen.«

»Ich hab bei *GTA* früher immer auf die Missionen geschissen und einfach rumgeballert. Bis die Cops mich irgendwann gekillt haben«, scherzte Bobby.

Nejla lächelte, doch dann schüttelte sie den Kopf und wurde ernst.

»Nimm zum Beispiel die Sache mit Tengis«, sagte sie. »An dem Abend, als er sich das Leben genommen hat, brachte er mir eine Schachtel. Da waren seine ganzen Videoaufnahmen drin. Erst dachte ich, wieso? Warum ich? Die sollte doch eigentlich seine Schwester oder jemand aus seiner Familie haben. Aber jetzt check ich's. Er hat sie mir gegeben, weil ich selbst eine Künstlerin bin und seine Arbeit verstehe. Ich kann etwas damit anfangen, was die anderen nicht können. Nämlich die Lebensenergie, die er da reingesteckt hat, benutzen, weiterleiten und daraus etwas Neues kreieren.«

»Und was machst du jetzt damit?«, erkundigte sich Bobby.

»Hmm«, machte Nejla und runzelte die Stirn. »Ich habe schon ein grobes Konzept. Mal sehen, wie es sich umsetzen lässt. Auf jeden Fall mach ich eine Videoinstallation. Vielleicht stapele ich auch mehrere Fernseher aufeinander.

Darauf zeige ich dann eine Collage von Tengis' Aufnahmen und schneide sie zusammen mit Ansichten des nächtlichen Sternenhimmels.«

»Warum Sternenhimmel?«, fragte Bobby und sah hinauf in den gelben Dunst über ihren Köpfen.

»Ach, Tengis meinte mal zu mir, er würde den Ruf der Sterne hören. Und er hat dazu so 'ne Fotomontage gemacht. Die Idee möchte ich weiter ausarbeiten und 'ne Performance daraus machen. Zur Inspiration habe ich mir in letzter Zeit einiges an Performancekunst reingezogen. Vor allem Marina Abramović. Die ist echt krass.«

»Aha«, machte Bobby, da er nicht recht wusste, was er sich darunter vorstellen sollte.

»Das Ziel meiner Performance ist es, diesen Ruf der Sterne darzustellen«, erklärte Nejla. »Vielleicht filme ich meine Reaktion, wenn ich mich extrem lauten und schmerzhaften Geräuschen aussetze. Und dann stelle ich den Ton auf stumm und schneide einen Sternenhimmel in den Hintergrund.«

»Klingt abgedreht«, bemerkte Bobby.

»Apropos Kunst, jetzt erzähl mal von dir!«, wechselte Nejla das Thema. »Ich hab gehört, du bist jetzt Tätowierer?«

»Yo, ich tätowiere jetzt«, bestätigte Bobby und grinste.

Allein es auszusprechen, war ein gutes Gefühl. Selbst als er den Studienplatz für Architektur bekommen hatte, war er nicht annähernd so happy gewesen. Egal ob an der FH, in der Schule oder während all der abgebrochenen Ausbildungen, er war sich immer fehl am Platz vorgekommen. Außer beim Tätowieren. Zum ersten Mal fühlte es sich richtig an.

Ja, dachte er. Ich bin tatsächlich ein bisschen stolz auf mich.

»Wie geil ist das denn?!«, rief Nejla. »Ich finde, das passt irgendwie zu dir. Und machst du in Bielefeld ein eigenes Studio auf?«

»Dazu brauch ich erst mal ein paar Kunden. Später vielleicht, wenn ich bisschen Kohle zusammen hab. Erst mal arbeite ich bei Tätowiersucht. Das ist dieses Studio in der Marktstraße beim Niederwall. Ein Kumpel von Bones hat mir da 'nen Job klargemacht.«

»Cool«, sagte Nejla. »Ich weiß nicht, ob ich mich mal tätowieren lassen will, aber wenn, dann komme ich auf jeden Fall zu dir!«

»Es wäre mir 'ne Ehre!«, sagte Bobby.

Als sie in die Mercatorstraße abbogen, ließ sich bereits erahnen, dass es im Kneipendreieck am Emil-Groß-Platz ziemlich wild zuging. Gelächter und Geschrei hallte die Straße entlang und ständig strömten neue Grüppchen junger Leute aus der Fußgängerzone. Yol, das kurdische Restaurant an der Ecke, hatte seine Türen weit geöffnet. Der Rauch des Grills drang in dichten weißen Schwaden nach draußen und umhüllte die Kundschaft des Drugstores daneben wie bei einer Böllerschlacht zu Silvester. Bei der Mischung aus Holzkohle und gebratenem Lammfett verspürte Bobby leichte Übelkeit.

»Hmm, fast wie in Sarajevo«, stellte Nejla fest und sog genüsslich den Geruch ein.

Bobby und Nejla schlossen sich den anderen Nachtschwärmern an und liefen hinüber zum Eingang des Mellow Gold. Die feiernde Menge hatte die Straße komplett in Beschlag genommen. Autofahrern, die den Fehler gemacht hatten, sich hierher zu verirren, blieb nichts anderes übrig, als die hämischen Zurufe und das Geklopfe über sich ergehen zu lassen und im Schritttempo zu fahren.

Nach gut fünf Minuten hatten Nejla und Bobby es irgendwie geschafft, sich durch die Menschentraube am Eingang durchzukämpfen. Im Inneren der Bar war es verdammt stickig. Die Fenster waren komplett beschlagen und dem Geruch nach zu urteilen, hatte sich der Großteil der Sauerstoffmoleküle in der Luft bereits mit Alkohol und Körpergerüchen verbunden. Am Kopfende der Bar befand sich das DJ-Pult, dessen Sound die Boxen der Baranlage an seine Grenzen brachte. Als sie hineinkamen, lief ein Remix von Chromeos *Fancy Footwork*, aber zum Tanzen war es viel zu eng.

Am Tresen trafen sie Bones, der sie überschwänglich umarmte und abküsste. Offensichtlich war er schon ziemlich dicht und hatte sich die ein oder andere Nase gegeben.

»Hey Leute, ich geb' einen aus!«, rief er mit seiner unverkennbar heiseren Baustellenvorarbeiterstimme und hämmerte mit der Faust auf den Tresen. »Zehn Tequila! Fünf weiße, fünf goldene!«

Ein Shot kostete bloß einen Euro, aber da Nejla seit Jahren im Mellow Gold aushalf, ging sowieso fast alles aufs Haus.

Eigentlich mochte Bobby keinen Schnaps. Der beißend scharfe Geschmack war ihm zuwider. Außerdem hatte er eine recht hohe Trinkgeschwindigkeit, sodass es ihn ziemlich schnell umhaute, wenn er von Bier zu härterem Zeug wechselte. Doch an diesem Abend machte er eine Ausnahme, denn immerhin verschwand so die Nervosität, die ihn befiel, sobald er an Dilek dachte.

Die Kellnerin, eine hübsche Blondine mit Zungenpiercing und einem Powerpuff-Girls-Tattoo am Unterarm, trank die nächste Runde mit.

»Yo, Bubbles«, kommentierte Bobby ihre Tätowierung, woraufhin sie ihm ein charmantes Lächeln schenkte.

»Ich schwöre, die steht auf dich«, schrie Bones ihm von der Seite ins Ohr.

Tatsächlich waren an diesem Abend einige hübsche Frauen im Mellow Gold unterwegs, aber da er Dilek wiedersehen würde, hielt sich sein Interesse an anderen in Grenzen.

Eine Viertelstunde später kam Kazim dazu. Zuerst wirkte er auf Bobby ziemlich distanziert, aber vielleicht lag es auch daran, dass ihr Kumpel als einziger noch nüchtern war. Einen Cuba Libre und drei Tequila später hatte Kazim, der selten trank, ihren Pegel eingeholt. Seine Augen und Wangen glänzten. Sichtlich gerührt sah er in die Runde.

»Auf unseren Bratan Arturo«, rief er und hob sein Glas. »Rehma xwedê lê be.«

»Alles Gold, Diggi«, rief Bobby, bevor er den Zimt vom Handrücken leckte, seinen Tequila runterkippte und in die Orangenscheibe biss.

Auch er wurde mit jedem Schluck sentimentaler. Sein altes Bielefelder Leben, das er während seiner Berliner Zeit versucht hatte zu vergessen, erschien ihm jetzt plötzlich so verlockend wie einem einsamen nächtlichen Wanderer die fernen Lichter einer Stadt. Eine Story toppte die nächste. Ständig fiel ihnen noch etwas ein: ein verrücktes Erlebnis aus Bobbys und Arturs alter Chaos-WG, krasse Graffiti-Actions, legendäre Partys und abenteuerliche Wochenendtrips. Kazim und er waren dermaßen auf ihrem Vergangenheitsfilm, dass sie gar nicht bemerkten, wie Nejla mit der Zeit immer stiller wurde.

»Boah, ihr seid echt ein trauriger Verein«, unterbrach sie Bones. »Ich habe gerade mit Milhouse gequatscht. Der ist mit Jomi drüben im Heimat+Hafen! Da geht's viel mehr ab, Alter! Und die haben 'ne richtige Tanzfläche!«

Unsicher blickte Bobby in die Runde. Dass die Party zeitgleich im Heimat+Hafen stattfand, hatte er vollkommen vergessen.

Auf so eine beschissene Idee kann man auch nur in Bielefeld kommen, ärgerte er sich. Zwei Bars veranstalteten gemeinsam eine Party, oder besser gesagt, ein Extrembesäufnis, bei dem sich alle so richtig wegballerten. Und dann lagen diese Bars noch nicht einmal nahe beieinander, nein, sie waren über einen Kilometer voneinander entfernt, was bedeutete, dass ständig irgendwelche komplett dichten Partypeople von einer Location zur anderen irrten. Wenn man den Besoffenheitsfaktor hinzuzog, wurde die an sich recht einfache Gleichung von Zeit, Geschwindigkeit und Strecke zu einem hochkomplexen mathematischen Problem und aus einem Fünfzehn-Minuten-Marsch schnell eine ganze Stunde. Dabei gelangten von den fünf Leuten, mit denen man loszog, am Ende vielleicht zwei gemeinsam ans Ziel.

Bobby sah es schon kommen: Am Ende waren alle nur noch lost und landeten irgendwo dazwischen. Schlimmstenfalls verpasste er auch noch Dilek. Würde er sie dann jemals wiedersehen?

»Lass uns rübergehen!«, schlug Nejla zu seiner Überraschung vor. »Ich hab Bock zu tanzen.«

»Und was ist mit Dilek?«, warf Bobby ein.

»Ach, der schreib ich 'ne SMS. Sie soll direkt da hinkommen!«

»Na also, geht doch!«, pflichtete Bones ihr bei.

Da alle dafür waren, blieb Bobby nichts anderes übrig, als mitzuziehen.

»Okay«, brummte er. »Aber lasst mich vorher noch mal auf die Toilette.«

»Ich geh schonmal vor die Tür, eine smoken«, sagte Kazim.

»Ich komm' mit«, verkündete Nejla.

So wie sie Kazim dabei ansah, dachte Bobby, musste zwischen den beiden noch irgendetwas Ungeklärtes im Raum stehen. Ihm fiel auf, dass die beiden sich heute kaum miteinander unterhalten hatten.

»Ich komm' mit aufs Klo«, rief Bones.

Sein Grund, diesen Ort aufzusuchen, war zweifellos ein anderer.

Bobby nickte ihm zu und stand auf. Für einen Moment geriet alles ins Wanken und die beleuchtete Flaschenwand hinter dem Tresen stürzte auf ihn zu. Sein Körper fühlte sich an wie Teig. Während er sich durch die Menge schob, wurde er von Dutzenden Händen und Ellbogen durchgeknetet. Vor den Toiletten bemerkte er, dass er Bones verloren hatte.

Scheiße, Alter, dachte er. Bisschen was von seinem Zeug wäre jetzt gar nicht schlecht.

Doch Bones blieb wie vom Erdboden verschluckt. Typisch. Dabei war das mit dem Heimat+Hafen seine verdammte Idee gewesen.

Nachdem Bobby seine Blase geleert hatte, spritze er sich mehrmals kaltes Wasser ins Gesicht. Der Typ im Spiegel überm Waschbecken sah ziemlich fertig aus. Er musste an Edward Norton in *25 Stunden* denken, doch anstelle eines deepen Selbstgesprächs murmelte er bloß:

»Ach, Junge ...«

Dann verließ er die Toiletten und zwängte sich durch die Bar nach draußen, wo er Ausschau nach seinen Freunden hielt.

Der Regen hatte aufgehört, doch die Luft war noch immer feucht und die Straßenlaternen umhüllt von milchigem Dunst. Aus der saufenden, rauchenden und lärmenden Menschentraube, die den Eingang der Bar belagerte, stach hier und dort ein bekanntes Gesicht heraus. Doch Nejla und Kazim waren nirgends zu sehen.

Unschlüssig stolperte er umher. Als er schon dachte, dass er sie ebenfalls verloren hatte, entdeckte er etwa dreißig Meter entfernt zwei Gestalten im Halbdunkel der Bahnunterführung.

»Da sind sie ja«, murmelte er erleichtert, als er Nejlas rote Wollmütze und Kazims weißgraue Eckō-Unltd.-Jacke erkannte.

Als er ihnen entgegenlief, bemerkte Bobby, dass irgendwas nicht in Ordnung war. Wild mit den Händen gestikulierend redete Nejla auf Kazim ein. Kazim blickte sie mit funkelnden Augen an, sein Gesicht war zu einer starren Grimasse verhärtet.

»Alter, was erwartest du von mir?«, fauchte er. »Ich bin nicht Artur! Und werd' auch niemals wie er sein. Du drängst mich in eine Position, die uns beiden nicht guttut. Du willst jemanden an deiner Seite haben, okay, kann ich verstehen, aber das bin nicht ich!«

»Was für eine Position?«, entgegnete Nejla ungläubig. »Ich habe dich nie zu irgendwas gedrängt. Ich schwöre, du drehst gerade alles um! Vielleicht wünschst du dir das insgeheim. Ich habe nur einen Freund gebraucht! Du warst derjenige mit den ganzen Versprechungen. Von wegen ›du bist wie 'ne Schwester für mich‹ und so! Ich bin komisch? Du hast mich auf einmal gemieden und dann einfach deine Handynummer gewechselt! Warum zur Hölle machst du sowas?«

»Warum?«, rief Kazim. »Ich muss mich noch um ganz andere Scheiße kümmern. Es dreht sich nicht alles um dich und dieses beschissene Album. Mein Leben ist auch so schon verfickt kompliziert gerade.«

»Alter, dann rede doch mit mir!«, antwortete Nejla. »Sag, was los ist. Dazu sind Freunde doch da! Aber du machst genau das Gegenteil! Verpisst dich und gibst einem das Gefühl, als hätte man etwas falsch gemacht!«

»Hey Leute, jetzt beruhigt euch mal wieder«, mischte Bobby sich ein. »Wir haben uns alle so lange nicht mehr gesehen. Lasst uns den Abend nicht mit irgendwelchen alten Streitigkeiten kaputtmachen.«

»Junge, sei du mal lieber leise«, sagte Kazim erbost. »Verpisst sich nach Berlin und meldet sich nie. Und jetzt macht er plötzlich wieder einen auf Bro und Crew und so.«

Überrascht starrte Bobby ihn an. Doch Kazim schüttelte bloß verächtlich den Kopf, steckte die Hände in die Tasche und wandte sich zum Gehen.

»Das war ja klar«, rief Nejla ihm hinterher. »Wirklich sehr erwachsen! Anstatt irgendwas zu klären, haust du wieder einfach ab!«

Bobby wusste nicht, was er sagen sollte.

Was ist nur mit denen los, wunderte er sich. Vor wenigen Minuten waren alle noch bester Laune und jetzt schieben sie plötzlich voll die Filme. So kann der Abend doch nicht zu Ende gehen!

Bobby lief Kazim in die Unterführung hinterher und hielt ihn an der Schulter fest.

»Hey Kazim«, rief er. »Jetzt warte doch mal!«

»Junge, lass mich«, entgegnete Kazim und versuchte, sich loszumachen. »Ich hab keinen Bock auf diesen Scheiß!«

Nejla war am Eingang stehen geblieben, doch ihre Stimme hallte durch die ganze Unterführung.

»Du verdammter Idiot!«, schrie sie. »Wie kannst du das alles wegwerfen! Was ist mit Arturo? Was ist mit eurem Album? Soll es für immer auf einer Festplatte verrotten? Das waren doch auch mal deine Träume!«

»Du sagst es«, rief Kazim und schubste Bobby mit überraschender Härte von sich weg, sodass er nach hinten taumelte und beinahe das Gleichgewicht verlor. »Unser Album! Meine Träume! Nicht deine! Also halt dich da raus und laber' mich nicht voll!«

»Onda Odjebi!«, schimpfte Nejla auf Bosnisch. »Bože, ne mogu da vjerujem koji si ti jebeni majmun, pička ti materina!«

»Ja, ja, jebemti, jebemti, du mich auch!«, rief Kazim ihr zu.

Erneut wandte er sich zum Gehen. Dabei stieß er beinahe mit einem Kerl zusammen, der aus der anderen Richtung durch die Unterführung lief.

»Šta ti je, jebote!«, erboste sich der Typ und baute sich sogleich vor Kazim auf. »Mit wem redest du so?!«

Fuck, dachte Bobby. So einer fehlte uns gerade noch.

Der Typ erinnerte an einen Türsteher aus dem Bahnhofsviertel: ein Schrank in schwarzer Pilotenlederjacke, Jeans und Sportschuhen, etwa ein Meter neunzig groß und breitschultrig, mit kahlrasiertem Plattschädel und Boxernase. Und zu allem Übel hatte er Kazims Beleidigung verstanden und sich direkt angesprochen gefühlt.

»Hast du ein Problem?«, knurrte er und beugte sich so weit vor, dass sein Riesenschädel beinahe Kazims Stirn berührte.

»Alter, was willst du denn auf einmal?«, erwiderte Kazim. »Das hier geht dich nichts an, Mann. Hau einfach ab!«

O Scheiße, dachte Bobby. Das geht nicht gut aus.

Kazim war zwar kein Schlägertyp, aber normalerweise kam es nicht vor, dass er blöd angemacht wurde. Trotz seiner eher schmächtigen Statur konnte er, wenn er wütend war, ziemlich einschüchternd wirken. Doch auf Plattschädel, der ihm körperlich eindeutig überlegen war, schien er keinen

Eindruck zu machen, im Gegenteil, Plattschädel schien nur auf seinen Einsatz gewartet zu haben.

Alles Weitere ging so verdammt schnell, dass Bobbys besoffenes Hirn kaum hinterherkam.

Kazim wollte an Plattschädel vorbeigehen, doch dessen Kopf schnellte vor und im nächsten Moment lag Kazim auch schon auf dem Boden. Bobby griff nach einer leeren Bierflasche, die jemand an der Wand abgestellt hatte, und wollte seinem Kumpel zu Hilfe eilen. Doch Plattschädel, der für seine bullige Statur erstaunlich wendig war, wich aus und vollführte in Sekundenschnelle eine Drehung. Wie aus dem Nichts landete sein Fuß mit voller Wucht in Bobbys Gesicht.

Sofort wurde ihm schwarz vor Augen. Als er wieder zu sich kam, hatte die Welt sich um neunzig Grad gedreht. Rollsplitt klebte an Bobbys Wange, in seinem Schädel pochte ein dumpfer Schmerz und etwas Warmes rann über sein Gesicht. Es brauchte drei Anläufe, bis es ihm gelang, sich aufzusetzen. Er schaute sich um.

Der Angreifer befand sich in einiger Entfernung unter dem Ostwestfalendamm an der Straßengabelung zur Arndstraße. Nejla hatte sich auf seinen Rücken geworfen, seinen Hals und Kopf umschlungen, und versuchte, ihm Adamsapfel und Augen einzudrücken. Plattschädel wand sich, schrie, tobte und hüpfte herum wie ein wildes Pferd. Nachdem es ihm endlich gelungen war, sie abzuschütteln, ging er wutschnaubend auf Kazim los, der mittlerweile wieder auf den Beinen war. Wie im Versus-Battle-Mode bei *Tekken* trieb er ihn mit einer Trittkombo nach der anderen vor sich her. Kazim wich aus und blockte ihn, so gut es ging, im Rückwärtsgang ab, doch dieser verrückte Kickboxfanatiker wollte einfach nicht von ihm ablassen. Im schummrigen Halbdunkel der Autobahnbrücke bewegten sich die beiden immer weiter hinaus auf die leere Straße.

Scheiße, dachte Bobby. Was, wenn ein Auto kommt?

All seine verbliebene Kraft zusammennehmend stand er auf und lief ihnen hinterher.

»Lass ihn in Ruhe du Wichser!«, rief er, während er zu ihnen aufschloss.

In diesem Augenblick holte Plattschädel erneut zu einem Roundhouse-Kick aus. Aber anders als das Pflaster der Fußgängerunterführung war die Straße noch immer nass vom Regen. Während Plattschädel um die eigene Achse wirbelte, verlor er das Gleichgewicht, segelte unkontrolliert durch die Luft und landete wie ein Käfer auf dem Rücken.

Plötzlich herrschte eine unheimliche Stille. Weder Menschen noch Autos waren zu hören. Für einen Moment schien es Bobby, als wären Kazim, Plattschädel und er die einzigen Menschen auf dem Planeten. In seinen Ohren pochte das Blut.

Die gewissenlose Kickboxmaschine hatte sich in ein glatzköpfiges Riesenbaby verwandelt. Beine und Arme weit von sich gestreckt blinzelte es zu ihnen herauf. In seinen Augen stand pures Erstaunen angesichts dieser unbekannten neuen Welt.

Bobby sah hinüber zu Kazim. Weiße Atemwolken zerstoben vor ihren Gesichtern. Kazims Blick schien das Gleiche zu sagen. Hier war er, ihr Elfmeter vorm leeren Tor. Einfach Anlauf nehmen, durchziehen und die Sache wäre erledigt.

Wie schwer ist diese Riesenbirne wohl, fragte sich Bobby.

Er musste an die alten abgewetzten Medizinbälle aus dem Sportunterricht denken. Die hatten immer nach altem Schweiß gerochen und aus den undichten Nähten war poröse Füllung herausgerieselt.

Vom Bahndamm drang das Rattern eines vorbeifahrenden Zugs herüber. Die Ampeln an der Kreuzung schalteten auf Grün, doch weit und breit war kein Auto zu sehen. Die leere Fahrbahn dampfte.

Kazims Körperhaltung änderte sich und in seinen Augen blitzte es.

Ja, Mann, schrillte eine Stimme in Bobbys Kopf. Der ist fällig. Ficken wir diesen Bastard!

Eine Welle aus Adrenalin durchflutete seinen Körper und riss Zweifel, Schmerzen und Benommenheit mit sich fort. Erfüllt von neuer Kraft, verlagerte er das Gewicht auf die Fußspitzen, spannte seine Muskeln und holte aus. Wie aus dem Nichts war Nejla plötzlich bei ihnen und warf sich dazwischen.

»Halt, nein!«, rief sie.

Dann beugte sie sich zu dem Riesenbaby hinunter und reichte ihm die Hand. Plattschädel war mindestens genauso überrascht wie Bobby und Kazim und starrte sie bloß an.

»Polako, polako«, raunte Nejla. »Smiri se, molim te.«

Allmählich erschien so etwas wie Verständnis in Plattschädels Gesicht und er ergriff ihre Hand.

In stillem Einvernehmen halfen Bobby und Kazim ihr dabei, den Typen aufzurichten. Wieder auf den Beinen blickte Plattschädel verwirrt in die Runde und murmelte etwas Unverständliches. Dann stapfte er los und verschwand ebenso unvermittelt, wie er aufgetaucht war, in der Nacht.

Nejla fing an zu weinen. Als Bobby zu Kazim hinübersah, bemerkte er, dass dieser ebenfalls Tränen in den Augen hatte.

»Alter, was ist bloß los mit euch?«, murmelte er und bekam auch feuchte Augen.

»Es tut mir so leid«, flüsterte Nejla und legte die Arme um sie.

»Nein«, stammelte Kazim mit brüchiger Stimme. »Es ist alles meine Schuld. Wie geht's euch? Seid ihr okay?«

»Ja, Mann. Geht schon«, antwortete Bobby. »Um ehrlich zu sein, check' ich immer noch nicht ganz, was gerade passiert ist.«

»Jebi ga, scheißegal«, meinte Nejla. »Hauptsache, euch geht's gut. Ich schwöre, ich könnte es nicht ertragen, wenn euch auch noch was passiert. Ich kann einfach niemanden mehr verlieren. Weder dich noch Kazim.«

»Das tust du doch auch nicht«, beteuerte Bobby. »Du und Kazim, ihr seid wie Familie für mich.«

»Es tut mir leid«, murmelte Kazim mit gesenktem Kopf. »Ich weiß, du bist von mir enttäuscht. Ich kann es vielleicht nicht so zeigen, aber egal, was du denkst, du hast immer einen besonderen Platz in meinem Herzen …«

Kazim hielt inne und sah hinüber zu Bobby.

»Und du auch, du Dino …«

»Alter, jetzt hört mal auf!«, rief Bobby. »Ich liebe euch doch auch.«

Über Nejlas Gesicht huschte ein Lächeln.

»Du hast da 'ne kleine Beule auf der Stirn«, bemerkte Bobby.

Besorgt beugte Kazim sich zu ihr.

»Alter, Bobby«, rief Nejla kopfschüttelnd. »Du bist voller Blut!«

»Oh, ja«, entgegnete Bobby und betastete mit einem schiefen Lächeln sein Gesicht. »Hatte ich ganz vergessen.«

Nejla holte ihren Flachmann aus der Jackentasche, goss ein bisschen Sliwowitz auf ein Taschentuch und tupfte sein Gesicht damit ab.

»Aaah, das brennt ja noch viel schlimmer, als wenn man das Zeug säuft«, rief Bobby.

Sein Handy vibrierte in der Hosentasche. Als er den Namen auf dem Display las, bekam er augenblicklich Herzklopfen.

»Hallo?«, meldete er sich.

»Hi Bobby«, ertönte Dileks Stimme. »Nejla ging nicht ran, also hab ich's mal bei dir probiert …«

»Ja, klar, wie geht's dir?«, sprudelte es aus Bobby heraus. »Ich hab gehört, du kommst vom Treffen mit deiner Mama. Wie war's?«

»Gut, danke«, sagte Dilek und hielt inne. »Ja, es war echt krass. Ich hab irgendwann voll angefangen zu heulen. Aber es tat gut … Und wie geht's dir?«

»Gut!«, beteuerte Bobby. »Mir geht's super.«

Kazim sah ihn verwundert an und schüttelte den Kopf, Nejla musste lachen.

»Das freut mich«, sagte Dilek. »Bei euch herrscht ja anscheinend gute Stimmung, wo seid ihr denn?«

»Auf dem Weg«, sagte Bobby. »Und du?«

»Ich bin schon vorm Heimat+Hafen!«

»Super«, rief Bobby und winkte den anderen ungeduldig zu. »Gib uns fünf Minuten!«

Das Handy am Ohr lief er los.

»Hey«, sagte Bobby, als Dilek bereits auflegen wollte. »Ich freu mich drauf, dich zu sehen.«

Für einen Moment herrschte Stille in der Leitung.

»Ich freu mich auch«, sagte Dilek.

Als er sein Handy wieder in die Hosentasche steckte, lag ein glückliches Lächeln auf seinem Gesicht.

»Na los, kommt schon! Wo bleibt ihr?!«, rief er und blieb stehen, um auf seine Freunde zu warten.

»Fängt es wieder an zu pissen?«, wunderte sich Kazim, während er und Nejla zu ihm aufschlossen.

Bobby streckte prüfend die Hand aus und sah hinauf in den gelblich schwarzen Himmel.

»Yap«, bestätigte Nejla.

»Typisch Bielefeld«, brummte Bobby.

»Nur die Regentage zählen«, sagte Nejla.

Bobby legte die Arme um die Schultern seiner Freunde. Während sie die Arndtstraße hinunterliefen, summte Nejla leise eine Melodie vor sich hin.

»Was ist das?«, erkundigte sich Bobby nach einer Weile.

»Ach, nur so ein Lied«, antwortete Nejla. »Eigentlich ist es sehr traurig, aber gleichzeitig macht es mich irgendwie glücklich.«

Anmerkungen

13 *Kafana* – bosnisch: Café
14 *Švabo* – bosnisch: Deutscher (umgangssprachlich, abwertend)
14 *okano moje* – bosnisch: Mein:e Schönäugige:r / mein Schatz (Koseform)
14 *Minas kafa* – populäre kroatische Kaffeemarke, wird meist als Mokka in der Džezva auf dem Herd gekocht
15 *Bljad* – russisch, sinngemäß: Scheiße/verdammt! (wörtlich: Hure)
16 *Deduschka* – russisch: Großvater (wörtlich: Großväterchen)
17 *S tvojih usana* – bosnisch: Von deinen Lippen, Songtitel der Sarajevoer Pop-/Rockband Crvena Jabuka
18 *Crna Hronika* – bosnisch: (schwarze Chronik), Zeitungsrubrik, die Unfälle, Todesfälle und Kriminalität beinhaltet
19 *Hej, srce slatko. Kako si mi?* – bosnisch: Hey, süßes Herz. Wie geht's dir?
19 *Oh, vidi je! Nek' si došla* – bosnisch, sinngemäß: Schau sie dir an! So schön, dass du da bist.
19 *Jel' znaš šta je bilo? Zvuči kao da se dogodila nesreća!* – bosnisch: Weißt du, was da war? Es hört sich so an, als hätte es einen Unfall gegeben.
19 *Da. Tu na stanici. Udarilo auto nekog dječaka. Izgleda pravo loše. Tamo je velika gužva i bruka policije.* – bosnisch: Ja. Da an der Haltestelle. Ein Auto hat irgendeinen Jungen angefahren. Es sieht echt schlimm aus. Dort ist 'ne große Menschenmenge und viel Polizei.
19 *Zaista mi je neprijatno, ali imaš li cenera ili cvaju?* – bosnisch: Mir ist es wirklich unangenehm, aber hast du vielleicht einen Zehner oder einen Zwanni?
20 *Ne sekiraj se* – bosnisch: Mach dir keine Sorgen.
21 *Moja Kravica* – bosnisch: meine Kuh, Milch der lokalen Firma Imlek, welche ihre Molkereiprodukte in der Region des ehemaligen Jugoslawiens vertreibt.
21 *Šta ćeš tu?! Nisu tvoja posla.* – bosnisch: Was willst du hier? Das sind nicht deine Angelegenheiten!
21 *Gdje je on?! Gdje je Artur? Šta si mu uradio? Gdje ste ga odveli?!* – bosnisch: Wo ist er?! Wo ist Artur? Was hast du ihm angetan? Wohin habt ihr ihn gebracht?!
21 *Znaš li dječaka iz Njemačke? Onog kog su pregazili?* – bosnisch: Kennst du den Jungen aus Deutschland? Den, den sie überfahren haben?
21 *Da, da. Artur, Artur Vogel. To je moj dečko!* – bosnisch: Ja, ja. Artur, Artur Vogel. Das ist mein Freund!
21 *Kako je? Jel' živ?* – bosnisch: Wie geht's ihm? Ist er am Leben?
21 *Teško je povrijeđen. Odvezli su ga u urgentni centar na Koševu.* – bosnisch: Er ist schwer verletzt. Sie haben ihn in die Notaufnahme nach Koševo gebracht.

21 *hvala bogu!* – bosnisch: Gott sei Dank!
21 *Polako, smiri se. Ionako ga sada ne možeš vidjet'. Odmah je odveden u OR.* – bosnisch: Immer langsam. Beruhige dich. Du kannst ihn jetzt sowieso nicht sehen. Er wurde sofort in den OP gebracht.
22 *Pomozi nam da skupimo njegove stvari.* – bosnisch: Hilf uns, seine Sachen einzusammeln.
22 *Nikšičko Pivo* – Bier aus Niksić, Montenegro
22 *Sarajevsko (Pivo)* – Bier aus Sarajevo
23 *Prokleto kopile! Jebat‹ ću ti majkicu!* – bosnisch: Verdammter Bastard! Ich werde deine Mutter ficken!
26 *Tamam* – türkisch: in Ordnung
30 *amına koyim* – türkisch, sinngemäß: Scheiße (wörtlich: Ich steck ihn dir rein)
32 *Manyak* – türkisch: Verrückter
34 *Baba* – türkisch: Vater
37 *Vay* – türkisch: Wow
38 *Joj bože, nemoj* – bosnisch: O Gott, nein!
38 *'oćeš?* – bosnisch: Willste?
38 *Drina* – regionale Zigarettenmarke aus Bosnien, hergestellt in Sarajevo, benannt nach dem Fluss Drina
38 *jebi ga* – bosnisch, sinngemäß: Scheiß drauf / Vergiss es (wörtlich: Fick es!)
39 *Šta ti je, majmune jedan.* – bosnisch: Was ist los mit dir, du Affe.
39 *Moraš se odmoriti! Molim te, draga moja. Sad ne možeš ništa. Nazvat' ću te čim stigne na intezivnu njegu* – bosnisch: Du musst dich ausruhen! Ich bitte dich, meine Liebe. Jetzt kannst du nichts tun. Ich werde dich anrufen, wenn er auf die Intensivstation kommt.
40 *Čekam te ovdje.* – bosnisch: Ich warte hier auf dich.
40 *Važi* – bosnisch: Okay
40 *Joj, nemoj* – bosnisch: Oh, nein/nicht!
40 *Nije se probudio. Hoćeš da ga vidiš?* – bosnisch: Er ist nicht aufgewacht. Willst du ihn sehen?
41 *Dječak je tamo. Možeš ući.* – bosnisch: Der Junge ist dort. Du kannst reingehen.
41 *Arturo, dušo moja!* – bosnisch, sinngemäß: Arturo, mein Liebling! (wörtlich: meine Seele!)
41 *molim te, bože!* – bosnisch: Ich bitte dich, Gott!
42 *Volim te, dušo. Volim te zauvijek.* – bosnisch: Ich liebe dich, Liebling. Ich liebe dich auf ewig.

42 *Sada sve što možemo je da se molimo.* – bosnisch: Jetzt ist alles, was wir tun können, zu beten.
42 *Katastrofa. Jadni dečko! Ovdje nisu normalni, majke mi!* – bosnisch: Katastrophe. Der arme Junge! Die sind nicht normal hier, ich schwöre (bei meiner Mutter)!
42 *Jesil' danas vidjela novine? Sam se pred'o policiji* – bosnisch: Hast du die Nachrichten gesehen? Er hat sich selbst der Polizei gestellt
43 *Naši mladi ovdje su ludi! Trebalo bi ga zatvoriti! Ali to se neće dogoditi! Ionako su svi korumpirani!* – bosnisch: Unsere jungen Leute hier sind verrückt. Man müsste ihn einsperren! Aber das wird nicht passieren! Es sind sowieso alle korrupt!
44 *Ulica Miroslava Zlatara* – bosnisch: Miroslav-Zlatar-Straße
45 *Polako, polako.* – bosnisch: langsam, langsam.
47 *Pusti ovo.* – bosnisch: Lass das (an).
47 *Kiša je padala / stajali smo mokri do kože / ti si me pitala može li još / rekoh da može ...* – bosnisch: Der Regen fiel / Wir standen nass bis auf die Haut da / Du hast mich gefragt, kann es noch mehr sein / Ich sagte, ja, es kann / Nebel senkte sich herab / und überall Kissen aus Smog / Du hast mich gefragt, sind wir allein / Gibt es einen Gott / Denn irgendwo dort gibt es eine Stadt / wo der Regen die Tage zählt / wo niemand mehr jung ist / Eine Stadt ohne Farbe. (Übersetzung: Andrej Murašov)
47 *Jel' znaš ko je ovo?* – bosnisch: Weißt du, wer das ist?
47 *Mislim da su to Letu Štuke. Iz Sarajeva su.* – bosnisch: Ich glaube, das sind Letu Štuke. Sie sind aus Sarajevo.
47 *Grad bez boje* – bosnisch: Stadt ohne Farbe
50 *Almans* – türkisch/kurdisch: Deutsche, wird im deutschen Kontext mitunter scherzhaft für einen Klischee-Deutschen oder eine Klischee-Deutsche benutzt
50 *Anne* – türkisch: Mutter
52 *Canım* – türkisch: Schatz/Liebling
54 *Eşekoğlueşek* – türkisch: Sohn eines Esels
61 *Çüş* – türkisch (Ausruf): Bäh! Oder auch: Wow!
62 *Konnichiwa minasan, ogenki desuka? Watashino namaewa neira desu* – japanisch: Hallo zusammen, wie geht es euch? Mein Name ist Nejla.
63 *Kartoffel-Pita* – Bosnische Blätterteigspezialität, wird auch mit Spinat oder Käse gemacht., die Fleischhaltige Variante nennt sich Burek
67 *Šljivovica* – bosnisch: Pflaumenschnaps. Wird auf dem Balkan häufig selbst gebrannt.

68 *Majku da vam jebem! Jeste li vi normalni? Jebeš Sarajevo! Jebem ti sve!* – bosnisch: Ich ficke eure Mütter! Seid ihr noch normal? Fick Sarajevo! Ich ficke alles.
69 *Tolar* – slowenische Währung vor der Einführung des Euro
71 *Svaka ti čast!* – bosnisch: Gratulation!
71 *Korzo* – bosnisch: Promenade
71 *Čuvaj se.* – bosnisch: Pass auf dich auf.
71 *Hajde, vidimo se.* – bosnisch: Na dann, wir sehen uns.
72 *Bit će, bit će, draga moja.* – bosnisch: Wird schon, wird schon, meine Liebe.
72 *Nemoj me tako gledat'.* – bosnisch: Schau mich nicht so an.
77 *Tausî Melek* – kurdisch: Der Engel Taus, im jesidischen Glauben der erste von sieben Erzengeln, der als Pfau in Erscheinung tritt beziehungsweise als solcher symbolisiert wird
77 *Dobro veče* – bosnisch: Guten Abend
77 *Izvolite* – bosnisch: Bitte sehr
77 *Pazite na svoje stvari. Ima lopova.* – bosnisch: Passt auf eure Sachen auf. Es gibt Diebe.
80 *Ubiću te, jebem ti mater!* – Ich bring dich um, ich fick deine Mutter!
80 *Bože* – bosnisch (Ausruf): Gott
85 *Kek* – Internetslang abgeleitet vom koreanischen *Hahaha* bzw. *Kekeke* aus dem Onlinegaming, seit circa 2002 auch als Schimpfwort im Deuschrap verwendet für „Möchtegern" oder „Loser"
85 *Gözleme* – dünne gefüllte türkische Teigfladen aus der Pfanne
86 *Ich muss Scheine sammeln, so wie die Blätter im Herbst, Mann ...* – Songtext aus *Alles Gold* von AK602 auf der gleichnamigen EP
86 *Para* – Slangwort für Geld
87 *Turşu* – türkisch: in Salzlake eingelegtes Gemüse
87 *Falım* – türkische Kaugummis, dem Namen („Wahrsagung") entsprechend enthält jedes Kaugummi einen kleinen Text auf Türkisch. Die Wahrsagungen sind nummeriert.
88 *Üniversiteli kısmetin daim olsun / Saadetin nereli diye sorarsan / memleketidir memleketin* – türkisch: Möge dein akademisches Glück beständig sein / Wenn du fragst, woher dein Glück kommt / es ist die Heimat, deine Heimat
99 *Saet çi ye?* – kurdisch: Wieviel Uhr ist es?
100 *Yadê* – kurdisch: Mutter, regionale Variante aus Mardin
101 *Kurê kerê* – kurdisch: Eselssohn
101 *Bê deng bin meraq nekin, her tişt we baş bibe.* – kurdisch: Bleibt ruhig, macht euch keine Sorgen.

101 *Heyran* – kurdisch, sinngemäß: Schatz (Kosewort)
101 *Ax, ax, kurê min, tu çi lo kir?!* – kurdisch: Ach, ach mein Sohn, was hast du gemacht?!
101 *Tu kezeba min reş kir. Tu kere kev xwes be bave te ne male* – kurdisch, sinngemäß: Ich kann nicht mehr / Ich bin schwarz vor Wut. (wörtlich: Meine Leber ist schwarz geworden.) Du hast Glück, dass dein Vater nicht zu Hause ist.
101 *Meraq neke Yadê, her tişt baş be* – kurdisch: Mach dir keine Sorgen Mama, alles ist in Ordnung.
102 *Yabo* – kurdisch: Vater, regionale Variante aus Mardin
102 *Ax, ax xwedê* – kurdisch: Ach, ach Gott
102 *Bıra* – kurdisch: Bruder
103 *Quzê diya te* – kurdisch: Fotze deiner Mutter
105 *Şêx* – Eine der drei religiösen Erbkasten des Jesidentums neben Pîr und Mirîd
106 *Ot* – türkisch: Gras (sinngemäß: Marihuana)
106 *buffen* – Slang: rauchen oder kiffen
109 *Babuschka* – russisch: Großmutter (wörtlich: Großmütterchen)
110 *Joj, Nejla, smiri se!* – bosnisch: Ach, Nejla, beruhig dich!
117 *One Tajne* – bosnisch: Diese Geheimnisse
118 *Azadî* – kurdisch: Freiheit
119 *Metik* – kurdisch: Tante (väterlicherseits)
122 *Abi* – türkisch: großer Bruder (umgangssprachlich)
128 *Xal(o)* – kurdisch: Onkel (väterlicherseits)
131 *lo* – kurdisch: Mann oder Junge (Interjektion am Satzende)
132 *Henny* – umgangssprachliche Kurzform für Hennessy Cognac
135 *Šta?* – bosnisch: Was?
135 *Kurac* – bosnisch, sinngemäß: Verdammt/Scheiße (sinngemäß: Schwanz)
138 *Bože. Zašto ti? Zašto si morao da umreš?!* – bosnisch: Gott. Warum du, Warum musstest du sterben?!
140 *Hvala ti. Hvala ti, Arturo.* – bosnisch: Dank dir. Dank, dir Arturo.
145 *Ah, ne güzel bir isim. Türkçe biliyor musun? Nerelisin?* – türkisch: Oh, was für ein schöner Name. Sprichst du Türkisch? Woher kommst du?
146 *Evet evet, biz mersinliyiz. Ama ben Bielefeld'de büyüdüm.* – türkisch: Ja, ja. Wir kommen aus Mersin. Aber ich bin in Bielefeld aufgewachsen.
146 *Bak sen, Bielefeld. Ben Herfordluyum ...* – türkisch: Schau mal an, Bielefeld. Ich komme aus Herford.
146 *Yok artık* – türkisch, sinngemäß: Das kann nicht dein Ernst sein / Das gibt's doch nicht!

147 *Hoşça kal, tatlım!* – türkisch: Auf Wiedersehen, meine Süße!
150 *Şükürler olsun* – türkisch: Gott sei Dank / Halleluja!
153 *Govend* – kurdisch: Tanz(kreis)
153 *Saz* – traditionelles Saiteninstrument aus der kurdischen und türkischen Musik
154 *Ay lê gulê, Gula minê / Şêrîna l'ber dilê minê / Ez gulê nadim malê dinê / Ez li ser gulê têm kuştinê* – kurdisch: Hey Gulê, meine Rose / Du Süße meines Herzens / Für nichts in der Welt geb' ich meine Gulê her / Ihretwegen werde ich getötet (gulê ist sowohl ein kurdischer Frauenname als auch das Wort für Rose) (Übersetzung: Suzan Çakar)
154 *wul min behata* – kurdisch, sinngemäß: Verdammt, soll ich sein (Mardin-Dialekt)
154 *haiba* – kurdisch, sinngemäß: wie beschämend
155 *Batizmî* – jesidischer Feiertag, der vornehmlich von den Çelka-Jesiden im Südosten der Türkei zu Ehren von Pîr Alî gefeiert wird
156 *Bênamûs* – kurdisch: Ehrenloser
158 *Kemanca* – kurdisch: traditionelles Seiteninstrument, das mit Bogen gestrichen wird
159 *Delilim* – traditioneller kurdischer Tanz
162 *Rehma Xwedê lê be* – kurdisch, sinngemäß: Gott hab ihn/sie selig
163 *Mala min bê* – kurdisch, sinngemäß: Ach du meine Güte
163 *giran* – kurdisch, sinngemäß: rar (wörtlich: schwer)
166 *Vallah* – türkisch: Bei Gott
172 *Pidor* – russisch: Homo/Schwuchtel
183 *Kopfnuss* – Kiffer-Slang: dem Gegenüber Rauch in den Mund blasen (auch: Shotgun geben)
187 *Piti* – regionaler Bielefelder Jugendslang: Opfer (Herkunft unbekannt)
190 *Wul te behata* – kurdisch, sinngemäß: Verdammt sollst du sein (Mardin-Dialekt)
190 *Mischekippe* – Kiffer-Slang: eine Zigarette, deren Tabak für die Mischung mit Marihuana benutzt wird
198 *Carajo* – spanisch, sinngemäß: Scheiße (wörtlich: Schwanz)
204 *Joj bože, a što sad'?!* – bosnisch: Ach Gott, und was jetzt?!
207 *molim te* – bosnisch: Ich bitte dich
216 *drž' se* – bosnisch: Reiß dich zusammen
224 *Banlieue* – französisches Hochhaussiedlungsprojekt am Stadtrand, mitunter sozialer Brennpunkt
224 *GTA* – Abkürzung für *Grand Theft Auto*. Legendäres Gangster-Action-Adventure für Computer und Playstation
227 *Piroschki* – russisch: Piroggen, gefüllte Hefeteigtaschen

228 *Toscha, ne speschi!* – russisch, sinngemäß: Anton (Koseform), immer schön langsam!
234 *Hall of Fame* – Graffitislang: öffentliche legale Wände zum Sprühen
238 *Džezva* – Metallgefäß mit langem Henkel für den Herd, in dem Mokka-Kaffee gekocht wird
246 *šta radiš* – bosnisch: Was machst/treibst du?
246 *Nemoj zajebat'* – bosnisch, sinngemäß: Verarsch mich nicht
252 *Sneschki* – russisch: Schneebälle, Bezeichnung für die französische Nachspeise îles flottantes (Eischnee mit Vanillesoße)
258 *Bratan* – russisch, sinngemäß: Bruder (eigentlich Plural: Geschwister)
263 *Onda Odjebi! Bože, ne mogu da vjerujem koji si ti jebeni majmun, pička ti materina!* – bosnisch, sinngemäß: Dann verpiss dich! Gott, ich kann nicht glauben, was für ein verfickter Affe du bist, Fotze deiner Mutter!
263 *jebemti, jebemti* – bosnisch, sinngemäß: fuck, fuck
263 *Šta ti je, jebote!* – bosnisch, sinngemäß: Was ist los mit dir, verdammt!
264 *Tekken* – legendäres Martial-Arts-Game für die Playstation
266 *Polako, polako. Smiri se, molim te.* – bosnisch: Langsam, langsam. Beruhige dich, ich bitte dich.
267 *Dino* – kurdisch: Idiot, Trottel

Danksagung

Vielen Dank an Sebastian Wolter, Kristin Gora, Benjamin Fredrich und das gesamte KATAPULT-Team. Ohne euch wäre dieses außergewöhnliche Romanprojekt mit Musik nicht zustande gekommen.

Danke Suzan, dass du mir im Leben und auch in Sachen Literatur immer zur Seite stehst – mit Rat, Support und Optimismus. Das Gleiche gilt für meine Fam und meine Freunde.

Für die Hilfe bei Übersetzungen, Korrekturen und Anregungen möchte ich mich im Speziellen noch bedanken bei: Denijen Pauljević, Iris Špringer, Seray Erbaşı, Edith und Jurij Murašov, Karwan dem großen Korrektor, Zinarin Çakar und Miyu Lutze-Hidaka, Torsten Krüger, Ricardo Pillado, Inan Erçik und der Familie Mrkulić.

Mein Dank gilt außerdem Malik Heilmann, der das Buchcover gestaltet hat, sowie dem Graffiti Artist Birth für die Mitgestaltung des Soundtrack-Covers.

Für die musikalische Mitarbeit am Soundtrack bedanke ich mich herzlich bei: Ricardo Pillado, Joe Grass, Halfbreed Beats, Fububeats, Mosayk, Flow4ten, Bene Feiten und allen gefeaturten Rapper:innen.

ANDREJ MURAŠOV

geboren 1983, wuchs in Bielefeld mit einem slowenisch-russischen und deutschen Familienhintergrund auf. Er studierte allgemeine Literaturwissenschaft, Anglistik und Slawistik. Neben seiner Arbeit als freier Schriftsteller, promovierter Hip-Hop-Scholar und Dozent ist er unter dem Namen Partizan seit Jahren als Rapper und Beatproduzent aktiv. Nach Auslandsaufenthalten in Ljubljana, Sarajevo und Budapest lebt er heute in Berlin.

Foto: © Sebastian Lentner | Illustration: KATAPULT

AK602 – *Lost Tapes*

1. **Jump & Run** feat. Mosayk
2. **Uncut**
3. **Ziegelstraße 1988** feat. Mosayk
4. **Lost**
5. **Herbst**
6. **1 Ljubov** feat. Zaya & Koboq
7. **Arturo 4eva** feat. Aco MC, Boshi San, Chrizulain, Jay, Malarchi, Mosayk, Murat & Taiga Trece

Lost Tapes von AK602 gibt's auf allen gängigen Streamingplattformen.

HIER REINHÖREN:
www.ak602.de

DER HIMMEL IST SO LAUT
Original Soundtrack
feat. Aco MC, Boshi San, Chrizulain, Jay, Koboq, Malarchi, Mosayk, Murat, Taiga Trece & Zaya

Covertag by Birth © 2025 All Rights reserved.

AK602

DER SOUND ZUM BUCH!

Alles Gold erzählt die Geschichte fünf junger Underdogs aus Bielefeld. Sie stehen im Abseits, zwischen den Kulturen und doch voll im Leben, das bitter schmeckt und zugleich voller Verlockungen ist. Artur und Kazim träumen von einer Karriere als Rapstars, Nejla träumt in manchen Nächten noch immer von den Schrecken des Bosnienkriegs, Dilek von der Freiheit und Bobbys Leben ist einfach so verrückt, dass er sich manchmal fragt, ob das alles nicht vielleicht bloß ein Traum ist.

Andrej Murašovs Roman handelt von Freundschaft, Liebe, dem Verlorensein und der Hoffnung auf Glück, auch wenn die Dinge gerade alles andere als glänzend laufen.

EBENFALLS ERHÄLTLICH:

ANDREJ MURAŠOV

ALLES GOLD

ROMAN

Der erste Roman mit Soundtrack von Andrej Murašov

336 Seiten, Hardcover, 24 Euro (DE),
ISBN 978-3-948923-45-7

www.katapult-verlag.de

♦ KATAPULT